院校声乐教学参考丛书

# 德国艺术歌曲字对字译词

◎李维渤 赵庆闰 编译

中央音乐学院出版社
CENTRAL CONSERVATORY OF MUSIC PRESS

·北京·

**图书在版编目（CIP）数据**

德国艺术歌曲字对字译词/李维渤、赵庆闰著. —北京：中央音乐学院出版社，2004.6（2025.2 重印）

ISBN 978 - 7 - 81096 - 026 - 7

Ⅰ.德…　Ⅱ.①李…②赵…　Ⅲ.艺术歌曲—歌词—汇编—德国
Ⅳ.I516.25

中国版本图书馆 CIP 数据核字（2004）第 023509 号

**德国艺术歌曲字对字译词**　　　　　　　　　　　李维渤　　赵庆闰编译

出版发行：中央音乐学院出版社

经　　销：新华书店

开　　本：787mm×1092mm　16 开　　印张：20.75

印　　刷：三河市金兆印刷装订有限公司

版　　次：2004 年 6 月第 1 版　　印次：2025 年 2 月第 5 次印刷

书　　号：ISBN 978 - 7 - 81096 - 026 - 7

定　　价：198.00 元

中央音乐学院出版社　　北京市西城区鲍家街 43 号　　邮编：100031
发行部：（010）66418248　　66415711（传真）

# 译 者 的 话

德国歌曲的存在早于 15 世纪，但作为一种特殊艺术形式的德国艺术歌曲却兴起于 18 世纪晚期,是浪漫主义运动的产物。本书中的一些早期歌曲可能先于这个时代，但由于它们的艺术价值而把它们一起收集在本书中。

**几点说明：**

1. 由于汉语语法与外语语法相去甚远，了解了每个字的意思常常也不能弄懂全句词意，因此译文部分采用两行的方式进行解释：第一行是每个外语单字的意思，第二行括号内的句子才是整句歌词的内容。这样便于歌唱者在歌唱时既了解了每个单词的意思，又理解了全句歌词的内容。

2. 方括号[一]是表示外语中常用而汉语中应略去的冠词、代词、连接词、加强语气词等。

3. 目录的排列方法是：第一项：原文作曲家姓氏的首字字母。

第二项：原文歌曲或套曲名(包括冠词)的首字字母。

第三项：套曲则按其原有排列次序为准。

# 目 录

## Franz（1815－1892）弗朗茨

# Schubert (1797-1828) 舒伯特

## Schumann (1810—1856) 舒曼

## Wolf（1860－1903）沃尔夫

Bach
巴赫

# Bist du bei mir
# 你若与我同在

Bist du bei mir, geh ich mit Freuden
是 你 在…我…身旁，去 我 带着 高兴
(你若与我同在，我高兴地

Zum Sterben und zu meiner Ruh!
向[-] 死亡 和 向 我的 安息!
走向死亡并安息!)

Ach, wie vergnügt wär so mein Ende,
啊， 多么 愉快 将是 如此 我的 结局，
(啊,我这样死去将是多么愉快，)

es drückten deine lieben Hände
它 按 你的 可爱的 双手
(如果你可爱的手

mir die getreuen Augen zu!
使我 [-] 忠实的 双眼 [闭上]!
把我忠实的眼睛闭上!)

Bach
巴赫

# Bleib bei uns
# 留在我们身旁

Hochgelobter  Gottessohn,
极为人所赞颂的  上帝之子，
(最崇高的耶稣，)

lass  es  dir  nicht  sein  entgegen,
让  [它]对你  不    是      反抗，
(不要让我们违抗你的意志，)

dass  wir  jetzt  vor  deinem  Thron
[-]  我们  现在  在…  你的  宝座…前
(现在在你面前

eine  Bitte  niederlegen,
一个  请求      放下，
我们向你祈求，)

Bleib,    ach  bleibe  unser  Licht,
逗留，    啊  逗留  我们的    光，
(把光明留在我们身旁吧，)

weil  die  Finsternis  einbricht.
因为  [-]    黑暗          降临。
(因为黑暗降临。)

# Komm，süsser Tod
# 来吧，甜蜜的死亡

Komm, süsser Tod, komm, sel'ge Ruh'!
来, 甜蜜的 死亡, 来, 极乐的 安宁!
(来吧，甜蜜的死亡，来吧，幸福的安宁!)

Komm，führe mich in Friede,
来, 引导 我 进入 平静,
(来吧，领我走向平静，)

weil ich der Welt bin müde.
因为 我 对[-] 世界 是 厌倦。
(因为我已厌倦这世界。)

Ach komm, ich wart' auf dich,
啊 来, 我 等待 于 你,
(啊来吧,我等待着你，)

komm bald und führe mich,
来 很快 并 引导 我,
(快来并引导我，)

drück' mir die Augen zu.
按 我 [-] 眼睛 闭上。
(使我闭上眼睛。)

Komm，sel'ge Ruh'!
来, 极乐的 安宁!
(来吧，幸福的安宁!)

# Pfingstkantate: Mein gläubiges Herze
# 圣灵降临节康塔塔:我笃信的心

Mein gläubiges Herze, frohlokke, sing, scherze,
我的 虔诚的 心, 颂扬, 歌唱, 戏谑,
(我笃信的心,颂扬、歌唱、欢笑,)

dein Jesus ist nah!
你们的耶稣 是 临近的!
(你们的耶稣将降临!)

Weg Jammer, weg Klagen,
远离 痛苦, 远离 悲叹,
(脱离痛苦,没有悲叹,)

ich will euch nur sagen, mein Jesus ist da!
我 愿 你们 只 知道, 我的 耶稣 是在这儿!
(我只愿你们知道我的耶稣已经降临!)

Mein gläubiges Herze, frohlokke, sing, scherze,
我的 虔诚的 心, 颂扬, 歌唱, 戏谑,
(我笃信的心,颂扬、歌唱、欢笑,)

dein Jesus ist nah!
你们的耶稣 是 临近的!
(你们的耶稣将降临!)

Beethoven

贝多芬

# Adelaide
# 阿德拉伊德

Einsam wandelt dein Freund im Frühlingsgarten,
孤独地　徘徊　你的　朋友　在… 春天的花园…里,
(你的朋友孤独地在春天的花园里徘徊,)

mild vom lieblichen Zauberlicht umflossen,
柔和地 被　可爱的　　迷人的光　　围绕,
(被可爱迷人的光柔和地围绕着,)

das durch wankende Blütenzweige zittert, Adelaide!
[-] 穿过　摇晃的　　花的嫩枝　　颤抖, 阿德拉伊德!
(它穿过摇晃的花丛在闪烁,阿德拉伊德!)

In der spiegelnden Fluth, im Schnee der Alpen,
在…[-]　发亮的　潮水…中, 在… 雪…中 …的 阿尔卑斯山,
(在明亮的潮水中,在阿尔卑斯山的白雪中,)

in des sindenden Tages Goldgewölke,
在…[-]　下沉的　白日的 金色云彩…中,
(在落日的彩霞中,)

Im Gefilde der Sterne strahlt dein Bildnis, Adelaide!
在…原野…中 [-]　星星　闪闪发光 你的　肖像,　阿德拉伊德!
(在布满繁星的田野中闪烁着你的情影,阿德拉伊德!)

Abendlüftchen im zarten Laube flüstern,
　晚上的微风　在… 娇嫩的 树叶…中 低语,
(晚风在娇嫩的树叶中低语,)

Silberglöckchen des Mai's im Grase säuseln,
银色的小风铃草 [-] 五月的 在…草…中 沙沙作响,
(五月的小风铃草在草丛中沙沙作响,)

Wellen rauschen und Nachtigallen flöten: Adelaide!
波浪　澎湃　和　夜莺　　鸣啭: 阿德拉伊德!
(波浪咆哮,夜莺鸣啭:阿德拉伊德!)

Einst, o Wunder! Entblüht auf meinem Grabe
有朝一日，噢 奇迹! 开花 在… 我的 坟墓…上
(总有一天，噢奇迹啊!在我的坟墓上

eine Blume der Asche meines Herzens,
一朵 花 [-] 灰… 我的 心，
从我心的灰烬中将开出一朵鲜花，)

deutlich schimmert auf jedem Purpurblättchen: Adelaide!
清楚地 闪烁 在… 每一个 紫色小叶…上: 阿德拉伊德!
(在每个紫色花瓣上清晰地闪烁着:阿德拉伊德!)

Beethoven
贝多芬

# An die ferne Geliebte
# 致远方的爱人

No. 1  第一首

Auf dem Hügel sitz' ich,  spähend in das blaue Nebelland,
在… [-] 山 …上 坐 我,  凝视 向 [-] 蓝色的 多雾之地,
(我坐在小山上,凝视着远方牧场上那片雾色蒙蒙的

nach den fernen Triften sehend,  wo ich dich,  Geliebte,  fand.
向 [-] 远方的 牧场 看,  那里 我 把你,  亲爱的人 找到。
(蓝色田野,我在那里找到了亲爱的你。)

Weit bin ich von dir geschieden,  trennend liegen Berg und Thal
遥远的 是 我 从… 你 分离,  隔开 躺卧 山 和 谷
(我们相隔这样遥远,山峦和峡谷把

zwischen uns und unserm Frieden,  unserm Glück und uns'rer Qual.
在… 我们 和 我们的 安宁,  我们的 欢乐 和 我们的 痛苦…之间。
我们和我们的安宁、欢乐以及痛苦隔开。)

Ach, den Blick kannst du nicht sehen, der zu dir so glühend eilt,
啊, [-] 目光 能 你 不 看见, 它 对 你 如此 非常的 急迫,
(啊,你看不见我凝视你时那如此急切的目光,)

und die Seufzer,  sie verwehen in dem Raume,  der uns theilt.
以及 [-] 叹息,  它们 散布 在… [-] 空间,  它 把我们 隔开。
(还有我的叹息,它们在分隔我们的空间中回荡。)

Will denn nichts mehr zu dir dringen,  nichts der Liebe Bote sein?
将 于是 没有东西 更多 向 你 穿过,  没有东西 [-] 爱情 使者 成为?
(难道没有东西可以把它传给你,难道没有东西可以成为爱情的使者?)

Singen will ich,  Lieder singen,  die dir klagen meine Pein!
歌唱 愿我,  歌曲 唱,  它 对你 抱怨 我的 痛苦!
(我要歌唱,对你唱出倾诉我痛苦的歌曲!)

Denn vor Liedesklang entweichet jeder Raum und jede Zeit,
[于是] 在…前 歌曲的声音 消失 每个 地方 和 每个 时刻,
(在歌曲的声音随时随地可能消失之前,)

und ein liebend Herz erreichet, was ein liebend Herz geweiht!
[-] 一颗 爱的 心 达到, [歌曲] 一颗 爱的 心 奉献!
(一颗爱心所奉献的歌曲一定能到达另一颗具有爱的心!)


No. 2　第二首
Wo die Berge so blau aus dem nebligen Grau schauen herein,
那里 [-] 山 如此 蓝色 从…出来[-] 多雾的 灰色 显出 进来,
(那里在苍茫的雾色中山峦如此青翠,)

wo die Sonne verglüht, wo die Wolke umzieht, möchte ich sein!
那里 [-] 太阳 渐渐熄灭, 那里 [-] 云 遮蔽, 愿 我 处于!
(那里落日渐渐消失,云层遮蔽大地,我愿在那里!)

Dort im ruhigen Thal schweigen Schmerzen und Qual.
那儿 在… 寂静的 山谷…中 使沉默 痛苦 和 烦恼。
(在那使痛苦和烦恼缄默的寂静山谷中。)

Wo im Gestein still die Primel dort sennt:
那里 在…岩石中 静止 [-] 报春花 那儿 沉思:
(报春花在屹立的岩石中沉思,)

weht so leise der Wind, möchte ich sein!
吹 如此 轻的 [-] 风, 愿 我 处于!
(微风如此轻柔地吹拂,我愿在那里!)

Hin zum sinnigen Wald drängt mich Liebesgewalt, innere Pein.
往那边去 深思的 树林 压 我 爱情的力量, 内心深处 痛苦。
(我被爱情的力量驱使走向沉思的树林,心灵充满痛苦。)

Ach, mich zög's nicht von hier, könnt' ich, Traute, bei dir ewiglich sein!
啊, 我 动摇 不 从 这里, 能 我, 亲爱的, 靠近你 永久地 是!
(啊,我永不离开这里,亲爱的,因为我能永在你身边!)


No. 3　第三首
Leichte Segler in den Höhen und du Bächlein klein und schmal,
轻轻的 雨燕 在… [-] 山丘…中 和 你 小溪 小的 和 细长的,
(山丘上轻盈的雨燕和你,窄长的小溪,)

Könnt mein Liebchen ihr erspähen, grüsst sie mir viel tausendmal!
能 我的 爱人 把她 看见, 问候 给她 我的 许多 上千次的!
(你们如果看到我的爱人,替我千万次地向她问候!)

Seht ihr Wolken sie dann gehen sinnend in dem stillen Thal,
看 她 云 向她 那时 去 沉思地 在…[-] 宁静的 山谷中,
(在宁静的山谷中, 她沉思地看着飘向她的云, )

lasst mein Bild vor ihr entstehen in dem luft'gen Himmelssaal.
让 我的 形象 在…她面前 出现 在…[-] 通风的 天堂…中。
(让我的形象在广阔的天空中出现在她面前。)

Wird sie an den Büschen stehen, die nun herbstlich falb und kahl,
可能 她 在… [-] 灌木林…旁 站立, [-] 当…秋天…时候 浅黄的 和 光秃的,
(如果她在枯黄的秋天站在灌木林旁, )

klagt ihr, wie mir ist geschehen, klagt ihr, Vöglein, meine Qual!
诉苦 向她, 什么 对我 是 发生, 诉苦 向她, 小鸟, 我的 痛苦!
(告诉她, 我的遭遇, 告诉她, 小鸟, 我的痛苦!)

Stille Weste bringt im Wehen hin zu meiner Herzenswahl meine Seufzer,
寂静 西方 送来 在…雪堆…中 向那边去 我的 内心的选择 我的 叹息,
(雪堆中静静的西风, 把我的叹息送到我心上人那儿去, )

die vergehen wie der Sonne letzter Strahl!
[-] 消逝 好像 [-] 太阳 最后的 光束!
(它像残阳的余霞那样消逝!)

Flüstr' ihr zu mein Liebersflehen, lass' sie, Bächlein klein und schmal,
耳语 向她 为了 我的 爱情的祈求, 让 她, 小溪 小的 和 细长的,
(向她轻述我的爱的祈求, 窄长的小溪, 让她

treu in deinen Wogen sehen meine Thränen ohne Zahl!
忠诚的在…你的 波涛…中 看到 我的 眼泪 无 数!
在你那可靠的水波上看到我流不尽的眼泪!)


No. 4 第四首
Diese Wolken in den Höhen,
这些 云 在… [-] 高处…中,
(飘在天上的云彩,

dieser Vöglein munt'rer Zug werden dich, o Huldin, sehen.
这些 小鸟 更活泼的 群 将 对你, 噢女神, 看见。
(活泼的鸟群都将看见你, 噢我的爱。)

Nehm't mich mit im leichten Flug!
收下 我 共同 在… 轻快的 飞翔…中!
(带着我一起轻快地飞去!)

Diese Weste werden spielen scherzend dir um Wang' und Brust,
这些　西风　　将　　玩耍　　逗弄　与你　环绕　面颊　和　胸，
(西风将拂弄你的面颊和胸膛，)

in den seid'nen Locken wühlen.
在…[-]　丝绸的　发卷…中　翻寻。
(翻弄你如丝的发卷。)

Theilt' ich mit euch diese Lust!
分享　我　与　你们　这些　喜悦！
(我愿与你们分享这喜悦！)

Hin zu dir von jenen Hügeln emsig dieses Bächlein eilt.
向那边向　你　自　那个　小山　孜孜不倦的　这条　　小溪　急忙。
(从那小山上小溪不断地向你流去。)

Wird ihr Bild sich in dir spiegeln,
成为　她的　影像　自己　在…你…中　闪光，
(让她的情影映照在溪水中，)

fliess zurück dann unverweilt, ja unverweilt!
流　　回来　于是　　立即，　　是　　立即
(然后立即再把她的情影带回来！)


No. 5　第五首
Es kehret der Maien, es blühet die Au'.
它　回来　[-]　五月，　它　开花　[-]　草地。
(五月又来临，草地开满鲜花。)

Die Lüfte, sie wehen so milde, so lau,
[-]　空气，　它　吹　如此　柔和，　如此　温暖，
(微风如此柔和、温暖地吹拂，　)

geschwätzig die Büche nun rinnen.
喋喋不休的　[-]　小河　现在　流淌。
(小溪潺潺流淌。)

Die Schwalbe, die kehret zum wirthlichen Dach,
[-]　燕子，　　[-]　回来　向[-]　好客的　　屋顶，
(燕子回到好客的屋檐，)

sie baut sich so emsig ihr bräutlich Gemach,
它　建造　自己如此孜孜不倦地它的　新娘的　　　居室，
(孜孜不倦地建造自己的新房，)

die Liebe soll wohnen da drinnen.
[-] 爱情 应该 居住 那儿 里面。
(爱情应在那里居住。)

Sie bringt sich geschüftig von Kreuz und von Quer
它 拿来 自己 繁忙地 由 交叉 和 由 横向
(它繁忙而来回穿梭着

manch' weicheres Stück zu dem Brautbett hieher,
一些 柔软的 东西 向 [-] 新娘的床 到这儿来,
(一些柔软而暖和的东西铺在新娘的床上,)

manch' wärnebdes Stück für die Kleinen.
一些 暖和的 东西 为 [-] 婴儿。
(为了婴儿的降临。)

Nun wohnen die Gotten beisammen so treu,
现在 居住 [-] 夫妻 在一起 如此忠诚地,
(夫妻现在如此忠诚地住在一起,)

was Winter geschieden, verband nun der Mai,
事情 冬天 使分离, 结合 现在 [-] 五月,
(冬天使它们分离的事情,如今五月又使它们来到一起,)

was liebet, das weiss er zu einen.
[事情] 爱, [-] 知道 它 成为 统一。
(它知道是爱情把它们结合在一起。)

Es kehret der Maien, es blühet die Au'.
它 回来 [-] 五月, 它 开花 [-] 草地。
(五月又来临,草地开满鲜花。)

Die Lüfte, sie wehen so milde, so lau.
[-] 空气, 它 吹 如此 柔和, 如此 温暖。
(微风如此柔和、温暖地吹拂。)

Nur ich kann nicht ziehen von hinnen.
但 我 能 不 移动 从此地离开。
(但我不能离开这里。)

Wenn Alles, was liebet, der Frühling vereint,
当 一切, [东西] 爱着, [-] 春天 合为一体,
(春天将把所有相爱的合为一体,)

nur unserer Liebe kein Frühling escheint,
只是 我们的 爱情 没有 春天 出现，
(但我们的爱情没有春天，)

und Thränen sind all ihr Gewinnen, ja all ihr Gewinnen.
和 眼泪 是 所有 它的 收益， 是的 所有 它的 收益。
(而得到的只有眼泪，只有眼泪。)

No. 6 第六首
Nimm sie hin denn, diese Lieder, die ich dir, Geliebte, sang,
接受 它们 向 于是， 这些 歌曲， [这些] 我 为你， 爱人， 曾唱，
(请接受这些，我心爱的，我曾为你唱的歌，)

Singe sie dann Abends wieder zu der Laute süssem Klang!
我唱 它们 那时 夜晚 再次 以 [-] 琉特琴 悦耳的 乐声!
(过去我多次在诗琴悦耳的伴奏声下唱它们!)

Wenn das Dämm'rungsroth dann ziehet nach dem stillen blauen See,
当… [-] 红色的黄昏…时 此后 伸展 向 [-] 寂静的 蓝色的 海，
(当暮色的霞光笼罩在寂静而碧蓝的海洋上，)

Und sein letzter Strahl verglühet hinter jener Bergeshöh',
和 它的 最后的 光线 渐渐熄灭 在… 那个 山峰…后面，
('它的余辉逐渐消失在那山峰后面，)

Und du singst, was ich gesungen,
并且 你 唱， [歌] 我 已唱的，
(而你唱我曾唱过的歌，)

was mir aus der vollen Brust ohne Kunstgepräng' erklungen,
[歌] 我 从 [-] 丰满的 胸 没有 艺术辉煌 鸣响起来，
(这歌尽管缺乏艺术的光彩， )

nur der Sehnsucht sich bewusst:
但 [-] 思念 自己 自觉的：
(但却出自我满怀思念的胸怀:)

dann vor diesen Liedern weichet, was geschieden uns so weit,
此外 在… 这 歌声 消失…之前, [歌曲] 使分离 我们 如此 遥远，
(另外在这歌声消失之前，那使我们离得如此遥远的歌，)

und ein liebend Herz erreichet, was ein liebend Herz geweiht!
而 一颗 爱的 心 达到， [歌曲] 一颗 爱的 心 奉献!
(一颗爱心所奉献的歌曲一定能到达另一颗具有爱的心!)

Beethoven
贝多芬

# Der Floh
# 跳 蚤

Es war einmal ein König,  der hatt' einen grossen Floh,
[-] 曾有  一次  一个  国王,  [他] 有  一只  大的  跳蚤,
(从前有一个国王,他有一只大跳蚤,)

den liebt' er garnicht wenig,  als wie seinen eig'nen Sohn.
[跳蚤] 爱 他 简直不 少量的,  就像  他的  自己的  儿子。
(他非常爱它,简直像他的亲生儿子。)

Da rief er seinen Schneider,  der Schneider kam heran:
这儿叫来 他 他的  裁缝,  [-]  裁缝  来 走过来:
(他叫来他的裁缝,裁缝来到他前面:)

Da miss dem Junker Kleider,  und miss ihm Hosen an!
这儿 量 [-] 贵族之子 服装,  并 量 为他 裤子 [-]!
(为这位老爷量衣裁裤!)

In Sammet und in Seide war er nun angethan,
以 丝绒 和 以 丝绸 是 他 现在  完成,
(他现在要穿着华丽,)

hatte Bänder auf dem Kleide,  hatt' auch ein Kreuz daran,
有 缎带 在… [-] 制服,  有 还 一个十字勋章在上面,
(制服上配有缎带,还有一个十字勋章,)

und war sogleich Minister,  und hätt' einen grossen Stern,
并 使成为 立即 部长,  并 有 一个 大的 星形勋章,
(还被立即封为部长,并佩带一枚大的五角勋章,)

da wurden seine Geschwister bei Hof auch grosse Herr'n.
然后 成为 他的 兄弟姐妹 在 宫廷 还有 大的 老爷们。
(然后他在宫廷里的兄弟姐妹都成了达官贵人。)

Und Herr's und Frau'n am Hofe,  die waren sehr geplagt,
而 老爷们 和 夫人们 在…宫廷…中,他们 被 非常 折磨,
(而宫廷里的老爷们和夫人们受到很大折磨,)

die Königin und die Zofe gestochen und genagt,
[-] 王后 和 [-] 侍女 被蛰 和 被咬,
(王后和侍女都被叮和咬,)

**▶13◀**

und durften sie nicht knicken， und weg sie jucken nicht.
而 能 它们 不 掐， 并 离开 它们 搔痒 不。
(却不能掐死它们也不能把它们赶走。)

Wir knicken und ersticken doch, doch gleich，wenn einer sticht.
我们 掐 和 消灭 当然， 就 立刻， 如果 一个 蜇。
(如果它其中的一个要叮我们，当然我们就立刻把它掐死。)

**Beethoven**

贝多芬

# Die Ehre Gottes aus der Natur
# 大自然对上帝的颂扬

Die Himmel rühmen des Ewigen Ehre，
[-] 天空　赞美　[-]　永恒　荣誉，
(天空赞颂永恒的荣誉，)

ihr Schall pflanzt seinen Namen fort.
他们的声音　竖起　他的　声誉　继续。
(他们的声音不断地宣告他的荣誉。)

Ihn rühmt der Erdkreis,
对他 赞美　[-]　地球,
(大地赞美他,)

ihn preisen die Meere, vernimm, o Mensch,
对他 歌颂　[-]　海洋,　听见,　噢　人,
(海洋歌颂他，噢人啊，你们听

ihr göttlich Wort!
他们的神圣的 言语!
(他们那神圣的言语!)

Wer trägt der Himmel unzählbare Sterne?
谁 支撑 [-] 天空　无数的　星星?
(是谁支撑着天空的繁星?)

Wer führt die Sonn' aus ihrem Zelt?
谁 带领　[-]　太阳 从　它的 帐篷?
(是谁从苍穹引领太阳?)

Sie kommt und leuchtet und lacht uns von ferne
它[太阳]来　并　照亮　并　笑 对我们 从　远处
(太阳来自远方，照亮并对我们微笑，

und läuft den Weg gleich als ein Held.
和 奔跑　[-]　道路 一样　予 一个 英雄。
(有如一位英雄奔走在大路上。)

Beethoven
贝多芬

# Die Trommel gerühret
# 打 起 鼓

Die Trommel gerühret,　　das Pfeifchen gespielet!
[-]　鼓　　击打，　　　[-]　小笛子　　演奏!
(打起鼓，吹起笛!)

Mein Liebster gewaffnet den Haufen befiehlt,
我的　爱人　武装　[-]　部队　命令，
(我武装起来的爱人指挥他的部队，)

die Lanze hoch führet,　　die Leute regieret.
[-]　长矛　高的　携带，　　[-]　战士　支配。
(高举长矛，领导战士。)

Wie klopft mir das Herz! Wie wallt mir das Blut!
多么　跳动　我　[-]　心!　多么　沸腾　我　[-]　血液!
(我的心跳得多快!我热血沸腾!)

O hätt' ich ein Wämslein und Hosen und Hut!
噢　有　我　一件　小上衣　和　裤子　和　帽子!
(噢但愿我有一身上衣、裤子和帽子!)

Ich folgt' ihm zum Thor 'naus mit muthigem Schritt,
我　跟随　他　向　大门 外面去　以　勇敢的　步伐，
(我将以勇敢的步伐跟随他到门外，)

ging' durch die Provinzen,　　ging' überall mit.
去　穿过 [-]　乡村，　　去　到处　一同。
(和他们一同穿过乡村到各处去。)

Die Feinde schon weichen,　　wir schiessen da drein;
[-]　敌人　已经　退却，　我们　射击　在那儿入内;
(敌人已经退却，我们向他们射击;)

welch' Glück sondergleichen,　　ein Mannsbild zu sein!
多么　幸福　无与伦比的，　一个　小伙子　作为!
(作为一个小伙子是多么幸福!)

Beethoven
贝多芬

# Freudvoll und leidvoll
# 充满快乐又充满悲痛

Freudvoll und leidvoll, gedankenvoll sein;
充满快乐的 和 充满悲痛的, 充满思索的 具有;
(充满快乐、悲痛和思索;)

Langen und bangen in schwebender Pein;
忧心忡忡 在… 悬浮不定的 痛苦…中;)
(在悬浮不定的痛苦中忧心忡忡;)

himmelhoch jauchzend; zum Tode betrübt;
极高的 欢呼; 向 死亡 使悲伤;
(震天欢呼;悲痛欲绝;)

glücklich allein ist die Seele， die liebt!
幸福的 仅仅 是 [-] 灵魂, [-] 爱情!
(只有爱情的灵魂才是幸福的!)

Beethoven
贝多芬

# Ich liebe dich
# 我 爱 你

Ich liebe dich, so wie du mich,
我 爱 你， 如此 像 你 对我，
(我爱你，如同你爱我，)

am Abend und am Morgen,
在 夜晚 和 在 清晨，
(在夜晚和清晨，)

noch war kein Tag, wo du und ich
就 是 没有 白日， 那里 你 和 我
(如果我们不能分担忧虑，

nicht theilten uns're Sorgen.
不 分担 我们的 忧虑。
(那里就没有白日。)

Auch waren sie für dich und mich
也 是 它们 为 你 和 我
(你和我共同分担

getheilt leicht zu ertragen;
分担 容易的 去 忍受；
(就容易忍受;)

du tröstetest im Kummer mich,
你 安慰 在…忧伤…中 对我，
(在忧伤中你安慰我，)

ich weint' in deine Klagen,
我 流泪 在…你的 悲叹…中，
(在你的悲叹中我哭泣，)

D'rum Gottes Segen über dir,
因此 上帝的 祝福 在…你…上面，
(因此上帝祝福你时，)

du meines Lebens Freude,
你 我的 生命的 欢乐，
(你就是我生命的欢乐，)

Gott schütze dich, erhalt' dich mir,
上帝 保佑 你， 保护 你 为我，
(上帝保佑你，为我保护你，)

schütz' und erhalt' uns beide!
保佑 并 保护 我们 俩!
(保佑并保护我们两人!)

Beethoven
贝多芬

# Mailied
# 五月之歌

Wie herrlich leuchtet mir die Natur,
多么 美妙的 照亮 对我 [-] 大自然,
(大自然多么美妙地照亮我,)

wie glänzt die Sonne, wie lacht die Flur!
多么发出光芒 [-] 太阳, 多么 笑 [-] 田野!
(太阳多么明亮,田野多么欢畅!)

Es dringen Blüten aus jedem Zweig
它 渗透 花朵 从 每一个 嫩枝
(每一个嫩枝都长出花朵,)

und tausend Stimmen aus dem Gesträuch,
并 一千 歌声 从 [-] 灌木,
(灌木丛中传出上千的歌声,)

und Freud' und Wonne aus jeder Brust:
和 愉快 和 欢乐 从 每一个 胸怀:
(每一颗心都露出愉快和欢乐:)

o Erd', o Sonne, o Glück, o Lust!
噢大地, 噢 太阳, 噢 幸福, 噢 喜悦!
(噢大地,噢太阳,噢幸福,噢喜悦!)

O Lieb', o Liebe, so golden schön,
噢 爱, 噢 爱, 如此 美好的 秀丽的,
(噢我的爱,如此美好而秀丽,)

wie Morgenwolken auf jenen Höh'n!
如同 早晨的云 在… 那些 山峰…上!
(如同那些山峰上早晨的云彩!)

Du segnest herrlich das frische Feld,
你 祝福 美妙地 [-] 清新的 原野,
(你美妙地祝福着清新的原野,)

im Blütendampfe die volle Welt.
在… 鲜花的蒸汽 [-] 满的 世界。
(鲜花的香味充满世界。)

O Mädchen, Mädchen, wie lieb ich dich!
噢 姑娘， 姑娘， 多么 爱 我 对你!
(噢姑娘，我多么爱你!)

wie blickt dein Auge, wie liebst du mich!
那样 看 你的 眼睛， 那样 爱 你 对我!
(你的眼睛那样地看着，你那样地爱我!)

So liebt die Lerche Gesang und Luft,
如此 爱 [-] 云雀 歌唱 和 空气，
(云雀就是这样爱歌唱和大气，)

und Morgenblumen den Himmelsduft,
和 早晨的鲜花 [-] 天空的芳香，
(还有天际芳香的晨花，)

wie ich dich liebe mit warmem Blut,
多么 我 对你 爱 以 热情的 血液，
(我热情地爱着你，)

die du mir Jugend und Freud' und Muth
[-] 你 对我 青春 和 欢乐 和 勇气
(为了新的歌和眼泪

zu neuen Liedern und Tränen gibst.
为 新的 歌 和 眼泪 给。
(你给我青春、欢乐和勇气。)

Sei ewig glücklich, wie du mich liebst!
是 永恒的 幸福的， 好像 你 对我 爱!
(就如你对我的爱，我永远是幸福的!)

Beethoven
贝多芬

# Mignon
# 迷 娘

Kennst du das Land, wo die Citronen blüh'n,
知道 你 这 地方， 那里 [-] 香檬 开花，
(你可知道那地方，那里香檬开着花，)

im dunkeln Laub die Goldorangen glüh'n,
在…深色的 树叶…中 [-] 金色的橘子 发红，
(在深色的树叶中金色的橘子红橙橙，)

ein sanfter Wind vom blauen Himmel weht,
一阵 温柔的 风 从 蓝色的 天空 吹，
(从兰天吹来一阵微风，)

die Myrthe still und hoch der Lorbeer steht?
[-] 桃金娘 宁静 和 高的 [-] 月桂树 竖立？
(那里桃金娘寂静和月桂树耸立？)

Kennst du es wohl?
知道 你 它 也许？
(你可知道那里？)

Dahin möcht' ich mit dir, o mein Geliebter, zieh'n.
向那里 愿 我 与你一起， 噢 我的 亲爱的人， 去。
(我愿与你一起去那地方，噢亲爱的人。)

Dahin!
向那里!
(去那里!)

Kennst du das Haus? Auf Säulen ruht sein Dach,
知道 你 这 房子？ 在…柱子…上 停留 它的 屋顶，
(你可知道那房子?圆柱支撑着屋顶，)

es glänzt der Saal, es schimmert das Gemach,
[-] 发光 [-] 大厅， [-] 闪烁 [-] 房间，
(那里大厅发光，房间闪烁，)

und Marmorbilder steh'n und seh'n mich an:
还有 大理石雕像 站立 并 看 我 [-]:
(还有大理石雕像在那里看着我:)

was hat man dir du armes Kind, gethan?
什么 曾 人 对你 你 可怜的 孩子, 做?
(可怜的孩子，人们对你干了什么?)


Kennst du es wohl?
知道 你 它 也许?
(你可知道那里?)


Dahin möcht' ich mit dir, o mein Beschützer, zieh'n. Dahin!
向那里 愿 我 与你一起，噢 我的 保护者， 去。向那里!
(我愿与你一起去那地方，噢我的保护者。去那里!)


Kennst du den Berg und seinen Wolkensteg?
知道 你 [-] 山 和 它的 高耸入云的小路?
(你可知道那山和它那高耸入云的小路?)


Das Maulthier sucht im Nebel seinen Weg;
[-] 骡子 寻找 在…雾…中 它的 道路;
(骡子在雾中寻找它的道路;)


in Höhlen wohnt der Drachen alte Brut;
在…洞穴…中 居住 [-] 龙 古老的 小仔;
(在洞穴中住着古老的龙仔;)


es stürzt der Fels und über ihn die Fluth.
[-] 涌出 [-] 岩石 和 在…它…上面[-] 洪流。
(岩石上涌出洪流。)


Kennst du ihn wohl?
知道 你 它 也许?
(你可知道那里?)


Dahin geht unser Weg!
向那里 去 我们的 道路!
(我们的道路走向那里!)


o Vater, lass uns zieh'n!
噢 父亲, 让 我们 移动!
(噢父亲，让我们走起来!)


Dahin lass uns zieh'n!
向那里 让 我们 移动!
(让我们走向那里!)

Beethoven
贝多芬

# Mit einem gemalten Band
# 乘 着 彩 带

Kleine Blumen， kleine Blätter streuen mir mit leichter Hand
小的 花朵， 小的 花瓣 撒开 为我 以 柔和的 手
(年青的春天诸神请用温柔的手为我

gute junge Frühlingsgötter tändelnd auf ein luftig Band.
好的 年青的 春天的诸神 戏耍地 在…一条 轻的 带子…上。
(在一条轻盈的彩带上铺撒小花和花瓣。)

Zephyr, nimm's auf deine Flügel, schling's um meiner Liebsten Kleid;
和风， 拿起它 在… 你的 翼翅…上 围它 环绕 我的 心上人的 衣服;
(和风，请用你的翼翅把它围在我心上人的衣服上;)

und so tritt sie vor den Spiegel all' in ihrer Munterkeit.
而 如此 走向 她 在… [-] 镜子…前 完全 在…她的 生气…中。
(她充满生气地走到镜子前。)

Sieht mit Rosen sich umgeben， selbst wie eine Rose jung.
她看见 以 玫瑰花 她自己 围绕， 她自己 像 一朵 玫瑰花 鲜嫩的。
(在玫瑰花丛中她就像一朵鲜嫩的玫瑰花。)

Einen Blick, geliebtes Leben! und ich bin belohnt genug.
一个 眼神， 亲爱的 生命! 而 我 是 回报 足够地。
(亲爱的人!你只要看我一眼就足以回报我了。)

Fühle, fühle, was dies Herz empfindet, reiche frei mir deine Hand，
感觉， 感觉， 什么 这颗 心 感受到， 伸展 自由地 向我 你的 手，
(把你的手伸给我，你就感觉到这颗心的感受，)

und das Band, das uns verbindet, sei kein schwaches Rosenband!
而 这条 彩带， 这 把我们 联系在一起， 是 不 不结实的 玫瑰花带子!
(愿这条把我们联系在一起的彩带不是玫瑰花制成的脆弱的带子!)

Beethoven

贝多芬

# Wonne der Wehmut
# 忧伤的乐趣

Trocknet nicht,　　Thränen der ewigen Liebe!
变干　　不，　　眼泪 …的 永恒的　　爱情！
(永恒爱情的泪水，不要变干!)

Ach,　　nur dem halb getrockneten Auge
啊，　　只有 [-]　半　　变干的　　　眼睛
(啊，对那半干的眼睛

wie öde,　wie tot die Welt ihm erscheint!
多么 空虚，　多么无生命[-] 世界 对它　　显得！
(世界显得多么空虚而死气沉沉!)

Trocknet nicht,　　Thränen unglücklicher Liebe.
变干　　不，　　眼泪　　悲伤的　　爱情。
(悲伤爱情的泪水，不要变干。)

Bohm

**Still wie die Nacht**

伯姆

# 静 如 夜

Still wie die Nacht, tief wie das Meer soll deine Liebe sein!
宁静 像 [-] 夜, 深 像 [-] 海 愿 你的 爱 是!
(愿你的爱静如夜，深如海!)

Wenn du mich liebst, so wie ich dich, will ich dein eigen sein.
如果 你 对我 爱, 如此 像 我 对你, 要 我 你的 自身的 是。
(如果你爱我，像我爱你那样，我要成为你自己。)

Heiss wie der Stahl und fest wie der Stein soll deine Liebe sein!
灼热的 像 [-] 钢 和 坚定像 [-] 岩石 愿 你的 爱 是!
(愿你的爱灼热如钢，坚定如石!)

**Brahms**

布拉姆斯

# Am Sonntag Morgen
# 星期日早上

Am Sonntag Morgen,　zierlich angetan,
在　　星期日　　早上,　优美的　　穿戴,
(星期日早上，穿着美丽地，)

wohl wiess ich,　wo du da bist hingegangen,
一定的 知道　我,　哪里 你 于是 已　　　前往,
(我就知道你上哪里去了，)

und manche Leute waren,　die dich sah'n,
和　很多　　人　　是,　他们 对你 看见,
(很多人看见了你，)

und kamen dann zu mir,　dich zu verklagen.
和　来　　然后　向 我,　把你 去　　控诉。
(他们随后到我这里告发你。)

Als sie mir's sagten,　hab ich laut gelacht,
当…他们对我把它说…时,　曾　我 大声地　笑,
(当他们把情况告诉我时，我大声地笑了，)

und in der Kammer dann geweint zur Nacht.
而 在…[-]　卧室…里 然后　哭泣 在　晚上。
(但晚上我却在卧室里哭泣。)

Als sie mir's sagten,　fing' ich an zu singen,
当…他们对我把它说…时,　使中计 我 借助于去　歌唱,
(当他们把情况告诉我时，我假装歌唱，)

um einsam dann die Hände wund zu ringen.
在…孤独…时 于是　[-]　双手　创伤的 去　　绞。
(在我独自一人时，我把手都绞痛了。)

Brahms
布拉姆斯

# An die Nachtigall
# 致 夜 莺

Geuss' nicht so laut der liebentflammten Lieder tonreichen Schall
倾注 不 如此 响亮 [-] 燃烧着爱情的 歌曲 富有音响的 声音
(噢夜莺，不要如此响亮地从苹果树的花丛中向下倾注

vom Blütenast des Apfelbaums hernieder， o Nachtigall!
从 花枝 …的 苹果树 向下， 噢 夜莺!
(你那嘹亮的充满爱情而动听的歌曲!)

Du tönest mir mit deiner süssen Kehle die Liebe wach;
你 鸣响 对我 以 你的 甜蜜的 歌喉 [-] 爱情 唤醒;
(你以甜美的歌喉唤醒了我的爱情;)

denn schon durchbebt die Tiefen meiner Seele dein schmelzend "Ach."
因为 已经 使激动 [-] 深处 我的 灵魂 你的 悦耳动听的 "啊"。
(因为你那悦耳动听的"啊"已经使我灵魂深处激动起来。)

Dann flieht der Schlaf von neuem dieses Lager， ich starre dann
然后 很快消失 [-] 睡眠 从 新的 这张 床， 我 凝视 那时
(然后睡眠很快重新从这张床上消失，我那时

mit nassem Blick und totenbleich und hager den Himmel an.
以 湿的 目光 和 苍白的 和 憔悴的 [-] 天空 [-]。
(湿润的眼睛苍白而无力地望着天空。)

Fleuch， Nachtigall， in grüne Finsternisse， ins Haingesträuch，
飞， 夜莺， 在…绿色的 昏暗…中， 进入 灌木丛，
(飞吧，夜莺，到绿色的黑暗中，飞到灌木丛中，

und spend' im Nest der treuen Gattin Küsse， entfleuch!
并 给予 在…巢…中 [-] 忠诚的 夫人 吻， 飞走!
(到巢中去吻你那忠诚的妻子，飞走吧!)

Brahms
布拉姆斯

# An eine Aeolsharfe
# 致埃奥尔斯琴

Angelehnt an die Efeuwand dieser alten Terrasse,
倚靠 在… [-] 常春藤墙…旁 这个 古老的 阳台,
(靠在这古老阳台的常春藤墙旁,)

du, einer luftgebornen Muse geheimnisvolles Saitenspiel,
你, 一个 空降的 缪斯 充满神秘的 拨弦乐演奏,
(你,从天下降的缪斯的神秘的拨弦乐演奏,)

fang' an, fange wieder an deine melodische Klage.
开始 [-], 开始 再次 [-] 你的 音调悦耳的 哀怨。
(再次开始你那悦耳的哀怨。)

Ihr kommet, Winde, ferne herüber,
你 来, 风, 遥远的 过来,
(风,你从远方吹来,)

ach! von des Knaben, der mir so lieb war, frisch grünende Hügel.
啊! 从 [-] 小伙子, [他] 对我如此心爱的 是, 新近的 变绿的 坟丘。
(啊!从那刚刚发绿的、我如此心爱的小伙子的坟丘吹来。)

Und Frühlingsblüten unterwegs streifend,
和 春天的花朵 途中 掠过,
(你沿途掠过春天的花朵,)

übersättigt mit Wohlgerüchen, wie süss bedrängt ihr dies Herz!
过分饱和的 以 芳香, 多么 温柔地 折磨 你 这颗 心!
(充满了芳香,你如此温柔地折磨着这颗心!)

Und säuselt her in die Saiten, angezogen von wohllautender Wehmut,
并 低语 从那里 在…[-] 琴弦, 吸引 被 和谐的 忧伤,
(琴弦的低吟,被悦耳的忧伤吸引着,)

wachsend im Zug meiner Sehnsucht und hinsterbend wieder.
扩大 在…群…中 我的 思念 和 死去 再次。
(我的思念使音响扩大又再次消逝。)

Aber auf einmal, wie der Wind heftiger herstösst,
但是 突然, 当… [-] 风 更强烈地 俯冲…时,
(但突然，当风更猛烈地吹拂，)

ein holder Schrei der Harfe
一声 优美的 叫喊 …的 竖琴
(竖琴的一声优美的叫喊

wiederholt mir zu süssem Erschrecken meiner Seele plötzliche Regung.
反复说 对我 以 悦耳的 惊恐 我的 灵魂 突然的 感情冲动。
(以悦耳的惊恐反复对我说出了我心灵的意外感情冲动。)

Und hier, die volle Rose streut geschüttelt all' ihre Blätter vor meine Füsse!
而 这里, [-] 完整的玫瑰花 撒开被振动 所有 它的 花瓣 在… 我的 脚…下!
(而这里，玫瑰花被风吹落，它所有的花瓣散落在我的脚下!)

Brahms
布拉姆斯

# Auf dem Kirchhofe
# 在 墓 地

Der Tag ging regenschwer und sturmbewegt，
[-] 一天 进行 沉重的雨 和 激烈的风暴，
(那一天下着大雨，刮着风暴，)

ich war an manch' vergess'nem Grab' gewesen，
我 曾 到 一些 被遗忘的 坟墓 是，
(我曾到一些被遗忘的坟墓去，)

verwittert Stein und Kreuz， die Kränze alt，
饱经风霜的 石碑 和 十字架， [-] 花圈 年老的，
(饱经风霜的石碑和十字架，破旧的花圈，)

die Namen überwachsen， kaum zu lesen.
[-] 名字 长满覆盖物， 几乎不 辨认。
(名字上布满青苔，难以辨认。)

Der Tag ging sturmbewegt und regenschwer，
[-] 一天 进行 激烈的风暴 和 沉重的雨，
(那一天刮着风暴，下着大雨，)

auf allen Gräbern fror das Wort: Gewesen.
在…所有的 坟墓…上 上冻 [-] 字: 曾经是。
(所有的坟墓上冻着的字是:曾经是。)

Wie sturmestot die Särge schlummerten，
如同 暴风雨死去 [-] 棺木 打瞌睡，
(如同暴风雨消失，那些棺木在打瞌睡，)

auf allen Gräbern taute still: Gewesen.
在…所有的 坟墓…上 解冻 安静地: 正在复原。
(所有的坟墓上都静静地融化出:正在复原。)

Brahms **Botschaft**
布拉姆斯 **消 息**

Wehe, Lüftchen, lind und lieblich um die Wange der Geliebten,
吹， 微风， 柔和地 和 可爱地 围绕 [-] 面颊 …的 心上人，
(微风，围绕着心上人的脸柔和而可爱地吹吧，)

spiele zart in ihrer Locke, eile nicht, hinweg zu flieh'n.
嬉戏 轻柔地 在…她的 卷发…里， 赶忙 不， 离去 向 很快消失。
(轻柔地玩弄她的卷发，不要匆忙离去。)

Tut sie dann vielleicht die Frage, wie es um mich Armen stehe,
吹奏 她 然后 也许 [-] 问题， 怎么 它 围绕 我 贫民 站，
(然后她也许会问，那可怜的人怎么站在我周围，)

sprich: "Unendlich war sein Wehe, höchst bedenklich seine Lage;
说: "无止境的 是 他的 痛苦， 非常 令人忧虑的 他的 情况；
(说:"他的痛苦无穷无尽，他的情况令人忧虑;)

aber jetzt kann er hoffen, wieder herrlich aufzuleben,
然而 现在 可以 他 希望， 再次 美妙的 开始生活，
(但是现在他可以希望从新开始美好的生活，)

denn du, Holde, denkst an ihn."
因为 你， 可爱的人， 想起 对 他。"
(因为你，可爱的人，你想起了他。")

**Brahms**
布拉姆斯

# Das Mädchen spricht
# 少 女 说

Schwalbe, sag' mir an,
燕子， 告诉 我 [-]，
(燕子，请告诉我，)

ist's dein alter Mann mit dem du's Nest gebaut?
是它 你的 老的 男人 和…他一起 你[-] 窝 建造？
(你是和你那可尊敬的丈夫一起造窝吗?)

Oder hast du jüngst 'erst dich ihm vertraut?
或 曾 你 最近的 只有 你自己 对他 信任？
(或近来你只信任他?)

Sag', was zwitschert ihr,
说， 什么 叽叽喳喳地叫对你，
(告诉我，它对你叽叽喳喳叫什么，)

sag', was flüstert ihr des Morgens so vertraut?
说， 什么 轻声低语 对你 [-] 早晨 如此 亲密的？
(告诉我，它早晨如此亲密地对你轻声说什么?)

Gelt, du bist wohl auch noch nicht lange Braut.
是吧， 你 是 可能 也 还 不 很久 新娘。
(你当新娘的时间可能不太长吧。)

Brahms
布拉姆斯

# Dein blaues Auge
# 你蓝色的眼睛

Dein blaues Auge hält so still,
你的　蓝色的　眼睛　保持　如此 平静，
(你蓝色的眼睛如此平静，)

ich blicke bis zum Grund.
我　　看　一直 到　　底部。
(我一直看到它的深处。)

Du fragst mich, was ich sehen will?
你　问　　我，　什么 我　看见　愿意?
(你问我，我要看到什么?)

Ich sehe mich gesund.
我　　看 我自己 健康的。
(我在寻找我的新生命。)

Es brannte mich ein glühend Paar,
那里 燃烧　使我　一　炽热的　一对，
(一对炽热的眼睛使我燃烧，)

noch schmerzt das Nachgefühl:
仍然　使痛苦　[-]　事后的感觉:
(事后的感觉仍然是痛苦的:)

das deine ist wie ein See so klar
[-] 你的　是　像　一个　湖　如此清澈
(你的眼睛像湖水那样清澈

und wie ein See so kühl.
又　像　一个　湖　如此冷漠。
(又像湖水那样冷漠。)

**Brahms**

布拉姆斯

# Der Schmied

## 铁 匠

Ich hör' meinen Schatz,　den Hammer er schwinget,
我 听见 我的 亲爱的, 　[-]　铁锤 他 抡,
(我听见我的亲人在抡铁锤,)

das rauschet,　das klinget,　das dringt in die Weite,
它 发出轰鸣声, 它 发出叮当声, 它 穿透 到…[-]　远方,
(那轰鸣声,那叮当声,穿越到远方,)

wie Glockengeläute,　durch Gassen und Platz.
像 钟声, 　穿过 街道 和 广场。
(像钟声穿过街道和广场。)

Am schwarzen Kamin,　da sitzet mein Lieber,
在… 黑色的 炉…边, 那里 坐 我的 爱人,
(我的爱人坐在黑色的炉边,)

doch geh' ich vorüber,　die Bälge dann sausen,
[的确] 走 我 过去, 　[-]　风箱 那时 呼啸,
(当我走过那里,风箱在呼啸,)

die Flammen aufbrausen,　und lodern um ihn.
　[-]　火焰 沸腾, 　和 熊熊燃烧 围绕 他。
(火焰滚滚,在他周围熊熊燃烧。)

Brahms
布拉姆斯

# Der Tod，das ist die kühle Nacht
## 死亡是冷漠的夜晚

Der Tod,    das  ist  die  kühle  Nacht,
 [-]  死亡,    它    是  [-]  冷漠的   夜晚,
(死亡是冷漠的夜晚,)

das  Leben  ist  der   schwüle  Tag.
 [-]   生活   是  [-]   闷热的   白日。
(生活是闷热的白日。)

Es  dunkelt  schon,    mich  schläfert,
它   变暗     已经,      使我     困倦,
(天已变黑,我感到困倦,)

der  Tag  hat  mich  müd'  gemacht.
 [-]  白日  已  使我  疲劳的    做。
(白天已使我很疲倦。)

Über  mein  Bett  erhebt  sich  ein  Baum,
在…   我的   床…上  升起  [它自己]一棵   树,
(在我床上长出一棵树,)

d'rin  singt  die  junge  Nachtigall;
在里面  唱    [-]  年青的    夜莺;
(小夜莺在其中歌唱;)

sie  singt  von  lauter  Liebe,
它    唱   关于  真诚的   爱情,
(它唱着真诚的爱情,)

ich  hör'  es  sogar  im  Traum.
我   听见  它  甚至  在… 梦…中。
(甚至我在梦中也听到它。)

Brahms　　　　　　　　　　Die Mainacht
布拉姆斯　　　　　　　　　　五月之夜


Wann　der　silberne　Mond　durch　die　Gesträuche　blinkt，
当　　[-]　银色的　月亮　穿过　[-]　灌木丛　闪耀，
(当银色的月光穿过树丛，)

und　sein　schlummerndes　Licht　über　den　Rasen　streut，
并　它的　昏昏的　光　在…　[-]　草坪…上　撒开，
(把它那朦胧的光撒在草地上，)

und　die　Nachtigall　flötet，
和　[-]　夜莺　鸣啭，
(夜莺在歌唱，)

wandl'　ich　traurig　von　Busch　zu　Busch.
散步　我　悲伤地　从　树丛　到　树丛。
(我悲伤地徘徊在树丛中。)

Überhüllet　vom　Laub　girret　ein　Taubenpaar　sein　Entzücken　mir　vor；
覆盖　被　树叶　咕咕叫　一对鸽子　它的　陶醉　在我面前；
(一对鸽子在树荫深处对我陶醉地咕咕叫;)

aber　ich　wende　mich，　suche　dunklere　Schatten，
但是　我　转动　我自己，　寻找　更暗的　阴暗处，
(但我转身，走向更暗的角落，)

und　die　einsame　Träne　rinnt.
并　[-]　孤独的　眼泪　流淌。
(并流出孤独的眼泪。)

Wann，　o　lächelndes　Bild，
当，　噢　微笑的　肖像，
(噢，当亲切的倩影，)

welches　wie　Morgenrot　durch　die　Seele　mir　strahlt，
[情影]　像　朝霞　穿过　[-]　灵魂　对我　照耀，
(它像朝霞照透我的心灵，)

find　ich　auf　Erden　dich?
找到　我　在…大地…上　你?
(我能在人世间找到你吗?)

Und die einsame Träne bebt mir heisser,　heisser die Wang herab.
而　 [-]　孤独的　　 眼泪　颤动 使我 更激动地，　更激动地 [-]　　面颊　 往下。
(孤独的眼泪越来越激动地从脸上流下。)

Brahms
布拉姆斯

# Feldeinsamkeit
# 寂静的田野

Ich ruhe still im hohen grünen Gras
我 休息 平静地 在…高的 绿的 草…中
(我平静地躺在高高的绿草中，)

und sende lange meinen Blick nach oben，
并 送 长久地 我的 目光 向 上面，
(并长久地仰望青天，)

von Grillen rings umschwirrt ohn' Unterlass，
被 蟋蟀 周围成群地围着…飞 没有 停顿，
(蟋蟀不停地在我周围跳动，)

von Himmelsbläue wundersam umwoben.
被 碧蓝的天空 奇妙地 围绕。
(奇妙地被围绕在蓝天下。)

Die schönen weissen Wolken zieh'n dahin
[-] 美丽的 白色的 云 漫游 向那里
(美丽的白云在天空飘荡

durch's tiefe Blau， wie schöne stille Träume;
穿过 [-] 深的 蓝色， 像 美丽的 平静的 梦;
(穿过蓝天，好像美丽宁静的梦;)

mir ist， als ob ich längst gestorben bin
对我 是， 有 如 我 很久以前 已死 [已]
(我觉得，好像我久已死去

und ziehe selig mit durch ew'ge Räume.
并 漫游 愉快地 与 穿过 永恒的 空间。
(并和它们愉快地遨游在永恒的晴空中。)

# Immer leiser wird mein Schlummer
## 我的睡眠越来越轻

Brahms
布拉姆斯

Immer leiser wird mein Schlummer,
越来越 轻微的 变得 我的　　睡眠，
(我的睡眠越来越轻，)

nur wie Schleier liegt mein Kummer zitternd über mir.
仅 像 面纱 横放 我的 忧伤 颤抖 在… 我…身上。
(我的忧伤像面纱那样在身上抖动。)

Oft im Traume hör' ich dich rufen draus' vor meiner Tür,
经常 在…梦…中 听见 我 你 呼唤 在外面 在… 我的 门…前，
(我常在梦中听见你在门外呼唤，)

niemand wacht und öffnet dir, ich erwach' und weine bitterlich.
没有人 醒来 并 打开 为你， 我 醒来 并 哭泣 剧烈地。
(没有人起来为你开门，我醒来并剧烈地痛哭。)

Ja, ich werde sterben müssen.
是的， 我 成为 死亡 必须。
(是的，我必须死去。)

Eine Andere wirst du küssen, wenn ich bleich und kalt;
一个 别的人 将 你 吻， 当 我 苍白 和 冰凉;
(当我变得苍白而僵冷之后，你将吻另一个人;)

eh' die Maienlüfte weh'n, eh' die Drossel singt im Wald:
在… [-] 五月的微风 吹来之前, 在… [-] 画眉 唱 在 森林…之前:
(在五月的微风吹拂之前、画眉在森林里歌唱之前:)

Willst du mich noch einmal seh'n, komm', o komme bald!
愿意 你 对我 再 一次 看， 来， 噢 来 很快就!
(愿你再来看我一次，来吧，噢快来吧!)

Brahms

布拉姆斯

# In der Fremde
# 在 异 地

Aus der Heimat hinter den Blitzen rot,
从 [-] 故乡 在… [-] 闪光 红色的…后面，
(云从红色闪光后面的

da kommen die Wolken her.
那里 来 [-] 云 从。
(故乡那里飘来。)

Aber Vater und Mutter sind lange tot,
但是 父亲 和 母亲 是 很久以前 死，
(但父母亲早已故去，)

es kennt mich dort keiner mehr.
[它] 知道 对我 那里 没有人 再。
(那里再没有人知道我。)

Wie bald, ach, wie bald kommt die stille Zeit,
多么 快， 啊， 多么 快 来到 [-] 宁静的 时刻，
(啊，宁静的时刻很快就要来到，)

da ruhe ich auch und über mir rauscht die schöne Waldeseinsamkeit,
然后安宁 我 也 并 在… 我上面沙沙作响 [-] 美丽的 森林的寂静，
(然后我也安息了，美丽森林的寂静在我上面沙沙作响，)

und keiner kennt mich mehr hier.
而 没有人 知道 对我 再 这里。
(而这里再也没有人知道我。)

**Brahms**

# In Waldeseinsamkeit
## 在森林的寂静中

布拉姆斯

Ich sass zu deinen Füssen in Waldeseinsamkeit;
我　坐　在…　你的　脚…下　在…　森林的寂静…中;
(在森林的寂静中我坐在你脚下;)

Windesatmen,　Sehnen ging durch die Wipfel breit.
　风的呼吸,　　渴望　走　穿过　[-]　树梢　宽阔的。
(微风吹拂,渴望着穿过宽阔的树梢。)

In stummen Ringen senkt' ich das Haupt in deinen Schoss,
在…无声的　斗争…中 下垂　我　[-]　头　在…　你的　怀…里,
(在无声的斗争中我把头垂到你怀中,)

und meine bebenden Hände um deine Knie ich schloss.
和　我的　颤抖的　手　围绕 你的　膝盖　我　合上。
(我颤抖的手拥抱你的膝盖。)

Die Sonne ging hinunter,　der Tag verglühte all,
[-]　太阳　走　向下,　　[-]　白日 渐渐熄灭　全部,
(太阳西斜,白日已消失,)

ferne,　sang eine Nachtigall.
远处,　歌唱 一只　夜莺。
(在远处,一只夜莺在歌唱。)

Brahms

布拉姆斯

# Liebestreu
# 忠诚的爱情

"O versenk', o versenk' dein Leid, mein Kind,
"噢 使沉没, 噢 使沉没 你的 痛苦, 我的 孩子,
("噢我的孩子，把你的痛苦)

in die See, in die tiefe See!"
在…[-] 海…中, 在…[-] 深的 海…中!"
(沉入深深的海洋中!")

"Ein Stein wohl bleibt auf des Meeres Grund,
"一块 石头 可能 逗留 在… [-] 海洋 底层…上,
("石头可能待在海底，)

mein Leid kommt stets in die Höh'."
我的 痛苦 来 始终 在… [-] 高处…中。"
(我的痛苦总是浮上水面。")

"Und die Lieb', die du im Herzen trägst,
" 而 [-] 爱情, [-] 你 在… 心…中 携带,
("你心中持有的爱情，)

brich sie ab, brich sie ab, mein Kind!"
折断 它 离开, 折断 它 离开, 我的 孩子!"
(我的孩子，抛弃它，抛弃它!")

"Ob die Blum' auch stirbt, wenn man sie bricht,
"即使 [-] 花朵 也 死去, 当 人们 把它 折断,
("当人们把鲜花折断，即使它会死去，)

treue Liebe, nicht so geschwind."
忠诚的 爱情, 不 如此 迅速的。"
(忠诚的爱情却不会消逝得这样快。")

"und die Treu', 's war nur ein Wort,
" 而 [-]` 忠诚, [它]是 只 一个 字,
("但忠诚只是一个字，)

in den Wind damit hinaus!"
在…[-] 风…中 与它 出去!")
(它会随风飘走!")

"O Mutter,    und  splittert  der  Fels  auch  im  Wind,
"噢 母亲，      和    碎裂    [-] 岩石  尽管  在…风…中，
("噢母亲，尽管岩石会在风中碎裂，)

meine  Treue,    die  hält  ihn  aus."
我的    忠诚，    它  保持  它  结束。"
(我的忠诚却经得住风暴的考验。")

Brahms
布拉姆斯

# Mädchenlied
# 少女之歌

Auf die Nacht in der Spinnstub'n da singen die Mädchen，
在 [-] 夜晚 在…[-] 纺纱室…里 那里 歌唱 [-] 少女，
(夜晚，少女在纺纱室里歌唱，)

da lachen die Dorfbub'n， wie flink gehn die Rädchen!
那里 笑 [-] 乡村顽童们， 多么 敏捷的 走 [-] 小轮子!
(乡村顽童们在那里嬉笑，小轮子转得多快!)

Spinnt jedes am Brautschatz， dass der Liebste sich freut.
纺纱 每个 向 嫁妆， 因而 [-] 亲爱的人[自己] 高兴。
(她一针一线纺织嫁妆，好使亲爱的人高兴。)

Nicht lange， so gibt es ein Hochzeitsgeläut.
不久， 因此 给 它 一个 婚礼的钟声。
(因此，不久将响起婚礼的钟声。)

Kein Mensch， der mir gut ist， will nach mir fragen;
没有 男人， [他] 对我 好 是， 愿 向 我 询问;
(没有人爱我，会来向我求婚;)

wie bang mir zu Mut ist， wem soll ich's klagen?
多么 担心 我 在…心情…里是， 对谁 将 我[把它] 抱怨?
(我是多么担心，我能对谁抱怨?)

Die Tränen rinnen mir übers Gesicht - wofür soll ich spinnen?
[-] 眼泪 流淌 我 在… 脸…上 - 为什么人 将 我 纺织?
(眼泪在脸上流淌 - 我为谁纺织呢?)

Ich weiss es nicht!
我 知道 它 不!
(我不知道!)

Brahms

布拉姆斯

# Meine Liebe ist grün
# 我的爱情盛开

Meine Liebe ist grün wie der Fliederbusch,
我的　爱情　是　新鲜的　像　[-]　紫丁香丛，
(我的爱情像丁香花丛那样盛开，)

und mein Lieb ist schön wie die Sonne,
和　我的　爱情　是　美丽的　像　[-]　太阳，
(我的爱情像太阳一样艳丽，)

die glänzt wohl herab auf den Fliederbusch
[太阳]发光　妥善地　向下　在…　[-]　紫丁香丛
(它普照着丁香花丛

und füllt ihn mit Duft und mit Wonne.
并　充满　它　以　芳香　和　以　欢乐。
(并使花丛充满芳香和欢乐。)

Meine Seele hat Schwingen der Nachtigail
我的　灵魂　有　翅膀　…的　夜莺
(我的灵魂展开它那夜莺的翅膀

und wiegt sich in blühendem Flieder,
和　摇晃　它自己　在…　盛开的　紫丁香…中，
(并在盛开的丁香花中摇晃，)

und jauchzet und singet vom Duft berauscht
并　欢呼　和　歌唱　被　芳香　使陶醉
(被芳香所陶醉而欢呼和

viel liebestrunkene Lieder.
许多　陶醉于爱情的　歌曲。
(高唱许多使人心醉的恋歌。)

Brahms
布拉姆斯

# Minnelied
# 情 歌

Holder    klingt    der    Volgelsang，    wenn    die    Engelreine，
更可爱地发出响声 [-]        鸟鸣，        当      [-]    纯洁的天使，
(鸟儿的啭鸣更觉可爱，当纯洁的天使，)

die    mein    Jünglingsherz    bezwang，    wandelt    durch    die    Haine.
[天使]我的    年青人的心        征服，        漫步      穿过    [-]    小树林。
(漫步走过小树林，她征服了我这年青人的心。)

Röter    blühen    Tal    und    Au，    grüner    wird    der    Wasen，
更红      开花    山谷    和    牧场，    更绿      变成    [-]    草地，
(山谷和牧场的花开得更红，草地变得更绿，)

wo    die    Finger    meiner    Frau    Maienblumen    lasen.
那里    [-]    手指      我的    女子    五月的鲜花      采摘。
(在我的情人用手采摘五月鲜花的地方。)

Ohne    sie    ist    alles    tot，    welk    sind    Blüt'    und    Kräuter:
没有      她    是    一切    死的，    枯萎    是    花朵    和      野草:
(没有她，一切失去生机，鲜花和野草变得枯萎:)

und    kein    Frühlingsabendrot    dünkt    mir    schön    und    heiter.
并    没有      春天的晚霞          觉得    对我    优美的    和    明朗的。
(春天的晚霞不再使我感到优美和明朗。)

Traute，    minnigliche    Frau    wollest    nimmer    fliehen，
亲爱的，      可爱的      女子    愿你      永不      消失，
(亲爱的，可爱的情人，愿你永不消失，)

dass    mein    Herz，    gleich    dieser    Au，    mög'    in    Wonne    blühen.
[-]    我的      心，      如同    这片    牧场，    可以    在…幸福…中  开花。
(使我的心，像这片牧场一样，盛开在幸福之中。)

Brahms
布拉姆斯

# Nachtigall
# 夜　莺

O  Nachtigall,　　dein  süsser  Schall,
噢　　夜莺，　　　你的　悦耳的　　声音，
(噢夜莺，你那悦耳的声音，)

er  dringet  mir  durch  Mark  und  Bein.
它　渗入　于我　穿过　骨髓　和　骨。
(渗透入我的心灵。)

Nein,　　trauter  Vogel,　　nein!
不，　　亲爱的　鸟儿，　　不!
(不，亲爱的鸟儿，不!)

Was  in  mir  schafft  so  süsse  Pein,
那事  在…我…中  产生  如此  甜蜜的  痛苦，
(那在我心中产生如此甜蜜痛苦的东西，)

das  ist  nicht  dein,
[那]  是  不　你的，
(不是你的声音，)

das  ist  von  andern,　　himmelsschönen,
那　是　从  另外的，　　　天堂的美，
(那是来自天际的美妙声音，)

nun  längst  für  mich  verklungenen  Tönen
已经是早就  对　我　逐渐消失的　　声音
(这声音对我早已消亡

in  deinem  Lied  ein  leiser  Wiederhall!
在…  你的　歌…中  一个微小的　　回声!
(却在你的歌声中轻轻回响!)

Brahms
布拉姆斯

# Nicht mehr zu dir zu gehen
# 不再去找你

Nicht mehr zu dir zu gehen,
不　再　向　你　去　前往，
(不再去找你，)

beschloss ich und beschwor ich,
曾决定　我　和　曾发誓　我，
(我曾作出决定并发过誓，)

und gehe jeden Abend,
但　前往　每一个　晚上，
(但我每天晚上都去，)

denn jede Kraft und jeden Halt verlor ich.
因为 全部的 力量　和 全部的 坚定性 失去　我。
(因为我失去了所有的力量和坚定性。)

Ich möchte nicht mehr leben,
我　愿　不　再　生存，
(我不想再活下去，)

möcht augenblicks verderben,
愿　　即刻　　　毁灭，
(我愿立即毁灭，)

und möchte doch auch leben für dich,
但　愿　却　还　生存　为　你，
(但我仍然想为你而活着，)

mit dir,　und nimmer sterben.
与你一起，　并　永不　　死去。
(与你一起而且永不死去。)

Ach, rede, sprich ein Wort nur,
啊，说话，　说　一个　字　只，
(啊，说话吧，只说一个字，)

ein einziges, ein klares;
一个 唯一的， 一个 明确的；
(一个唯一的字，一个明确的字;)

gib Leben oder Tod mir,
给　生命　　或　死亡 予我,
(不管它会给我带来生或死，)

nur dein Gefühl enthülle mir, dein wahres!
只要 你的　感情　　揭开　对我，你的　真实的!
(只要告诉我你的真实感情!)

Brahms
布拉姆斯

# O kühler Wald
# 噢凉爽的森林

O kühler Wald, wo rauschest du,
噢 凉爽的 森林, 在哪里 沙沙作响 你,
(噢凉爽的森林, 我的爱人在那里漫步的森林, )

in dem mein Liebchen geht?
在 那里 我的 爱人 走路?
(你在哪里沙沙作响?)

O Widerhall, wo lauschest du,
噢 回声, 在哪里 偷听 你,
(噢回声, 你最能理解我的歌, )

der gern mein Lied versteht?
[回声]乐意 我的 歌 听明白?
(你在哪里偷听?)

Im Herzen tief da rauscht der Wald,
在···心···中 深处 那里 沙沙作响 [-] 森林,
(森林在心的深处沙沙作响, )

in dem mein Liebchen geht,
在 [心中] 我的 爱人 走路,
(我的爱人在那里漫步, )

in Schmerzen schlief der Widerhall,
在··· 痛苦···中 睡觉 [-] 回声,
(回声在痛苦中安眠, )

der Lieder sind verweht.
 [-] 歌曲 是 吹散。
(歌曲被吹散。 )

Brahms
布拉姆斯

# O liebliche Wangen
## 噢可爱的面颊

O liebliche Wangen, ihr macht mir Verlangen,
噢　可爱的　面颊，　你　使　我　　热望，
(噢可爱的面颊，你激起我的热望，)

dies rote, dies weisse zu schauen mit Fleisse.
这　红色，　这　白色　去　观看　以　努力。
(极力想凝视那红色和白色。)

Und dies nur alleine ist's nicht, was ich meine;
而　这　仅仅　单独　是它　不，　什么　我　　说；
(我的意思是说，不单单是)

zu schauen, zu grüssen, zu rühren, zu küssen!
去　观看，　去　问候，　去　触摸，　去　吻!
(凝视它、问候它、触摸它、吻它!)

ihr macht mir Verlangen, o liebliche Wangen!
你　使　我　热望，　噢　可爱的　　面颊!
(你激起我的热望，噢可爱的面颊!)

O Sonne der Wonne! O Wonne der Sonne!
噢　太阳　…的　欢乐!　噢　欢乐　…的　太阳!
(噢欢乐的太阳!噢太阳的欢乐!)

O Augen, so saugen das Licht meiner Augen.
噢　眼睛，　如此　吮吸　[-]　光　我的　　眼睛。
(噢眼睛，它耗尽了我眼睛的光。)

O englische Sinnen! O himmlisch Beginnen! O Himmel auf Erden!
噢　天使般的　思想!　噢　美妙的　　开端!　噢　天堂　在…大地…上!
(噢天使般的思想!噢美妙的开端!噢人间天堂!)

Magst du mir nicht werden, o Wonne der Sonne, o Sonne der Wonne!
愿　你　我的　不　　成为，　噢　欢乐　…的　太阳，噢　太阳　…的　欢乐!
(你不愿意成为我的吗，噢太阳的欢乐，噢欢乐的太阳!)

O Schönste der Schönen!
噢　最美的人　…的　美!
(噢美中之美!)

Benimm mir dies Sehnen, komm eile, komm, komme,
拿 从我 这 渴望, 来 赶快, 来, 来,
(从我这里拿走这渴望，快来吧，)

du Süsse, du Fromme!
你 可爱的人, 你 温顺的人!
(你，可爱的人，你，温顺的人!)

Ach Schwester, ich sterbe, ich sterb', ich verderbe,
啊 姐妹, 我 死亡, 我 死亡, 我 毁灭,
(啊姐妹，我要死，我要毁灭，)

komm, komme, komm eile, benimm mir dies Sehnen,
来, 来, 来 赶快, 拿 从我 这 渴望,
(来吧，快来吧，从我这里拿走这渴望，)

o Schönste der Schönen.
噢 最美的人 …的 美。
(噢美中之美。)

# Brahms
布拉姆斯

# O wüsst' ich doch den Weg zurück
## 噢我只想知道返回的路

O wüsst' ich doch den Weg zurück,
噢　知道　我　不过　[-]　道路　返回，
(噢我只想知道返回的路，)

den lieben Weg zum Kinderland!
[-]　可爱的　道路　去[-]　孩提时的地方！
(走向孩提时代可爱的路!)

O warum sucht' ich nach dem Glück und liess der Mutter Hand?
噢　为什么　寻找　我　向　[-]　幸福　而　离开　[-]　母亲的　手？
(噢我为什么为了寻找幸福而离开了母亲的手?)

O wie mich sehnet auszuruh'n, von keinem Streben aufgeweckt,
噢　多么　我　渴望　去休息，　被　没有　追求　唤醒的，
(噢我多么渴望没有清醒的追求而得以休息，)

die müden Augen zuzutun, von Liebe sanft bedeckt!
[-]　疲乏的　眼睛　去闭上，　被　爱　温存的　覆盖！
(闭上疲乏的眼睛，让温存的爱覆盖!)

Und nichts zu forschen, nichts zu späh'n,
并　没有东西　去　探求，　没有东西　去　张望，
(无所探求，无所期望，)

und nur zu träumen leicht und lind,
并　只　去　做梦　轻的　和　柔和的，
(只求轻柔的梦幻，)

der Zeiten Wandel nicht zu seh'n, zum zweiten Mal ein Kind!
[-]　时光的　变迁　不　去　看见，　为　第二　次　一个　孩子！
(不管时光的变迁，要第二次成为孩子!)

O zeigt mir doch den Weg zurück, den lieben Weg zum Kinderland!
噢　指示　对我　不过　[-]　道路　返回，　[-]　可爱的　道路　向　孩提时的地方！
(噢给我指出返回的路，走向孩提时代可爱的路!)

Vergebens such' ich nach dem Glück, ringsum ist öder Strand!
徒劳地　寻找　我　向　[-]　幸福，　四周　是　荒凉的　海滩！
(我找不到幸福，四周是荒凉的海滩!)

Brahms
布拉姆斯

# Sapphische Ode
# 萨 福 颂

Rosen brach ich nachts mir am dunklen Hage;
玫瑰花 采摘 我 在夜晚 为我 在[-] 黑暗的 树篱;
(夜晚我为自己在黑暗的树篱边采摘的玫瑰花;)

süsser hauchten Duft sie als je am Tage;
更甜蜜地 散发 芳香 它们 比任何时候在 白日;
(比白日任何时候散发的芳香更甜蜜;)

doch verstreuten reich die bewegten Äste Tau, der mich nässte.
然而 撒落 大量的 [-] 移动的 树枝 露水, [露水] 把我 湿润。
(可是从摇曳的树枝上散落的大量露水弄湿了我的衣襟。)

Auch der Küsse Duft mich wie nie berückte,
还有 [-] 吻 芳香 对我 如同从未曾 迷住,
(夜晚我在灌木篱边采摘的你的花唇,)

die ich nachts vom Strauch deiner Lippen pflückte;
[吻] 我 在夜晚 从 灌木 你的 嘴唇 采摘;
(给我的吻的芳香从来没有这样使我醉心;)

doch auch dir, bewegt im Gemüt gleich jenen, tauten die Tränen.
然而 也是 从你, 感动 在…灵魂…中 与…那些…相同, 融化 [-] 眼泪。
(然而和你玫瑰花上的露珠一样,我的灵魂感动得流出了眼泪。)

Brahms            # Ständchen
布拉姆斯           # 小 夜 曲

Der Mond steht über dem Berge,    so recht für verliebte Leut;
[-] 月亮 站 在… [-] 山…上， 如此 适当的 为 热恋的 人们；
(月亮高挂在山顶上，正是热恋者的时光;)

im Garten rieselt ein Brunnen,    sonst Stille weit und breit.
在…花园…里汩汩流淌一眼 喷泉， 否则 宁静 远的 和 宽的。
(花园里喷泉汩汩流淌，否则一片寂静。)

Neben der Mauer im Schatten,    da steh'n der Studenten drei;
在… [-] 墙…边 在…背阴…中， 那里 站着 [-] 学生 三个
(在墙的背阴处，站着三个学生

mit Flöt' und Geig' und Zither und singen und spielen dabei.
拿着 笛子 和 小提琴 和 齐特尔琴 并 歌唱 和 演奏 在一起。
(拿着笛子、小提琴和齐特尔琴在一起歌唱和演奏。)

Die Klänge schleichen der Schönsten sacht in den Traum hinein,
[-] 乐声 爬行 [-] 最美的人 柔和地 在… [-] 梦…中 进去，
(乐声柔和地潜入美人的梦中，)

sie schaut den blonden Geliebten und lispelt: "vergiss nicht mein!"
她 看见 [-] 金发的 情人 并 低声说： "忘记 不 对我!"
(她看见那金发的情人并低声说:"不要忘记我!")

Brahms                     Vergebliches Ständchen
布拉姆斯                         徒劳小夜曲


Guten Abend, mein Schatz, guten Abend, mein Kind!
　晚安，　　　我的　宝贝，　　　晚安，　　　我的　孩子!
(晚安，我的宝贝，晚安，我的孩子!)


Ich komm' aus Lieb' zu dir, ach, mach' mir auf die Tür.
　我　来　出自爱　对　你，　啊，　打开　为我　在… [-] 门…上。
(我来是出于对你的爱，啊，为我开门。)


Mein Tür ist verschlossen, ich lass' dich nicht ein;
为我　门　是　锁住，　　我　让　你　不　进来;
(我的门锁着，我不让你进来;)


Mutter, die rät mir klug, wärst du herein mit Fug wär's mit mir vorbei!
　母亲，她　建议我聪明的，若是　你　进来　以　理由是这　对　我　消逝!
(母亲告诉我要聪明点，你若是借故进来，我就完了!)


So kalt ist die Nacht, so eisig der Wind, dass mir das Herz erfriert,
如此冷是 [-] 夜晚，　如此冰冷的 [-] 风，　[-]使我 [-] 心　冻僵，
(夜晚那样冷，风又那样刺骨，把我的心冻僵，)


mein Lieb' erlöschen wird, öffne mir, mein Kind!
我的　爱　熄灭　将，　打开为我，我的　孩子!
(我的爱将熄灭，为我开门，我的孩子!)


Löschet dein' Lieb', lass sie löschen nur!
　熄灭　你的　爱，　让　它　熄灭　就!
(你的爱熄灭，就让它熄灭吧!)


Löschet sie immerzu, geh' heim zu Bett, zur Ruh'.
　熄灭　它　永远，　　走　家　去　床，　去　休息。
(让它永远熄灭，回家去睡觉，去休息。)


gute Nacht, mein Knab'!
　晚安，　　我的　小伙子!
(晚安我的小伙子!)

**Brahms**

布拉姆斯

# Verrat

# 背 叛

Ich stand in einer lauen Nacht an einer grünen Linde,
我 站 在…一个 温暖的 晚…上 在… 一棵 青的 菩提树…旁,
(一个温暖的晚上我站在一棵青葱的菩提树旁,)

der Mond schien hell, der Wind ging sacht, der Giessbach floss geschwinde.
 [-] 月亮 发光 明亮的, [-] 风 吹起 温和的, [-] 溪流 流淌 迅速的。
(月亮闪闪发光,微风轻拂,溪流潺潺。)

Die Linde stand vor Liebchens Haus, die Türe hört ich knarren.
 [-] 菩提树 站立 在… 爱人的 房子…前, [-] 门 听见 我 嘎嘎作响。
(菩提树在爱人的房屋前,我听见了门响。)

Mein Schatz liess sacht ein Mannsbild 'raus:
我的 亲人 让 轻声地 一个 小子 出来:
(我的爱人轻轻地让一个小子走出门来:)

"Lass morgen mich nicht harren;
" 让 明天 我 不 等候;
("明天不要让我等待;)

lass mich nicht harren, süsser Mann, wie hab ich dich so gerne!
让 我 不 等候, 亲爱的 男人, 多么 有 我 对你 如此 喜爱!
(不要让我等待,亲爱的人,我多么喜欢你!)

Ans Fenster klopfe leise an, mein Schatz ist in der Ferne, ja Ferne!"
在… 窗户…上 敲 轻轻地 [-], 我的 爱人 是 在… [-] 远…处, 是 远处!"
(轻轻地敲窗户,我的丈夫在远处,在远处!")

Lass ab vom Druck und Kuss, Feinslieb, du Schöner im Sammetkleide,
让 离开 以 压力 和 吻, 情人, 你 漂亮的人 穿着 天鹅绒衣服,
(拥抱着和吻着离开,你这穿着天鹅绒衣服的漂亮情人,)

nun spute dich, du feiner Dieb, ein Mann harrt auf der Heide, ja Heide.
现在 赶快 你, 你 聪明的 窃贼, 一个 男人 等候 在… [-] 荒野…里, 是 荒野。
(现在赶快,你这聪明的窃贼,一个男人在荒野等着你,荒野里。)

Der Mond scheint hell, der Rasen grün ist gut zu unserm Begegnen,
 [-] 月亮 发光 明亮的, [-] 草坪 绿色的 是 好的 为 我们的 碰见,
(月亮闪闪发光,绿色的草坪是我们相会的好地方,)

du trägst ein Schwert und nickst so kühn,
你 携带 一把 剑 和 点头 如此勇敢的,
(你带着一把剑并如此勇敢地点着头,)

dein Liebschaft will ich segnen, ja segnen!
你的 私通 将 我 祝福, 是 祝福!
(我将为你的私通祝福,祝福!)

Und als erschien der lichte Tag, was fand er auf der Heide?
而 当 出现 [-] 明亮的 白日, 什么 找到 它 在… [-] 荒野…里?
(而到天亮时,荒野上发现了什么?)

Ein Toter in den Blumen lag zu einer Falschen Leide, ja Leide.
一具 尸体 在… [-] 花丛…中 躺 对 一个 欺诈者的 悲痛, 是 悲痛。
(在花丛中躺着一具尸体面对一个欺诈者的悲痛,悲痛。)

Brahms
布拉姆斯

# Vier Ernste Gesänge
## 四首严肃歌曲

## 1. Denn es gehet dem Menschen
### 1.人类和野兽一样

Denn es gehet dem Menschen, wie dem Vieh,
因为 它 涉及到 [-] 人类， 像 [-] 野兽，
(人类和野兽一样，)

wie dies stirbt, so stirbt er auch;
像 这个 死去， 那么 死去 他 也；
(像野兽会死去，那么人类也会死去;)

und haben alle einerlei Odem;
并 有 全体 同样的 呼吸；
(他们拥有同样的呼吸;)

und der Mensch hat nichts mehr, denn das Vieh: denn es ist alles eitel.
而 [-] 人类 有 不 更多， 比 [-] 野兽: 因为 这 是 全部无价值的。
(人类不比野兽更多点什么，因为他们都没有价值。)

Es fährt alles an einen Ort;
他们 移动 全部 向 一个 地方；
(他们走向同一个地方;)

es ist alles von Staub gemacht, und wird wiede zu Staub.
[它] 是 全部 从 尘埃 做成， 并 成为 再次 到 尘埃。
(他们都是由尘埃做成，并再次回到尘埃。)

Wer weiss, ob der Geist des Menschen aufwärts fahre,
谁 知道， 是否 [-] 精神 …的 人类 向上 行走，
(谁知道，人的精神是否向上行走，)

und der Odem des Viehes unterwärts unter die Erde fahre?
而 [-] 呼吸 …的 野兽 向下 在… [-]土地…下面行走?
(而野兽的呼吸向下在土里行走?)

Darum sahe ich, dass nichts bessers ist,
因此 看出 我， [-] 没有 东西 更好 是，
(因此在我看来，没有东西)

denn dass der Mensch fröhlich sei in seiner Arbeit, denn das ist sein Teil.
比 这 [-] 人类 愉快的 是 在… 他的 工作…中, 因为 这 是 他的 份额。
(比人愉快地完成他的工作更好，因这是他应作的。)

Denn wer will ihn dahin bringen,
因为 谁 将 把他 到那儿 带领,
(因为谁将引领他，)

dass er sehe, was nach ihm geschehen wird?
从而 他 看见, 什么 在…他…之后 发生 将?
(从而他能看见,在他死后将发生什么?)

# 2. Ich wandte mich
## 2. 我转身

Ich wandte mich und sahe an alle,
我 转动 我自己 并 看到 向 一切,
(我转身并看到一切,)

die Unrecht leiden unter der Sonne;
[-] 不公正 受苦 在… [-] 太阳…下面;
(看到在太阳下面的不公正的苦难;)

und siehe, da waren Tränen,
并 看见, 那里 是 眼泪,
(并看到那里流着眼泪,)

Tränen derer, die Unrecht litten und hatten keinen Tröster;
眼泪 那些的, [-] 不公正 受苦 和 有 没有 安慰者;
(那些受不公正之苦的眼泪却没有人来安慰;)

und die ihnen Unrecht täten, waren zu mächtig,
而 那些 对他们 不公正 做, 是 太 强大的,
(而对他们的不公正太强大，)

dass sie keinen Tröster haben konnten.
以致 他们 没有 安慰者 有 可能。
(以致他们不可能有安慰者。)

Da lobte ich die Toten, die schon gestorben waren,
于是 称赞 我 [-] 死者, 那些 已经 去世 是,
(于是我更赞美那些早已死去的人)

mehr als die Lebendigen, die noch das Leben hatten.
更多 比 [-] 活着的人， 他们 仍然 [-] 生命 有。
(而不是那些仍然活着的人。)

Und der noch nicht ist, ist besser, als alle beide,
而 [他] 仍然 不 存在， 是 更好， 比 所有 两个，
(那还没有出生的就更好，比那两个都好，)

und des Bösen nicht inne wird,
和 [-] 邪恶 不 在中间，
(因为他还不知道邪恶，)

das unter der Sonne geschieht.
[邪恶] 在… [-] 太阳…下面 发生。
(那在太阳下面发生的邪恶。)

## 3. O Tod，wie bitter bist du
### 3. 噢死亡，你是多么苦涩

O Tod， wie bitter bist du，
噢 死亡， 多么 苦涩 是 你，
(噢死亡，你是多么苦涩，)

wenn an dich gedenket ein Mensch，
当 对 你 想起 一个 人，
(当一个人想起你，)

der gute Tage und genug hat und ohne Sorge lebet;
[人] 好的 日子 和 足够地 有 和 没有 忧虑 生活着;
(他过着美好的日子、满足并无忧无虑地生活着;)

und dem es wohl geht in allen Dingen und noch wohl essen mag!
和 [-] 他 好的 进行 在…所有 事情…中 并 仍然 好的 吃 想!
(他的一切事情都进行得很顺利而且胃口仍然很好!)

O Tod， wie wohl tust du dem Dürftigen，
噢 死亡， 多么 好的 做 你 [-] 贫困的人，
(噢死亡，你对贫困的人多么好，)

der da schwach und alt ist， der in allen Sorgen steckt，
[他] 那里 衰弱 和 老 是， [他] 在… 所有 忧虑…中 呆在，
(他又弱又老，陷在所有的忧虑中，)

und nichts Bessers zu hoffen, noch zu erwarten hat!
而且一点也没有 更好 去 指望, 也不 去 期待 有!
(而且没有什么更好的指望，也没有可期待的!)

O Tod, wie wohl tust du.
噢 死亡, 多么 好的 做 你。
(噢死亡，你多么好。)

# 4. Wenn ich mit Menschen- und mit Engels-zungen redete
## 4. 尽管我用人和天使的舌头讲话

Wenn ich mit Menschen- und mit Engels-zungen redete,
尽管 我 以 人的- 和 以 天使的- 舌头 讲话,
(尽管我用人和天使的舌头讲话，)

und hätte der Liebe nicht,
而 有 [-] 慈爱 不,
(却没有爱，)

so wär ich ein tönend Erz, oder eine klingende Schelle.
那么 是 我 一个 鸣响的 铜, 或 一个 发出声音的 小铃铛。
(那么我只是一个鸣响的铜管，或是一个叮当的小铃。)

Und wenn ich weissagen könnte, und wüsste alle Geheimnisse
而 尽管 我 预言 能够, 并 知道 全部 秘密
(尽管我能预言、知晓一切奥秘、)

und alle Erkenntnisse, und hätte allen Glauben,
和 全部 知识, 并 有 全部 信念,
(学问渊博，还有全部信念，)

also, dass ich Berge versetzte,
所以, [-] 我 山 移动,
(因而我能移山，)

und hätte der Liebe nicht, so wäre ich nichts.
而 有 [-] 慈爱 不, 那么 是 我 什么也没有。
(却没有爱，那么我就什么也不是。)

Und wenn ich all meine Habe den Armen gäbe,
而 如果 我 所有 我的 财产 [-] 穷人 给,
(如果我把所有财富送给穷人，)

und liesse meinen Leib brennen,
并 容许 我的 肉体 燃烧，
(并容许把我的躯体焚烧，)

und hätte der Liebe nicht, so wäre mir's nichts nütze.
而 有 [-] 慈爱 不， 那么 是 对我它 不 有用。
(却没有爱，那么这对我毫无好处。)

Wir sehen jetzt durch einen Spiegel in einem dunkeln Worte,
我们 看 现在 通过 一面 镜子 到… 一个 模糊的 字…里面，
(我们通过镜子看字是模糊的，)

dann aber von Angesicht zu Angesichte.
那么 但是 [从] 容貌 对 容貌。
(那么我们可面对面地看。)

Jetzt erkenne ich's stückweise,
现在 看清楚 我 它 逐个地，
(现在我能逐个地看清楚它，)

dann aber werd' ich's erkennen, gleich wie ich erkennet bin.
然后 但是 将 我 它 看清楚， 正如 像 我 被看清楚 是。
(我要看清楚它，正如我被看清楚一样。)

Nun aber bleibet Glaube, Hoffnung, Liebe, diese drei;
现在 再 保持不变 信念， 希望， 慈爱， 这些 三个；
(现在保持不变的是信念、希望和爱这三者;)

aber die Liebe ist die grösseste unter ihnen.
而 [-] 慈爱 是 [-] 最大的 在…它们…之间。
(而三者中最大的是爱。)

Brahms
布拉姆斯

# Von ewiger Liebe
# 永 恒 的 爱

Dunkel, wie denkel im Wald und in Feld!
昏暗, 多么 昏暗 在…森林…中 和 在…田野…中!
(在森林和田野中多么昏暗!)

Abend schon ist es, nun schweiget die Welt.
黄昏 已经 是 它, 现在 安静 [-] 世界。
(已是黄昏,世界都沉浸在寂静中。)

Nirgend noch Licht, und nirgend noch Rauch, ja,
无处 仍然 光明, 和 无处 仍然 烟, 是,
(没有光亮,没有炊烟,是,)

und die Lerche sie schweiget nun auch.
和 [-] 云雀 它 安静 现在 也。
(云雀也不作声。)

Kommt aus dem Dorfe der Brusche heraus,
来 自 [-] 村庄 [-] 小伙子 向外,
(小伙子从村庄里出来,)

gibt das Geleit der Geliebten nach Haus,
给 [-] 护送 [-] 情人 向 家,
(伴送他的情人回家,)

führt sie am Weidengebüsche vorbei,
引领 她 在…牧场的灌木丛…边上 经过,
(带领她经过牧场的灌木丛,)

redet so viel und so mancherlei:
说话 如此 多 和 如此 各种各样:
(昵昵而谈,千言万语说个不停:)

"Leidest du Schmach und betrübest du dich,
" 忍受 你 羞耻 和 使悲伤 你自己,
(如果有人由于我)

leidest du Schmach von andern um mich,
忍受 你 羞耻 从 其他人 关于 我,
(使你忍受羞耻并使你悲伤,)

werde die Liebe getrennt so geschwind,
成为 [-] 爱情 分离 如此 快的,
(那就让我们的爱情快快消逝,)

schnell wie wir früher vereiniget sind.
快的 像 我们 以前的 结合 曾是。
(像我们当初相识时那样快。)

Scheide mit Regen und scheide mit Wind,
分开 以 雨 和 分开 以 风,
(随着雨和风而分开,)

schnell wie wir früher vereiniget sind."
快的 像 我们 以前的 结合 曾是。"
(像我们当初相识时那样快。")

Spricht das Mägdelein, Mägdelein spricht:
说 [-] 少女, 少女 说:
(少女说:)

"Unsere Liebe, sie trennet sich nicht!
"我们的 爱情, 它们 分离 自己 不!
("我们的爱情不会消逝!

Fest ist der Stahl und das Eisen gar sehr,
坚固 是 [-] 钢 和 [-] 铁 简直 非常,
(钢和铁固然非常坚实,)

unsere Liebe ist fester noch mehr.
我们的 爱情 是 更坚固 仍 多。
(我们的爱情要更坚实得多。)

Eisen und Stahl, man schmiedet sie um,
铁 和 钢, 人们 锻造 它们 [-],
(人可以铸造铁和钢,)

unsere Liebe, wer wandelt sie um?
我们的 爱情, 谁 改变 它 [-]?
(有谁能改变我们的爱情?)

Eisen und Stahl, sie können vergehn,
铁 和 钢, 它们 能 消逝,
(铁和钢能腐烂,)

unsere Liebe muss ewig, ewig bestehn."
我们的　　爱情　必将　永久地，永久地　　存在。"
(我们的爱情必将永存。")

Brahms
布拉姆斯

## Wenn du nur zuweilen lächelst
# 只愿你能偶尔笑一下

Wenn du nur zuweilen lächelst,
但愿 你 只 偶尔 笑,
(只愿你能偶尔笑一下，)

nur zuweilen Kühle fächelst
只 偶尔 冷漠 扇
(只愿你能偶尔

dieser ungemessnen Glut,
这 无止境的 炽热,
(把这无止境的炽热扇凉，)

in Geduld will ich mich fassen
在…忍耐…中 将 我 我自己 自制
(我将耐着性子等待

und dich alles treiben lassen,
并 你 一切 驱赶 让,
(并让你赶走)

was der Liebe wehe tut.
[一切] [-] 爱情 痛苦的 做。
(痛苦的爱情所做的一切。)

Brahms    Wie bist du, meine Königin

布拉姆斯   **你多么令人喜悦，我的女王**

Wie bist du, meine Königin, durch sanfte Güte wonnevoll!
多么 是 你， 我的 女王， 透过 温柔的 善良 充满喜悦!
(透过温柔的善良，你多么令人喜悦，我的女王!)

Du lächle nur, Lenzdüfte wehn durch mein Gemüte, wonnevoll!
你 笑 只, 春天的芬芳 吹 穿过 我的 心情, 充满喜悦!
(只要你微笑，春天的芬芳就吹进我的心灵，充满喜悦!)

Frisch aufgeblühter Rosen Glanz, vergleich ich ihn den deinigen?
新鲜的 开花 玫瑰 光彩, 比较 我 把它 [光彩] 你的?
(新开放的玫瑰花的光彩，我是否把它与你的光彩相比?)

Ach, über alles was da blüht, ist deine Blüte, wonnevoll!
啊, 在…一切…之上[花朵]在那里开放, 是 你的 花朵, 充满喜悦!
(啊，你的花朵胜过一切开放的花朵，充满喜悦!)

Durch tote Wüsten wandle hin, und grüne Schatten breiten sich,
穿过 无生命的荒野 漫步 向那边, 而 绿色的 荫凉处 展开 它自己,
(当你漫步穿过死寂的荒野时，绿荫展现在你面前，)

ob fürchterliche Schwüle dort ohn' Ende brüte, wonnevoll!
即使 可怕的 沉闷紧张 那儿 无 尽头 笼罩, 充满喜悦!
(即便那里笼罩着无尽头的可怕沉闷，充满喜悦!)

Lass mich vergehn in deinem Arm!
让 我 消逝 在… 你的 臂…中!
(让我在你的怀抱中死去吧!)

Es ist in ihm ja selbst der Tod,
[喜悦]是 在…它…中甚至 自己 [-] 死亡,
(在你怀抱中，死亡本身也是愉快，)

ob auch die herbste Todesqual die Brust durchwüte, wonnevoll!
即使 还 [-] 秋季的 死亡的痛苦 [-] 胸膛 蹂躏, 充满喜悦!
(即便还有伤心的死亡痛苦摧残我的胸膛，充满喜悦!)

Brahms
布拉姆斯

# Wiegenlied
# 摇 篮 曲

Guten Abend, gut' Nacht, mit Rosen bedacht,
好的 傍晚, 好的 夜, 以 玫瑰花 覆盖,
(晚安，晚安，躺在绣满玫瑰花

mit Näg'lein besteckt, schlupf' unter die Deck'.
以 丁香花 装饰, 滑动 在… [-] 被子…下。
(和丁香花的被子下。)

Morgen früh, wenn Gott will,
明天 早晨, 如果 上帝 愿意,
(明天早晨，)

wirst du wieder geweckt.
将 你 再次 被唤醒。
(愿上帝再次唤醒你。)

Guten Abend, gut' Nacht, von Eng'lein bewacht,
好的 傍晚, 好的 夜, 由 小天使 看护,
(晚安，晚安，小天使看守着你，)

die zeigen im Traum dir Christkindleins Baum:
[小天使]展示 在…梦…中 给你 初生的耶稣基督 树:
(在梦中给你看圣诞树:)

Schlaf' nun selig und süss, schau' im Traum's Paradies.
睡 现在 幸福地 和 甜蜜地, 看 在…梦…中的 天国。
(幸福而甜蜜地睡吧，在梦中看见天堂。)

Brahms
布拉姆斯

# Wie Melodien zieht es mir
# 像旋律一样透入我心

Wie Melodien zieht es mir leise durch den Sinn,
像　旋律　　透入　它 对我 轻柔地 穿过　　[-] 思想，
(爱情像旋律一样透入我心，)

wie Frühlingsblumen blüht es，
像　春天的花朵　　开放 它，
(它像春天开放的花朵，)

und schwebt wie Duft dahin.
并　飘荡　像　芳香 在那里。
(散发它的芳香。)

Doch kommt das Wort und fasst es und führt es vor das Aug'，
但　来　[-] 歌词 并　表达 它 并　带　它 在… [-] 眼睛…前，
(但如果用歌词来表达它并使你意识到它，)

wie Nebelgrau erblasst es und schwindet wie ein Hauch.
像　灰色云雾　消失 它 并　减弱　像 一阵 微风。
(它就像灰色云雾那样消失并像微风那样减弱。)

Und dennoch ruht im Reime verborgen wohl ein Duft，
而　仍然　　停顿 在… 韵…中　隐藏的　好好地 一股 芳香，
(然而在韵律中仍然隐藏着一股芳香，)

den mild aus stillem Keime ein feuchtes Auge ruft.
[芳香]柔和地 从[-] 宁静的　蓓蕾 一双 湿润的　眼睛　唤起。
(它温柔地从静静的花蕾中唤起一双湿润的眼睛。)

Franz
弗朗茨

# Bitte
# 请 求

Weil' auf mir, du dunkles Auge,
逗留 朝着 我， 你 深色的 眼睛，
(你黑色的眼睛，)

übe deine ganze Macht,
使用 你的 全部的 威力，
(用你的全部威力看着我，)

ernste, milde, träumerische,
诚挚的， 温柔的， 若有所思的，
(诚挚、温柔、沉思

unergründlich süsse Nacht.
神秘莫测的 可爱的 夜。
(而神秘莫测的可爱的夜。)

Nimm' mit deinem Zauberdunkel
拿 以 你的 神秘的魅力
(用你那神秘的魅力

diese Welt von hinnen mir,
这个 世界 离开 使我，
(带我离开这世界，)

dass du über meinem Leben
[-] 你 超过 我的 生命
(我把我的生命交给你

einsam schwbest für und für.
寂静无声的 飘荡 永远。
(永远寂静无声地随你飘荡。)

Franz

弗朗茨

# Das ist ein Brausen und Heulen
# 暴风雨来临

Das ist ein Brausen und Heulen,
那 是 一阵 淋浴 和 咆哮，
(暴风雨来临，)

Herbst-nacht und Regen und Wind!
秋天的- 夜 和 雨 和 风!
(秋天的夜和雨和风!)

Wo mag wohl jetzt weilen mein armes， banges Kind?
哪里 可能 大概 现在 逗留 我的 可怜的，恐惧不安的 孩子?
(我那恐惧而不安的心上人现在会在哪里?)

Ich seh' sie am Fenster lehnen，
我 认为 她 在 窗户 倚，
(我觉得她依偎在)

im einsamen Kämmerlein;
在… 寂寞的 小房间…里;
(寂寞小房间的窗户旁;)

das Auge gefüllt mit Thränen starrt in die Nacht hinein.
 [-] 眼睛 感受 以 眼泪 凝视 向 [-] 夜 进去。
(眼睛里含着眼泪凝视着夜空。)

Franz                    Die Lotosblume
弗朗茨                        莲 花


Die stille Lotosblume steigt aus dem blauen See，
[-] 文静的    莲花    升起 在… [-]  蓝色的 海…上，
(文静的莲花站在蔚蓝的水面上，)


die Blätter flimmern und blitzen， der Kelch ist weiss wie Schnee.
[-] 花瓣    闪烁    和 闪闪发光， [-]  花萼 是 白的   如    雪。
(花瓣闪闪发光，花萼洁白如雪。)


Da giesst der Mond vom Himmel all' seinen gold'nen Schein，
那里 倾注  [-]  月亮 从… 天空…上 所有的 她的   金色的    光，
(金色的月光从天空倾注下来，)


giesst alle seine Strahlen in ihren Schoss hinein.
倾注 所有的 她的   光束   在…她的  嫩枝…中  进去。
(把她全部的光束倾注入她的嫩枝。)


Im Wasser um die Blume kreiset ein weisser Schwan，
在… 水…中 围绕 [-]  花儿   盘旋  一只 更白的    天鹅，
(一只更白的天鹅在水中围绕着花儿盘旋，)


er singt so süss， so leise， und schaut die Blume an.
他  歌唱 如此 悦耳，  如此 温柔， 并  看着 [-]  花儿 [-]。
(他唱得如此悦耳，如此温柔，并看着花儿。)


Er singt so süss， so leise， und will im Singen vergeh'n.
他  歌唱 如此 悦耳，  如此 温柔， 并 想 在…歌唱…中  过去。
(他唱得如此悦耳，如此温柔，并想在歌唱中离去。)


O Blume， weisse Blume， kannst du das Lied versteh'n?
噢 花儿，  白色的 花儿，  能够 你 这  歌   懂得?
(噢花儿，洁白的花儿，你能理解这歌吗?)


▶74◀

Franz

弗朗茨

# Ein Friedhof
# 墓 地

Schemen   erloschener   Flammen   fächern   über   das   Moor;
　幽灵　　逐渐消失的　　　火焰　　使成扇形　在…　　[-]沼泽地…上;
(逐渐消失的磷火在沼泽地上闪烁;)

Thränen   brennender   Wimpern   flimmern   als   Thau   am   Rohr.
　眼泪　　燃烧的　　　　睫毛　　　颤动　　像　露水　在…芦苇…上。
(睫毛上颤动的灼热泪水像芦苇上的露水。)

Welke   Kränze   am   Grabe,   welke   Herzen   darin,
枯萎的　花圈　在…坟墓…上，枯萎的　　心　在这里面，
(坟墓上枯萎的花圈，里面有枯萎的心，)

leise   rauschen   die   Weiden,   Frieden   darüber   hin.
轻轻地簌簌作响　　[-]　草地，　宁静　在这上面 那里。
(宁静寓于轻轻簌簌作响的草地中。)

Franz
弗朗茨

# Es hat die Rose sich beklagt
# 玫瑰花曾抱怨

Es hat die Rose sich beklagt,
[它] 曾 [-] 玫瑰花 　抱怨,
(玫瑰花曾抱怨,)

das gar zu schnell der Duft vergehe
[-] 非常 向 　快的 [-] 芳香 消散
(她已有的青春的芳香

den ihr der Lenz gegeben habe.
　[-] 她的 [-] 青春 已存在的 具备。
(消散得太快。)

Da hab' ich ihr zum Trost gesagt,
这时 曾 　我 对她 为了 安慰 　说,
(为了安慰她,我曾说,)

dass er durch meine Lieder wehe,
这时 它 　通过 我的 　歌曲 飘扬,
(那芳香通过我的歌声飘扬,)

und dort ein ew'ges Leben habe.
　并 那里 一个 永恒的 生命 　拥有。
(并将拥有一个永恒的生命。)

Franz

弗朗茨

# Für Musik
# 致 音 乐

Nun die Schatten dunkeln，   Stern an Stern erwacht.
现在 [-]   阴影   变暗，   星星 挨着 星星   出现。
(光线变暗了，星星相继出现。)

Welch ein Hauch der Sehnsucht flutet durch die Nacht.
何等   一丝儿   …的   渴望   涌进   穿过 [-]   夜。
(夜空激起了那样的一丝渴望。)

Durch das Meer der Träume steuert ohne Ruh',
穿过 [-]   大海 [-]   梦想   行进   没有 休息，
(梦幻无止境地穿越大海而行，)

steuert meine Seele Deiner Seele zu.
行进   我的   心灵   你的   心灵   向。
(我的心走向你的心。)

Die sich dir ergeben，   nimm sie ganz dahin!
[心灵]自己 向你 听命于，   接受   它 全部地 向那儿!
(它听命于你，请完全地接受它!)

Ach，   du weisst，   dass nimmer ich mein eigen bin，   mein eigen bin.
啊，   你 知道，   [-] 从不 我 我的 自身的 是，   我的   自身的   是。
(啊，你知道，我从来不属于我自己。)

Franz

弗朗茨

# Gute Nacht
# 道 别

Die Höh'n und Wälder schon steigen
[-] 山丘 和 森林 已经 上升
(在深色晚霞中，山丘和森林

immer tiefer in's Abendgold,
越来越 更深色的进入[-] 晚霞，
(变得越来越暗，)

ein Vöglein fragt in den Zweigen:
一只 小鸟 问 在… [-] 树枝…中:
(一只小鸟在枝头问道:)

ob es Liebchen grüssen sollt'?
是否[那] 心上人 问候 如果?
(我是否可以问候心上人?)

O Vöglein, du hast dich betrogen,
噢 小鸟， 你 有 你自己 欺骗，
(噢小鸟，不要欺骗你自己，)

sie wohnet nicht mehr im Thal,
她 居住 不 再 在…山谷…里，
(她不再住在山谷里，)

schwing' auf dich zum Himmelsbogen,
一跃而上 起来 你自己 向[-] 苍穹，
(你飞向苍穹，)

grüss' sie droben zum letztenmal.
问候 她 在那上面 为了 最后的 一次。
(到那上面向她最后一次问候。)

Franz
弗朗茨

# Mädchen mit dem rothen Mündchen
# 朱红嘴唇的姑娘

Mädchen mit dem rothen Mündchen,
姑娘　有　[-]　红色的　嘴唇，
(朱红嘴唇的姑娘，)

mit den Äuglein süss und klar,
有　[-]　小眼睛　可爱的　和　明亮的，
(可爱和明亮的小眼睛，)

Du mein liebes, süsses Mädchen,
你　我的　心爱的，　可爱的　姑娘，
(你是我心爱的，可爱的姑娘，)

Deiner denk' ich immerdar.
对你　想念　我　永远。
(我永远想念你。)

Lang' ist heut' der Winterabend,
长久的　是　如今　[-]　冬季的夜晚，
(冬季的夜晚太长，)

und ich möchte bei Dir sein,
并　我　但愿　在…你的　存在…旁，
(但愿我在你身旁，)

bei Dir sitzen, mit Dir schwatzen
在…你…身旁 坐，　与　你　闲聊
(坐在你身旁，在无人打扰的

im vertrauten Kämmerlein.
在…　亲密的　小房间…里。
(小房间里与你闲聊。)

An die Lippen wollt' ich pressen
在…　[-]　嘴唇…上 愿意 我　紧贴
(我愿紧紧吻你那

Deiner kleine weisse Hand,
你的　小的　白的　手，
(洁白的小手，)

und mit Thränen sie benetzen,
并 以 眼泪 [小手] 沾湿，
(并用我的眼泪沾湿)

eine kleine weisse Hand.
[-] 小的 白的 手。
(你那洁白的小手。)

Franz

弗朗茨

# Wandl' ich in dem Wald des Abends
# 夜晚我在树林里徘徊

Wandl' ich in dem Wald des Abends, in dem träumerischen Wald,
徘徊 我 在… [-] 树林…里 [-] 夜晚, 在…[-] 梦幻的 树林…里,
(夜晚我在树林里，梦幻的树林里徘徊，)

immer wandelt mir zur Seite deine zärtliche Gestalt.
总是 徘徊 与我 在 一侧 你的 亲切的 形影。
(你那温柔的形影总是徘徊在我身旁。)

Ist es nicht dein weisser Schleier? nicht dein sanftes Angesicht?
是 [它] 不 你的 白色的 披纱? 不 你的 温顺的 容貌?
(那不是你的白色披纱吗?那不是你温顺的容貌吗?)

Oder ist es nur der Mondschein, der durch Tannendunkel bricht?
还是 是 [它] 仅仅 [-] 月光, [它] 越过 冷杉的阴影 使折射?
(难道仅仅是穿过冷杉的阴影折射的月光?)

Sind es meine eignen Thränen, die ich leise rinnen hör?
是 [它] 我的 自己的 眼泪, [眼泪] 我 轻轻地 流淌 听见?
(难道是我听见了我自己轻轻流淌的眼泪?)

Oder gehst du, liebste, wirklich weinend neben mir einher?
还是 走 你, 心上人 确实的 哭泣 在…我…旁边 徘徊?
(还是确实是你，哭着在我身边徘徊?)

Franz
弗朗茨

# Widmung
# 献 词

O danke nicht für diese Lieder,
噢 感谢 不 为了 这些 歌曲，
(噢，不要为了这些歌感谢我，)

mir ziemt es dankbar Dir zu sein.
对我 适合 [-] 感激 对你 有。
(应该由我来感激你。)

Du gabst sie nur, ich gebe wieder,
你 给 它们 只是， 我 给 重新，
(不过是你把它们给了我，我又把它们还给你，)

was jetzt und einst und ewig Dein.
什么 现在 和 以后 和 长久的 你的。
(它们现在、今后和永远是你的。)

Dein sind sie alle ja gewesen.
你的 是 它们 全部 的确 是。
(它们全都属于你。)

Aus Deiner lieben Augen Licht
从… 你的 可爱的 眼睛的 光…里
(从你可爱的目光中

hab' ich sie treulich abgelesen,
曾 我 它们 忠诚的 从中看出，
(我曾忠诚地看出它们，)

kennst Du die eignen Lieder nicht?
知道 你 [-] 自己的 歌曲 不?
(你不知道自己的歌吗?)

Mahler
马勒

# Blicke mir nicht in die Lieder
# 不要窥视我的歌曲

Blicke mir nicht in die Lieder!
看　对我　不　到… [-] 歌曲…里!
(不要窥视我的歌曲!)

Meine Augen schlag' ich nieder,　wie ertappt auf böser Tat.
我的　眼睛　倾向　我　向下，　好像 被逮住　在干　坏的　行为。
(我垂下眼睛，好像干了坏事被人逮住。)

Selber darf ich nicht getrauen,　ihrem Wachsen zuzuschauen.
我自己　允许　我　不　敢于，　在它们　成长　去观看。
(我不敢允许我自己在它们未完成时去看它们。)

Blicke mir nicht in die Lieder!
看　对我　不　到… [-] 歌曲…里!
(不要窥视我的歌曲!)

Deine Neugier ist Verrat!
你的　好奇心　是　诱惑!
(你的好奇心只是诱惑!)

Bienen,　wenn sie Zellen bauen,
蜜蜂，　当… 它们　蜂房　建造…时,
(当蜜蜂建造蜂房时，)

lassen auch nicht zu sich schauen,　schauen selbst auch nicht zu.
让　也　不　向它们　观看,　观看 它们自己　也　不　[-]。
(它们也不让人看，它们自己也不看。)

Wenn die reichen Honigwaben sie zu Tag gefördert haben,
当… [-]　多彩的　蜂窝　它们向　白日　揭露　已经…时,
(当它们把多彩的蜂房置于光天化日之下时，)

dann vor allen nasche du.
然后 在…所有人…之前 偷食　你。
(那时你可最先来偷食。)

Mahler      **Der Tamboursg'sell**

马勒      **年 轻 鼓 手**


Ich armer Tamboursg'sell!
我 可怜的 鼓手 小伙子!
(我这可怜的年轻鼓手!)


Man führt mich aus dem G'wölb!
人们 带领 我 从… [-] 地窖…出来!
(人们把我带出牢房!)


Wär' ich ein Tambour blieben, dürft' ich nicht gefangen liegen!
是 我 一个 鼓手 保持, 应该 我 不 被监禁 处在!
(如果我只保持是个鼓手,我就不会被监禁!)


O Galgen, du hohes Haus, du siehst so furchtbar aus!
噢 绞刑架, 你 高的 房屋, 你 看来 如此 可怕 [-]!
(噢绞刑架,你这高大的架子,你看来如此可怕!)


Ich schau' dich nicht mehr an, weil i weiss, dass ich g'hör d'ran!
我 看 对你 不 再 [-], 因为 我 知道, [-] 我 属于 在这上面!
(我不再看你,因为我知道我属于这上面!)


Wenn Soldaten vorbei marschier'n, bei mir nit einquartier'n,
当… 士兵 经过 行进…时, 在我旁边 他们不 宿营,
(当士兵行军经过时,他们不会在我身边宿营,)


wenn sie fragen, wer ich g'wesen bin: Tambour von der Leibkompanie!
当 他们 问, 谁 我 曾是 是: 鼓手 从 [-] 近卫一连!
(当他们问我曾是谁时:近卫一连的鼓手!)


Gute Nacht, ihr Marmelstein', ihr Berg' und Hügelein!
安好 夜, 你们 大理石, 你们 山岭 和 小丘!
(晚安,大理石、群山和小丘!)


Gute Nacht, ihr Offizier, Korporal und Musketier!
安好 夜, 你们 军官, 下士 和 步兵!
(晚安,军官们、下士和步兵们!)


Ich schrei' mit heller Stimm': Von Euch ich Urlaub nimm! Gute Nacht!
我 喊叫 以 嘹亮的 声音: 从 你们 我 休假 请! 安好 夜!
(我嘹亮地喊道:我向你们告别了! 晚安!)

# Ich atmet' einen linden Duft
## 我吸入一股芳香

Mahler
马勒

Ich atmet' einen linden Duft.
我 呼吸 一股 柔和的 芳香。
(我吸入一股柔和的芳香。)

Im Zimmer stand ein Zweig der Linde，
在…房间…里 站立 一个 嫩枝 …的 菩提树，
(房间里放着一株菩提树嫩枝，)

ein Angebinde von lieber Hand.
一个 礼物 从 可爱的 手。
(是亲爱的人送我的礼物。)

Wie lieblich war der Lindenduft.
多么 迷人的 曾是 [-] 菩提树的香味。
(菩提树的芳香曾是多么迷人。)

Wie lieblich ist der Lindenduft,
多么 迷人的 是 [-] 菩提树的香味,
(菩提树的芳香是多么迷人,)

das Lindenreis brachst du gelinde!
 [-] 菩提树的嫩枝 折断 你 温柔地!
(你温柔地采摘菩提树的嫩枝!)

Ich atme leis im Duft der Linde der Liebe linden Duft.
我 呼吸 轻轻地 在…芳香 …的 菩提树 的 爱情 柔和的 芳香。
(我轻轻地吸入菩提树的芳香，爱的柔和芳香。)

# Ich bin der Welt abhanden gekommen
## 我已从世界消失

Ich bin der Welt abhanden gekommen,
我 是 [-] 世界 丢失 变成,
(我已从世界消失，)

mit der ich sonst viele Zeit verdorben;
关于 它 我 以往 许多 时间 沉沦;
(为此我曾沉沦很长时间;)

sie hat so lange nichts von mir vernommen,
它 已 如此长久地 没有什么 从 我 听到,
(如此长久没有听到我，)

sie mag wohl glauben, ich sei gestorben!
它 可能 的确 相信, 我 已经 去世!
(人们肯定以为我已死了!)

Es ist mir auch gar nichts daran gelegen,
它 是 对我 也 完全没有什么在这上面 重要,
(这对我一点都不重要，

ob sie mich für gestorben hält.
如果 它 对我 就…死亡…来说 认为。
(如果人们认为我已去世。)

Ich kann auch gar nichts sagen dagegen,
我 能 也 全然 没有什么 说 反对,
(我也完全不能反对它，

denn wirklich bin ich gestorben der Welt.
因为 的确 是 我 去世 [-] 世界。
(因为对于世界来说我已经死了。)

Ich bin gestorben dem Weltgetümmel
我 是 去世 [-] 世界的混乱
(对世界的混乱我已去世

und ruh' in einem stillen Gebiet.
并　安息 在… 一个　宁静的 领域…里。
(而且安息在一个宁静的地方。)

Ich leb' allein in meinem Himmel,
我　生活 孤独地 在… 我的　　天国…里，
(我独自生活在我的天国里，)

in meinem Lieben， in meinem Lied.
在… 我的　爱情…里，　 在… 我的　歌…里。
(在我的爱情里，在我的歌里。)

# Kinder-Totenlieder
# 亡 儿 之 歌

## 1. Nun will die Sonn' so hell aufgeh'n
### 1. 现在太阳将灿烂地升起

Nun will die Sonn' so hell aufgeh'n,
现在 将 [-] 太阳 如此明亮地 升起,
(现在太阳将灿烂地升起,)

als sei kein Unglück die Nacht gescheh'n!
好像 是 没有 灾难 [-] 夜晚 发生!
(好像晚上没有发生过灾难!)

Das Unglück geschah nur mir allein!
 [-] 灾难 发生 只 对我 单独!
(这灾难只发生在我身上!)

Die Sonne sie scheinet allgemein!
 [-] 太阳 它 照耀 普遍的!
(阳光普照!)

Du musst nicht die Nacht in dir verschränken,
你 必须 不 [-] 夜晚 在…你心里 使交叉,
(你不应让夜驻留在你心里,)

Musst sie ins ew'ge Licht versenken!
 必须 使它 在… 永恒的光明…中 使沉没!
(必须使它沉没在永恒的光明中!)

Ein Lämplein verlosch in meinem Zelt!
一个 小灯 熄灭 在… 我的 帐篷…中!
(一盏小灯在我心中熄灭了!)

Heil! Heil sei dem Freudenlicht der Welt!
祝福! 祝福 是 [-] 欢乐的光明 …的 世界!
(祝福的是世界的欢乐之光!)

## 2.   Nun seh' ich wohl
## 2. 现在我看清了

Nun seh' ich wohl,   warum so dunkle Flammen
现在 看见 我 妥善地， 为什么 如此 神秘的　　火焰
(现在我看清了，为什么你们那神秘的眼光

ihr sprühtet mir in manchem Augenblicke,   O Augen!
你们 闪光 对我 在… 好些 顷刻…之间， 噢 眼睛!
(多次向我闪烁，噢眼睛!)

Gleichsam，   um voll in einem Blicke
　仿佛，　　为了完全地在… 一 瞥…中
(仿佛你们要求在一瞥中

zu drängen eure ganze Macht zusammen.
去 要求 你们的 全部的 力量 在一起。
(把你们的力量完全集中在一起。)

Doch ahnt' ich nicht，  weil Nebel mich umschwammen，
然而 预料 我 不， 因为 烟雾 我 使迷惘，
(然而我不明白，因为一个使人迷惑的命运

gewoben vom verblendenden Geschikke，
　编织 以[-] 迷惑的 命运，
(使我在烟雾中迷惘，)

dass sich der Strahl bereits zur Heimkehr schicke，
[-] 自己 [-] 光线 准备好的 向 回家 派遣，
(你们的目光已准备好回到)

dorthin，  von wannen alle Strahlen stammen.
到那儿去， 从何处来 一切 光线 起源于。
(那一切目光来源的地方去。)

Ihr wolltet mir mit eurem Leuchten sagen:
你们 想 对我 以 你们的 光 说:
(你们企图用你们的目光对我说:)

Wir möchten nah dir bleiben gerne!
我们 愿 靠近于你 逗留 乐意!
(我们愿意留在你身旁!)

Doch ist uns das vom Schicksal abgeschlagen.
然而 是 对我们 [-] 从[-] 天命 拒绝。
(然而命运拒绝了我们。)

Sieh' uns nur an, denn bald sind wir dir ferne!
看 我们 仅 [-], 因为 不久 是 我们 从你 远离!
(只要看一看我们,因为我们很快就要远离你!)

Was dir nur Augen sind in diesen Tagen:
[东西]对你 只 眼睛 是 在… 这些 白天…里:
(在这些白天你看到的东西:

in künft'gen Nächten sind es dir nur Sterne.
在… 将来的 夜晚…里 是 [这] 对你 就 星星。
(在以后的夜里就只是星星。)

# 3. Wenn dein Mütterlein
## 3. 当你年轻的母亲

Wenn dein Mütterlein tritt zur Tür herein,
当… 你的 年轻的母亲 跨 向 门 进来,
(当你年轻的母亲走进门来,)

und den Kopf ich drehe, ihr entgegen sehe,
并 [-] 头 我 转动, 向她 迎着 看见,
(而我转过身去看她,)

fällt auf ihr Gesicht erst der Blick mir nicht,
落下 在…她的 脸…上 首先 [-] 目光 我的 不,
(我的目光不是先落在她的脸上,)

sondern auf die Stelle, näher, näher nach der Schwelle,
而是 在… [-] 部位…上, 较近的, 较近的 向 [-] 门坎,
(而是看着较近的门坎那个地方,)

dort, wo würde dein lieb Gesichtchen sein,
那里, 在那里 将 你的 可爱的 小脸 是,
(在那里将是你可爱的小脸,)

wenn du freudenhelle trätest mit herein,
如果 你 十分欢快地 走 一起 进来,
(但愿你非常欢快地和她一起进来,

wie sonst, mein Töchterlein.
如同 往常， 我的 小女儿。
(如同往常一样，我可爱的女儿。)

Wenn dein Mütterlein tritt zur Tür herein,
当… 你的 小母亲 跨 向 门 进来，
(当你亲爱的母亲走进门来，)

mit der Kerze Schimmer, ist es mir, als immer kämst du mit herein,
随着 [-] 蜡烛 微光， 是 它 对我，像 总是 来 你 一起 进来，
(随着蜡烛的微光，我记得，你总是那样一起进来，)

huschtest hinterdrein, als wie sonst ins Zimmer!
无声掠过 在背后， 像 如同 往常 走进 房间!
(无声地跟在后面，如同往常一样走进房间!)

O du, des Vaters Zelle, ach, zu schnelle, erlosch'ner Freudenschein!
噢你， [-] 父亲的 细胞， 啊， 太 迅速， 熄灭 欢乐之光!
(噢你，父亲的心肝儿，啊，欢乐之光，熄灭得太快!)


## 4. Oft denk' ich, sie sind nur ausgegangen!
### 4. 我常想，他们只是出门去了!

Oft denk' ich, sie sind nur ausgegangen!
时常 想 我，他们 是 仅仅 外出!
(我常想，他们只是出门去了!)

Bald werden sie wieder nach Hause gelangen!
不久 将 他们 重新 到 家 到达!
(他们很快就要回家来!)

Der Tag ist schön! O, sei nicht bang!
[-] 天 是 美好的! 噢， 是 不 害怕!
(天气很好!噢，不要害怕!)

Sie machen nur einen weiten Gang!
他们 从事 仅仅 一个 远的 走路!
(他们只是去长距离的散步!)

Jawohl, sie sind nur ausgegangen, und werden jetzt nach Hause gelangen!
是的， 他们是仅仅 外出， 并 将 现在 到 家 到达!
(确实，他们只是出门了，并且就将回家来!)

O,　sei　nicht　bang,　der　Tag　ist　schön!
噢,　是　不　害怕,　[-]　天　是　美好的!
(噢,不要害怕,天气很好!)

Sie　machen　nur　den　Gang　zu　jenen　Höh'n!
他们　从事　仅仅　[-]　走路　向　那边　山丘!
(他们只是到那边山丘去散步了!)

Sie　sind　uns　nur　vorausgegangen
他们　是　比我们　只　　先走
(他们只是比我们先走一步

und　werden　nicht　wieder　nach　Haus　verlangen!
而　将　不　重新　到　家　要求!
(而不想重新回家!)

Wir　holen　sie　ein　auf　jenen　Höh'n!　Im　Sonnenschein!
我们　得到　他们　[-]　在…　那边　山丘…上!　在…　阳光…下!
(我们将在那个山丘上赶上他们!在阳光下!)

Der　Tag　ist　schön　auf　jenen　Höh'n!
 [-]　天　是　美好的　在…　那边　山丘…上!
(那边山丘上的天气很好!)

# 5. In diesem Wetter!
## 5. 在这样的天气里!

In　diesem　Wetter,　in　diesem　Braus,
在…这样的　天气…里,　在…这样的　骚动…中,
(在这样天气,这样的暴风雨中,)

nie　hätt'　ich　gesendet　die　Kinder　hinaus!
决不该　我　派遣　[-]　孩子们　出去!
(我决不应该送孩子们出去!)

Man　hat　sie　getragen,　getragen　hinaus!
 人　已　把他们　携带,　携带　出去!
(有人把他们带走了!)

Ich　durfte　nichts　dazu　sagen!
我　被允许　不　对此　说!
(我不被允许说一个字!)

In diesem Wetter, in diesem Saus,
在…这样的 天气…里， 在…这样的 飒飒声…中，
(在这样的天气，这样的暴风雨中，)

nie hätt' ich gelassen die Kinder hinaus!
决不 该 我 让 [-] 孩子们 出去！
(我决不应该让孩子们出去！)

Ich fürchtete, sie erkranken; das sind nun eitle Gedanken.
我 担心， 他们 得病； 这 是 现在 无用的 念头。
(我担心他们会得病;现在这已是无用的念头。)

In diesem Wetter, in diesem Graus，
在…这样的 天气…里， 在…这样的 恐惧…中，
(在这样的天气，这样的暴风雨中，)

Nie hätt' ich gelassen die Kinder hinaus,
决不 该 我 让 [-] 孩子们 出去！
(我决不应该让孩子们出去！)

Ich sorgte, sie stürben morgen; das ist nun nicht zu besorgen.
我 担忧， 他们 死去 明晨； 这 是 现在 不 去 担忧。
(我担心明晨他们会死去;现在这已不必去担心了。)

In diesem Wetter, in diesem Graus，
在…这样的 天气…里， 在…这样的 恐惧…中，
(在这样的天气，这样的暴风雨中，)

nie hätt' ich gesendet die Kinder hinaus,
决不 该 我 派遣 [-] 孩子们 出去！
(我决不应该送孩子们出去！)

man hat sie hinaus getragen, ich durfte nichts dazu sagen!
人 已 把他们 出去 携带， 我 被允许 不 对此 说！
(有人把他们带走了!我不被允许说一个字！)

In diesem Wetter, in diesem Saus，
在…这样的 天气…里， 在…这样的飒飒声…中，
(在这样的天气，这样的暴风雨中，)

in diesem Braus, sie ruh'n als wie in der Mutter Haus;
在…这样的 骚动…中，他们 休息 像 如同 在… [-] 母亲的 家…里;
(在这样的暴风雨中，他们休息，就像在母亲的怀抱中一样;)

von  keinem  Sturm  erschrekket,
被    没有    暴风雨    使受惊,
(没有暴风雨使他们受惊,)

von  Gottes  Hand  bedekket,  sie  ruh'n  wie  in  der  Mutter  Haus!
被    上帝的   手     遮盖,      他们  休息   如同  在…[-]   母亲的   家…里!
(上帝的手保护着他们,他们休息就像在母亲的怀抱中一样!)

Mahler
马勒

# Liebst du um Schönheit
# 如果你为美丽而爱

Liebst du um Schönheit, o nicht mich liebe!
爱 你 为了 美丽, 噢 不 对我 爱!
(如果你为美丽而爱，噢不要爱我!)

Liebe die Sonne, sie trägt ein goldnes Haar!
爱 [-] 太阳, 它 穿戴 一头 金色的 头发!
(爱太阳吧，它长着一头金发!)

Liebst du um Jugend, o nicht mich liebe!
爱 你 为了 青春, 噢 不 对我 爱!
(如果你为青春而爱，噢不要爱我!)

Liebe den Frühling, der jung ist jedes Jahr!
爱 [-] 春天, 它 年轻的 是 每一 年!
(爱春天吧，它每年都年轻!)

Liebst du um Schätze, o nicht mich liebe!
爱 你 为了 财宝, 噢 不 对我 爱!
(如果你为财宝而爱，噢不要爱我!)

Liebe die Meerfrau, sie hat viel Perlen klar!
爱 [-] 美人鱼, 它 有 许多 珍珠 透明的!
(爱美人鱼吧，它有许多明珠!)

Liebst du um Liebe, o ja, mich liebe!
爱 你 为了 爱情, 噢是, 对我 爱!
(如果你为爱情而爱，噢那就爱我!)

Liebe mich immer, dich lieb' ich immer, immerdar!
爱 对我 始终, 对你 爱 我 始终, 永久地!
(始终爱我，我始终爱你，永远地!)

Mahler
马勒

# Lieder eines fahrenden Gesellen
# 流浪者之歌

## 1. Wenn mein Schatz Hochzeit macht
## 1. 当我的宝贝结婚时

Wenn mein Schatz Hochzeit macht,
当… 我的 宝贝 婚礼 从事…时,
(当我的宝贝结婚时,)

fröhliche Hochzeit macht, hab' ich meinen traurigen Tag!
愉快的 婚礼 从事, 得到 我 我的 悲哀的 日子!
(她举行愉快的婚礼,我得到悲哀的日子!)

Geh' ich in mein Kämmerlein, dunkles Kämmerlein,
走 我 到…我的 小房间…里, 黑暗的 小房间,
(我走进我黑暗的斗室,)

weine, wein' um meinen Schatz, um meinen lieben Schatz!
哭泣, 哭泣 为了 我的 宝贝, 为了 我的 可爱的 宝贝!
(哭泣,为我的宝贝哭泣!)

Blümlein blau! Verdorre nicht!
小花 蓝色的! 枯萎 不要!
(蓝色的小花,不要枯萎!)

Vöglein süss! Du singst auf grüner Haide:
小鸟 可爱的! 你 歌唱 在… 绿色的 荒野…上:
(可爱的小鸟!你在绿色的荒野上歌唱:)

"Ach! wie ist die Welt so schön! Ziküth!"
"啊! 多么 是 [-] 世界 如此 美丽! 唧唧!"
("啊!世界多么美丽!唧唧!")

Singst nicht! Blühet nicht!
唱 不要! 开放 不要!
(不要唱!不要开放!)

Lenz ist ja vorbei! Alles Singen ist nun aus!
春天 是 诚然 消失! 一切 歌唱 是 现在 完结!
(春天已经消失!一切歌唱已经完结!)

Des Abends, wenn ich schlafen geh', denk' ich an mein Leide!
[-] 夜晚, 当… 我 睡觉 去…时, 想起 我 对 我的 痛苦!
(夜晚，当我入睡时，我想起了我的痛苦!)

An mein Leide!
对 我的 痛苦!
(想起了我的痛苦!)

## 2. Ging heut Morgen über's Feld
## 2.今晨我曾穿过田野

Ging heut Morgen über's Feld, Tau noch auf den Gräsern hing,
我去 今天 早晨 在… [-]田野…上, 露水 仍然 在… [-] 青草…上 悬挂,
(今晨我曾穿过田野，草坪上还挂着露水，)

sprach zu mir der lust'ge Fink: "Ei, du! Gelt? Guten Morgen!
说 向 我 [-] 快活的 金翅雀: "唉, 你! 不是吗? 安好 早晨!
(快活的金翅雀对我说:"唉，那不是你吗!早晨好!)

Ei, gelt? Du! Wird's nicht eine schöne Welt? Schöne Welt?
哎, 不是吗?你! 将是它 不 一个 美丽的 世界? 美丽的 世界?
(哎，这不是你吗?这世界不是很美吗?)

Zink! Zink! Schön und flink! Wie mir doch die Welt gefällt!"
铮! 铮! 美丽的 和 灵巧的! 多么 对我 确实 [-] 世界 喜欢!"
(铮!铮!美丽而灵巧!这世界的确令我欢欣!")

Auch die Glockenblum' am Feld hat mir lustig, guter Ding',
还有 [-] 风铃草 在… 田野…边曾 对我 愉快地, 亲切的 心情,
(还有田野边上的风铃草也以愉快而亲切的心情迎接我，)

mit den Glöckchen, klinge, kling, ihren Morgengruss geschellt:
以 [-] 小铃铛, 叮, 铛, 它们的 清晨的问候 摇铃:
(用它们的小铃铛对我表示清晨的问候:)

"Wird's nicht eine schöne Welt? Schöne Welt?
"将是它 不 一个 美丽的 世界? 美丽的 世界?
("这世界不是很美吗?)

Kling! Kling! Schönes Ding! Wie mir doch die Welt gefällt! Heia!"
叮! 铛! 美好的 事情! 多么 对我 确实 [-] 世界 喜欢! 嗨!"
(叮铛!美好的事情!这世界的确令我欢欣!嗨!")

Und da fing im Sonnenschein gleich die Welt zu funkeln an;
和 那里 开始 在… 阳光…中 立即 [-] 世界 变为 闪烁 [-];
(而在阳光中世界立刻变得闪闪发光;)

alles, alles Ton und Farbe gewann! Im Sonnenschein!
一切, 一切 色调 和 颜色 获得! 在… 阳光…中!
(在阳光中得到了一切色调和颜色!)

Blum' und Vogel, gross und klein! "Guten Tag!
鲜花 和 鸟儿, 大的 和 小的! "安好 一天!
(鲜花和鸟儿,大的和小的!"白天好!)

Ist's nicht eine schöne Welt? Ei, du! Gelt? Schöne Welt!"
是它 不 一个 美丽的 世界? 哎, 你! 不是吗? 美丽的 世界!"
(这世界不是很美吗?哎,这不是你吗?美丽的世界!")

Nun fängt auch mein Glück wohl an?!
现在 逮住 也 我的 幸福 大概 [-]?!
(现在也许我也得到幸福了?!)

Nein! Das ich mein', mir nimmer, nimmer blühen kann!
不! 那个 我 想要, 对我 不再, 不再 开放 能!
(不!我心中所想的那个,永不再能对我开放!)

## 3. Ich hab' ein glühend Messer
### 3. 我有一把烧红的刀

Ich hab' ein glühend Messer,
我 有 一把 烧红的 刀,
(一把烧红的刀

ein Messer in meiner Brust, o weh!
一把 刀 在… 我的 胸…中, 噢痛苦!
(插在我胸中,噢痛苦!)

Das schneid't so tief in jede Freud' und jede Lust, so tief!
[刀] 割 如此深 进入 每一 乐趣 和 每一 欢乐, 如此 深!
(刀把每一个乐趣和欢乐割得如此深,如此深!)

Es schneid't so weh und tief!
它 割 如此 痛的 和 深的!
(它割得如此痛和深!)

Ach, was ist das für ein böser Gast!
啊, 什么 是 那个 对 一个 凶恶的 来客!
(啊，那不过是一个凶恶的来客!)

Nimmer hält er Ruh', nimmer hält er Rast!
不再 给 它 安宁, 不再 给 它 休息!
('它不再给你安宁，不再让你休息!)

Nicht bei Tag, nicht bei Nacht, wenn ich schlief! O weh!
不 在…白日…间, 不 在…晚…间, 当… 我 睡觉…时! 噢痛苦!
(不在白天，不在夜晚，当我睡觉时!噢痛苦!)

Wenn ich in den Himmel seh,
当… 我 向… [-] 天…上 看…时,
(当我仰望青天，)

seh' ich zwei blaue Augen steh'n! O weh!
看见 我 两隻 蓝色的 眼睛 [有]! 噢 痛苦!
(我看见两隻蓝色的眼睛!噢痛苦!)

Wenn ich im gelben Felde geh',
当… 我 向… 黄色的 田野 走…时,
(当我走向黄色的田野，)

seh' ich von Fern das blonde Haar
看见 我 从 远方 [-] 金色的 头发
(我看见远处金色的头发

im Winde weh'n! O weh!
在…风…中 飘动! 噢 痛苦!
(在风中飘动!噢痛苦!)

Wenn ich aus dem Traum auffahr'
当… 我 从 [-] 梦…中 醒来…时
(当我从梦中醒来

und höre klingen ihr silbern Lachen, o weh!
并 听见 鸣响 她的 银铃似的 笑声, 噢痛苦!
(我听见她银铃般的笑声，噢痛苦!)

Ich wollt' ich läg' auf der schwarzen Bahr',
我 愿 我 躺 在… [-] 黑色的 尸架…上,
(我愿躺在黑色的尸架上，)

könnt' nimmer, nimmer die Augen aufmachen!
能　　不再，　　不再　　[-]　眼睛　睁开！
(不再睁开眼睛!)


## 4.　Die zwei blauen Augen von meinem Schatz
### 4. 我宝贝的两只蓝色的眼睛

Die zwei blauen Augen von meinem Schatz,
[-]　两隻　蓝色的　眼睛　…的　我的　　宝贝，
(我宝贝的两隻蓝色眼睛，)

die haben mich in die weite Welt geschickt.
它们　曾　　把我　到…　[-]　遥远的　世界…里　打发。
(它们把我打发到遥远的世界去了。)

Da musst' ich Abschied nehmen vom allerliebsten Platz!
于是 必须　我　　离开　　选择　从[-]　最可爱的　地方！
(于是我必须离开这最可爱的地方!)

O Augen blau, warum habt ihr mich angeblickt!?
噢　眼睛　蓝色的，为什么　曾　你　对我　　看!?
(噢蓝色的眼睛，你为什么曾看过我!?)

Nun hab' ich ewig Leid und Grämen!
现在　有　我 永远的 悲哀　和　　忧伤！
(现在我充满无尽的悲哀和忧伤!)

Ich bin ausgegangen in stiller Nacht,
我　是　　外出　　　到…无声的 夜…里，
(我走到寂静的夜里，)

in stiller Nacht wohl über die dunkle Haide;
在…无声的夜…里 全然　在…　[-]　黑暗的 荒野…上；
(在寂静的夜里漆黑的荒野上;)

hat mir Niemand Ade gesagt.
曾　对我　没有人　再见　　说。
(没有人会对我说再见。)

Ade! Mein Gesell' war Lieb' und Leide!
再见！我的　伙伴　是　爱情　和　痛苦！
(再见!我的伙伴是爱情和痛苦!)

Auf der Strasse steht ein Lindenbaum，
在… [-] 街…上 站立 一棵 菩提树，
(在街上有一棵菩提树，)

da hab' ich zum ersten Mal im Schlaf geruht!
那里 曾 我 作为 第一 次 在…睡眠…中 休息!
(我在那里第一次在睡眠中休息!)

Unter dem Lindenbaum，
在… [-] 菩提树…下，
(在菩提树下，)

der hat seine Blüthen über mich geschneit，
[菩提树]有 它的 花朵 在… 我…上面 下雪，
(它的花朵撒在我身上，)

da wusst' ich nicht， wie das Leben tut，
在那里知道 我 不， 如何 [-] 生活 处理
(在那里我不知道生活会是怎样，)

war Alles wieder gut!
是 一切 再次 美好!
(让一切再次美好起来吧!)

Ach， Alles wieder gut!
啊， 一切 再次 美好!
(啊，让一切再次美好起来吧!)

Alles! Alles! Lieb' und Leid， und Welt， und Traum!
一切! 一切! 爱情 和 痛苦， 和 世界， 和 梦!
(一切!一切!爱情和痛苦，还有世界和梦幻!)

**Mahler**

马勒

# Um Mitternacht
# 在午夜

Um Mitternacht hab' ich gewacht und aufgeblickt zum Himmel;
在… 午夜…时 曾 我 醒 和 向上看 向[-] 天空;
(在午夜我醒来并仰望天空;)

kein Stern vom Sterngewimmel hat mir gelacht um Mitternacht.
没有 星星 从… 繁星…中 曾 对我 笑 在… 午夜…时。
(午夜的繁星中没有星星对我微笑。)

Um Mitternacht hab' ich gedacht hinaus in dunkle Schranken.
在… 午夜…时 曾 我 思量 向外 到…黑暗的 界限…中。
(在午夜我的思潮遨游到黑暗的远方。)

Es hat kein Lichtgedanken mir Trost gebracht um Mitternacht.
它 曾 没有 清醒的思维 给我 安慰 带来 在… 午夜…时。
(在午夜没有清醒的思维给我带来安慰。)

Um Mitternacht nahm ich in acht die Schläge meines Herzens;
在… 午夜…时 应付 我 在…注意…中[-] 跳动 我的 心;
(在午夜我关注着我心的跳动;)

ein einz'ger Puls des Schmerzens war angefacht um Mitternacht.
一个 只是 脉搏 …的 痛苦 被 点燃 在… 午夜…时。
(在午夜只有痛苦的脉搏被点燃。)

Um Mitternacht kämpft' ich die Schlacht, o Menschheit, deiner Leiden;
在… 午夜…时 斗争 我 [-] 战斗, 噢 人类, 你的 苦难;
(在午夜,噢人类,我为你的苦难而战斗;)

nicht konnt' ich sie entscheiden mit meiner Macht um Mitternacht.
不 能 我 把它 判决 以 我的 力量 在… 午夜…时。
(在午夜我无力解决它。)

Um Mitternacht hab' ich die Macht in Deine Hand gegeben;
在… 午夜…时 曾 我 [-] 权力 到… 你的 手…中 交给;
(在午夜我把权力交给了你;)

Herr! Herr über Tod und Leben, Du Hältst die Wacht um Mitternacht!
上帝! 主人 在… 死亡 和 生存…之上, 你 履行 [-] 守卫 在… 午夜…时!
(上帝!生存和死亡的主宰,你在午夜仍然守卫着!)

Mahler
马勒

# Wer hat dies Liedlein erdacht?
# 究竟是谁想出了这首小歌?

Dort oben am Berg in dem hohen Haus!
在那里上面 在…山…上 在… [-] 高处的 房子…里!
(在那边山上在高处的房子里!)

Da gucket ein fein's lieb's Mädel heraus! Es ist nicht dort daheime!
那里 望 一个纤细的 可爱的 姑娘 向外! 她 是 不 在那里 在家!
(一个纤细而可爱的姑娘在向外观望!她感到不自在!)

Es ist des Wirts sein Töchterlein! Es wohnet auf grüner Heide!
她 是 [-] 旅店老板 他的 女儿! 她 居住 在… 绿色的 草原…上!
(她是旅店老板的女儿!她住在绿色的草原上!)

Mein Herzle ist wund! Komm, Schätzle, mach's g'sund!
我的 心 是受伤害的! 来, 亲爱的人, 使 它 健康的!
(我的心受到伤害!来吧,亲爱的人,让它恢复健康!)

Dein' schwarzbraune Äuglein, die hab'n mich verwund't!
你的 深棕色的 小眼睛, [-] 曾 对我 伤害!
(你的深棕色的眼睛把我伤害了!)

Dein rosiger Mund macht Herzen gesund.
你的 粉红色的 嘴 使 心 健康的。
(你那粉红色的嘴唇能使我心健康。)

Macht Jugend verständig, macht Tote lebendig,
使 年青人 明智的, 使 死人 有生命的,
(能使年青人明智,能使死人复活,)

macht Kranke gesund, ja gesund.
使 病人 健康的, 是 健康的。
(能使病人恢复健康,真的恢复健康。)

Wer hat denn das schöne Liedlein erdacht?
谁 曾 究竟 这美妙的 小歌 想出?
(究竟是谁想出了这首小歌?)

Es haben's drei Gäns' über's Wasser gebracht.
它 曾 把它三只 鹅 从… 水…上 带来。
(三只鹅把它从水上带来。)

Zwei graue und eine weisse!
两只 灰色的 和 一只 白色的!
(两只灰的和一只白的!)

Und wer das Liedlein nicht singen kann, dem wollen sie es pfeifen! Ja!
而 谁 [-] 小歌 不 唱 能, 对那个 要 它们 把它 吹哨! 是!
(它们不能唱这首小歌,但它们将为我把它鸣叫出来!真的!)

Mendelssohn       # Auf Flügeln des Gesanges
门德尔松       # 乘着歌声的翅膀

Auf Flügeln des Gesanges, Herzliebchen, trag' ich dich fort,
在… 翅膀 [-] 歌声…之上， 心上人， 携带 我 把你 离去，
(乘着歌声的翅膀，心上人，我带你离去，)

fort nach den Fluren des Ganges, dort weiss ich den schönsten Ort;
离去 向 [-] 田野 [-] 恒河， 在那里 知道 我 [-] 最美的 地方;
(向恒河的田野飞去，我知道那里有最美的地方;)

da liegt ein rothblühender Garten im stillen Mondenschein,
那里位于 一个 盛开红花的 花园 在…宁静的 月光…中，
(那里在宁静的月光下有一个盛开红花的花园，)

die Lotosblumen erwarten ihr trautes Schwesterlein.
[-] 莲花 等待 它们的亲爱的 小姐妹。
(莲花在等待它们亲爱的小姐妹。)

Die Veilchen kiechern und kosen, und schau'n nach den Sternen empor,
[-] 紫罗兰 咻咻地笑 和 谈情说爱，并 看 向 [-] 星星 向上，
(紫罗兰在咻咻笑和谈情说爱，并仰望着天空的星星，)

heimlich erzählen die Rosen sich duftende Märchen in's Ohr.
秘密地 讲述 [-] 玫瑰花[它们自己]芬芳的 童话 在…耳朵…里。
(玫瑰花偷偷地讲述着它们芬芳的神话故事。)

Es hüpfen herbei und lauschen die frommen, klugen Gazell'n,
那里 跳跃 朝这里来 并 倾听 [-] 温顺的， 聪明的 羚羊，
(温顺而聪明的羚羊也跳过来倾听，)

und in der Ferne rauschen des heil'gen Stromes Well'n.
并 在… [-] 远…处 潺潺作响 [-] 神圣的 河的 波涛。
(从远处潺潺传来圣河的波涛声。)

Dort wollen wir niedersinken unter dem Palmenbaum,
在那里 将 我们 倒在地上 在… [-] 棕榈树…下，
(在那里我们将躺在棕榈树下，)

und Lieb' und Ruhe trinken, und träumen seligen Traum.
并 爱情 和 平静 享受， 并 做梦 幸福的 梦。
(充分享受爱情和宁静，并做着幸福的梦。)

Mendelssohn
门德尔松

# Venetianisches Gondellied
# 威尼斯船歌

Wenn durch die Plazetta die Abendluft weht,
当… 穿过 [-] 小广场 [-] 晚风 吹…时,
(当晚风吹过小广场时，)

dann weisst du, Ninetta, wer wartend hier steht;
那时 知道 你, 小妮娜, 谁 等待 在这里 站;
(你知道，小妮娜，谁站在那里等待;)

du weisst, wer trotz Schleier und Maske dich kennt,
你 知道, 谁 尽管 面纱 和 面具 你 认识,
(你知道，尽管戴着面纱和面具你也能认出来，)

du weisst, wie die Sehnsucht im Herzen mir brennt.
你 知道, 怎样 [-] 渴望 在…心…中 对我 燃烧。
(你知道，渴望是怎样燃烧我的心。)

Ein Schifferkleid trag' ich zur selbigen Zeit,
一个 水手的服装 穿 我 在 同一 时刻,
(我这时穿着水手的衣服，)

und zitternd dir sag' ich: das Boot ist bereit!
并 颤抖着 对你 说 我: [-] 船 是 准备好!
(并颤抖着对你说:船已经准备好!)

O komm jetzt, wo Lunen noch Wolken umzieh'n!
噢 来 现在, 那时 月亮 还 云 被遮蔽!
(噢现在来吧，乘月亮还遮蔽在云雾中!)

lass durch die Lagunen, Geliebte, uns flieh'n!
让 穿过 [-] 环礁, 亲爱的人, 我们 逃走!
(让我们穿过环礁，亲爱的人，一起逃走!)

Wenn durch die Plazetta die Abendluft weht,
当… 穿过 [-] 小广场 [-] 晚风 吹…时,
(当晚风吹过小广场时，)

dann weisst du, Ninetta, wer wartend hier steht.
那时 知道 你, 小妮娜, 谁 等待 在这里 站。
(你知道，小妮娜，谁站在那里等待。)

Mozart
莫扎特

# Abendempfindung
# 黄昏的感触

Abend ist's,　die　Sonne　ist　verschwunden，
　黄昏　它是，　　[-]　太阳　是　　消失，
(黄昏来到，太阳消失，)

und　der　Mond　strahlt　Silberglanz;
和　[-]　月亮　发光　银色光泽;
(月亮发出银色的光泽;)

so　entflieh'n　des　Lebens　schönste　Stunden，
如此　流逝　[-]　生命的　最美的　　时刻，
(生命最美好的时刻就这样流逝了，)

flieh'n　vorüber　wie　im　Tanz.
飞逝　过去　像　在…跳舞…中。
(像跳舞那样飞逝。)

Bald　entflieht　des　Lebens　bunte　Szene，　und　der　Vorhang　rollt　herab;
不久　流逝　[-]　生命的　五彩的　景象，　和　[-]　帷幕　转动　往下;
(生命多彩的景象不久就流逝，帷幕落下;)

aus　ist　unser　Spiel，
结束　是　我们的　戏剧，
(我们的戏结束了，)

des　Freundes　Träne　fliesset　schon　auf　unser　Grab.
[-]　朋友的　眼泪　流淌　已经　在…　我们的坟墓…上。
(朋友的眼泪已经流淌在我们的坟墓上。)

Bald　vielleicht，　mir　weht，　wie　Westwind　leise，　eine　stille　Ahnung　zu，
不久　也许，　对我　吹，　像　西风　微微的，　一个无声的　预感　[-]，
(也许不久，微微的西风向我吹来一阵无声的预感，)

schliess　ich　dieses　Lebens　Pilgerreise，　fliege　in　das　Land　der　Ruh!
终止　我　这　生命的　人生历程，　飞　入　[-]　地方　[-]　安息!
(我结束这生命的历程，飞到安息的地方!)

Werd't　ihr　dann　an　meinem　Grabe　weinen，
　愿　你　那时　在…　我的　坟墓…上　哭泣，
(愿你那时到我坟墓上哭泣，)

trauernd meine Asche sehn,
哀悼　我的　灰烬　看，
(看着我的灰烬哀悼，)

dann, o Freunde, will ich euch erscheinen
那时，　噢 朋友们，　愿意 我 对你们　显现
(那时，噢朋友们，我愿向你们显现

und will Himmel auf euch wehn.
并 愿意 天堂　向 你们　吹。
(并愿把天堂送给你们。)

Schenk' auch du ein Tränchen mir
给予　也 你 一点　小眼泪 对我
(你也为我流点儿眼泪

und pflücke mir ein Veilchen auf mein Grab,
并 摘 为我 一朵 紫罗兰 在… 我的 坟墓…上，
(并为我摘朵紫罗兰放在我的坟墓上，)

und mit deinem seelenvollen Blicke
并 以 你的　深情的　目光
(然后用你深情的目光

sieh' dann sanft auf mich herab.
看 然后 温柔的 对 我　向下。
(向下看着我。)

Weih' mir eine Träne, und ach!
献给 我 一滴 眼泪，　和 啊!
(献给我一滴眼泪，还有啊!)

schäme dich nur nicht, sie mir zu weih'n,
感到羞愧 你 只 不，　它 对我 去　献给，
(不要为把它献给我而感到羞愧，)

o, sie wird in meinem Diademe dann die schönste Perle sein.
噢，它 将 在… 我的 冠冕…中 那时 [-] 最美的　珍珠 成为。
(噢，那时它在我的坟茎中将成为最美的珍珠。)

**Mozart**
莫扎特

# Als Luise die Briefe ihres ungetreuen Liebhabers verbrannte
# 当露易丝烧毁她不忠实的情人的信时

Erzeugt von heisser Phantasie, in einer schwärmerischen Stunde
产生　被　激烈的　　幻想，　　在…一个　　狂热的　　时刻…中
(由激烈的幻想产生，在狂热的时刻中

zur Welt gebrachte, geht zugrunde, ihr Kinder der Melancholie!
向[-] 世界　带来，　走向　毁灭，　你们 孩子们 …的　忧伤!
(给世界带来，又走向毁灭，你们忧伤的孩子们！)

Ihr danket Flammen euer Sein, ich geb euch nun den Flammen wieder,
你们 归功于　火焰　你们的 存在，我 给　你们 现在 [-]　火焰　重新，
(你们的存在应归功于你们心中的火焰，我现在把你们重新送给火焰，)

und all' die schwämerischen Lieder, denn, ach! er sang nicht mir allein.
而 所有的[-]　狂热的　　歌曲，因为，啊! 他 唱　不 为我 单独。
(而所有的狂热歌曲，因为，啊!他不止为我一个人唱。)

Ihr brennet nun, und bald, ihr Lieben,
你们 烧 现在，　而 不久，你们 情书，
(现在你们烧，而不久，你们这些情书，)

ist keine Spur von euch mehr hier.
是 没有　踪迹 关于 你们　再　这里。
(将消失得无影无踪。)

Doch, ach! der Mann, der euch geschrieben,
但是，啊! [-] 男人，[男人]你们　写，
(但是，啊!那个写你们的男人，)

brennt lange noch vielleicht in mir.
烧　很久 仍然　也许　对 我。
(看来，还要烧很久。)

Mozart
莫扎特

# An Chloe
# 致克洛艾

Wenn die Lieb' aus deinen blauen, hellen, offnen Augen sieht,
当 [-] 爱情 从 你的 蓝色的, 明亮的, 坦率的 眼睛 看,
(当你蓝色、明亮、坦率的眼睛里闪着爱情的光,)

und vor Lust hinein zu schauen mir's im Herzen klopft und glüht;
而 由于 欢乐 进入 去 看 对我它 在…心…中 跳动 和 燃烧;
(由于看见它而产生的欢乐,我的心跳动和燃烧;)

und ich halte dich und küsse deine Rosenwangen warm,
和 我 抱着 你 和 吻 你的 红似玫瑰的脸颊 热情的,
(我拥抱你并吻你的玫瑰红的热情的脸颊,)

liebes Mädchen, und ich schliesse zitternd dich in meinen Arm!
可爱的 姑娘, 和 我 扣住 颤抖的 你 在… 我的 胳臂…中!
(可爱的姑娘,我把颤抖的你抱在怀中!)

Mädchen, und ich drücke dich an meinen Busen fest,
姑娘, 和 我 压 你 在… 我的 胸…上 有力地,
(姑娘,我有力地把你搂在胸前,)

der im letzten Augenblicke sterbend nur dich von sich lässt;
[拥抱]在…最后的 一瞬…间 垂死的 只 把你 从 它自己 放弃;
(只有在临终的最后一瞬间才会把你松开;)

den berauschten Blick umschattet eine düstre Wolke mir,
[-] 使人陶醉的 景色 阴影围绕 一个 昏暗的 云雾 对我,
(这使人陶醉的感觉被一片乌云围绕,)

und ich sitze dann ermattet, aber selig neben dir.
而 我 坐 那时 变得虚弱, 但是 幸福 在…你…旁边。
(那时我虚弱地坐着,但在你身边却感到幸福。)

Mozart
莫扎特

# Das Veilchen
# 紫 罗 兰

Ein Veilchen auf der Wiese stand,
一朵　紫罗兰　在…　[-]　草坪…上　站立，
(草坪上有一朵紫罗兰，)

in sich gebückt und unbekannt: es war ein herzig's Veilchen.
[在它自己]　俯身　和　　不知道的：　它　是　一朵　可爱的　　紫罗兰。
(它俯着身子，没有人知道它:它是一朵可爱的紫罗兰。)

Da kam ein' junge Schäferin
那里来　一个　年青的　牧羊女
(一个年青的牧羊女

mit leichtem Schritt und muntern Sinn daher, die Wiese her und sang.
以　轻快的　步伐　和　活泼的　性情　向这里，　[-]　草坪　过来　和　歌唱。
(步履轻快的而活泼地走过来，唱着歌走过草坪。)

Ach! denkt das Veilchen, wär ich nur die schönste Blume der Natur,
啊！　想　[-]　紫罗兰，　是　我　仅　[-]　最美的　花　…的　大自然，
(啊!紫罗兰想，我要是大自然仅有的最美的花，)

ach, nur ein kleines Weilchen, bis mich das Liebchen abgepflückt
啊，　现在　一个　小的　　片刻，　直到　把我　[-]　可爱的人　摘下来
(啊，现在只等一小会儿，直到那可爱的人把我摘下

und an dem Busen matt gedrückt, ach nur ein Viertelstündchen lang.
并　在…　[-]　胸…前微弱地　压，　　啊　只　一个　　一刻钟　　长久。
(并轻轻地戴在胸前，啊只要一刻钟。)

Ach, aber ach! das Mädchen kam
啊，　但是　啊！　[-]　姑娘　来
(啊，但是啊!姑娘走来

und nicht in Acht das Veilchen nahm, ertrat das arme Veilchen.
而　没有　注意　[-]　紫罗兰　对待，　践踏　[-]　可怜的　紫罗兰。
(却没有注意紫罗兰，把可怜的紫罗兰践踏。)

Es sank und starb und freut' sich noch:
它　下沉　并　死去　并　感到高兴　仍然：
(它倒下并死去却仍感到高兴:)

**◄111►**

und sterb' ich denn, so sterb' ich doch durch sie, zu ihren Füssen doch.
而　死去　我　于是,如此　死　我　然而　由于　她,在… 她的　脚…下　然而。
(于是我死了，就这样由于她死去，然而是死在她的脚下。)

Das arme Veilchen! es war ein herzig's Veilchen.
[-] 可怜的　紫罗兰!　它　是　一朵 可爱的　　紫罗兰。
(可怜的紫罗兰!它是一朵可爱的紫罗兰。)

Mozart

莫扎特

# Warnung
# 警 告

Männer suchen stets zu naschen, lässt man sie allein;
男人们 寻找 总是 在 吃零食*, 让 人们 使他们独自;
(如果人们由着他们去，男人们总是爱吃零食;)

leicht sind Mädchen zu erhaschen, weiss man sie zu überraschen.
容易 是 姑娘们 被 抓住, 知道 人们 对她们去 突然袭击。
(人们知道如何对她们搞突然袭击，因为姑娘们很容易被抓住。)

Soll das zu verwundern sein?
应该 这 成为 觉得奇怪 是?
(这有什么好奇怪的?)

Mädchen haben frisches Blut, und das Naschen schmeckt so gut!
姑娘们 有 新鲜的 天性, 而 [-] 零食 有滋味 如此 好!
(姑娘们天性活泼，而零食吃起来又很有滋味!)

Doch das Naschen vor dem Essen nimmt den Appetit.
但是 [-] 零食 在… [-] 进餐…前 索取 [-] 食欲。
(但在餐前吃零食要倒胃口。)

Manche kam, die das vergessen,
不少人 迁就, [她们][此事] 忘掉,
(不少姑娘就范，她们忘记了这事，)

um den Schatz, den sie besessen, und um ihren Liebsten mit.
关于 [-] 心上人, [他] 她 入迷的, 和 关于 她的 心上人 一起。
(忘记了她曾入了迷的心上人，同时也失去了她的心上人。)

Väter, lasst euch's Warnung sein, sperrt die Zuckerplätzchen ein,
父亲们, 让 对你它 警告 是, 封锁 [-] 甜点心* [-],
(父亲们，让这事对你成为警告，把甜点心锁起来，)

sperrt die jungen Mädchen, die Zuckerplätzchen ein!
封锁 [-] 年青的 姑娘, [-] 甜点心 [-]!
(把年青姑娘 —甜点心— 都锁起来!)

*注: 零食和甜点心都是指年轻姑娘。

Schubert
舒伯特

# Am Grabe Anselmo's
# 在安塞尔姆的坟墓旁

Dass ich dich verloren habe,
[-] 我 把你 失去的 已经,
(我失去了你,)

dass du nicht mehr bist,
[-] 你 不 再 存在,
(你已不再存在,)

ach, dass hier in diesem Grabe
啊, [-] 这里 在… 这个 坟墓…里
(啊,我的安塞尔姆躺在这里,)

mein Anselmo ist,
我的 安塞尔姆 是,
(在这个坟墓里,)

das ist mein Schmerz!
这 是 我的 悲痛!
(那是我的悲痛!)

Seht, wie liebten wir uns beide,
看, 多么 爱 我们 [我们] 俩,
(看,我们俩多么相爱,)

und, so lang' ich bin, kommt Freude
而, 一样 长久 我 生存, 来 欢乐
(而,只要我活着,我的心

niemals wieder in mein Herz.
决不 再次 在…我的 心…中。
(再不会感到欢乐。)

Schubert
舒伯特

# Am Meer
# 海 滨

Das Meer erglänzte weit hinaus im letzten Abendscheine;
[-] 海洋 闪烁 遥远的 出去 在… 最后的 晚霞…中;
(在晚霞的余辉中，海洋在远处闪闪发光;)

wie sassen am einsamen Fischerhaus， wir sassen stumm und alleine.
我们 坐 在… 偏僻的 渔舍…里， 我们 坐 沉默地 和 单独地。
(我们沉默不语并单独地坐在偏僻的渔舍里。)

Der Nebel stieg， das Wasser schwoll， die Möve flog hin und wieder;
[-] 雾 升起， [-] 海水 扩大， [-] 海鸥 飞 去 和 来;
(夜雾升起，海水澎湃，海鸥飞来飞去;)

aus deinen Augen liebevoll fielen die Tränen nieder.
从… 你的 眼睛…里 可爱的 掉下 [-] 眼泪 [向下]。
(从你可爱的眼睛里掉下了眼泪。)

Ich sah sie fallen auf deine Hand und bin auf's Knie gesunken;
我 看见 [它们] 掉下 在… 你的 手…上 并 我是 在…[-] 膝…上 下沉;
(我看见眼泪掉在你手上，我跪在你脚下;)

ich hab von deiner weissen Hand die Tränen fortgetrunken.
我 曾 从… 你的 洁白的 手…上 [-] 眼泪 离开 吮吸。
(我从你洁白的手上把眼泪吸干。)

Seit jener Stunde verzehrt sich mein Leib, die Seele stirbt vor Sehnen;
自从 那个 时刻 折磨自己 我的 肉体， [-] 感情 死 于 渴望;
(从那时起我变得憔悴，感情由于渴望而死亡;)

mich hat das unglücksel'ge Weib vergiftet mit ihren Tränen.
对我 已 [-] 多灾多难的 女人 毒害 以 她的 眼泪。
(我被那不幸女人的眼泪毒害了。)

**Schubert**
舒伯特

# An die Musik
# 致 音 乐

Du holde Kunst, in wie viel grauen Stunden,
你 可爱的 艺术， 在…多么 多的 灰色的 时刻…里，
(你可爱的艺术，在那么多的灰暗时刻里，)

wo mich des Lebens wilder Kreis umstrickt,
当… 我 [-] 生活的 狂暴的 圈子 诱惑…时，
(当我被生活中狂暴的环境所诱惑时，)

hast du mein Herz zu warmer Lieb entzunden,
曾 你 我的 心 向 热诚的 爱 点燃，
(你曾燃起我心中热诚的爱，)

hast mich in eine bessre Welt entrückt.
曾 使我 进入 一个 更好的 世界 转移。
(使我转入一个更好的世界。)

Oft hat ein Seufzer, deiner Harf entflossen,
经常 有 一声 叹息， 你的 竖琴 流淌，
(你的竖琴经常流出一声叹息，)

ein süsser, heiliger Akkord von dir
一个 甜蜜的， 庄严的 和弦 从 你
(你那甜蜜而庄严的和弦

den Himmel bessrer Zeiten mir erschlossen,
[-] 天堂 更好的 时刻 对我 展示，
(对我展示了更好时刻的天堂，)

du holde Kunst, ich danke dir dafür.
你 可爱的 艺术， 我 感谢 你 为此。
(可爱的艺术，我为此感谢你。)

**Schubert**

舒伯特

# An die Nachtigall
# 致 夜 莺

Er liegt und schläft an meinem Herzen,
他　躺　和　　睡　在… 我的　　心…中，
(他躺在我怀中安睡，)

mein guter Schutzgeist sang ihn ein,
我的 善良的　　守护神　　唱　把他 [入睡]，
(我善良的守护神唱得他入睡，)

und ich kann fröhlich sein und scherzen,
　而　我　可以　愉快的　　是　和　　戏谑，
(我可以是愉快和欢乐的，)

kann jeder Blum und jedes Blatts mich freun.
可以 每一个　花朵　和　每一个　花瓣　　自己　欢欣。
(每一朵花和花瓣都使我欢欣。)

Nachtigall， ach! Nachtigall， ach!
　夜莺，　　啊!　　夜莺，　　啊!
(夜莺啊，夜莺!)

sing mir den Amor nicht wach!
唱　把我　[-]　爱神　　不　　唤醒!
(不要把我的爱神唱醒!)

Schubert        An Silvia

舒伯特        致西尔维亚

Was ist Silvia, saget an, dass sie die weite Flur preist?
谁 是 西尔维亚，说 [-]， 以致 她 [-] 辽阔的 田野 赞扬？
(说说看，谁是西尔维亚，以致辽阔的田野都赞扬她?)

Schön und zart seh ich sie nahn, auf Himmels Gunst und Spur weist,
美丽地 和 温柔地 看见 我 她 渐近，凭 天国的 恩赐 和 踪迹 懂得，
(我看见美丽而温柔的她走近，显示出上天的偏爱与印迹，)

dass ihr alles untertan.
以致 对她 所有人 献身。
(以致所有人为她献身。)

Ist sie schön und gut dazu?
是 她 美丽的 和 善良的 此外？
(她是既美丽又善良吗?)

Reiz labt wie milde Kindheit; ihrem Aug eilt Amor zu，
魅力 振作 像 温柔的 童年； 向她的 眼睛 赶忙 爱神 [-]，
(魅力像温柔的童年使人振奋;爱神涌向她的眼睛，)

dort heilt er seine Blindheit, und verweilt in süsser Ruh.
在那里治愈 他 他的 盲目无知， 并 停留 在…甜蜜的 平静…中。
(他在那里治愈了他的盲目无知，并在那里甜蜜地安息。)

Darum Silvia, tön, o Sang, der holden Silvia Ehren;
因此 对西尔维亚，鸣响，噢 歌唱， [-] 可爱的 西尔维亚的 敬意；
(因此向西尔维亚歌唱，歌唱对可爱的西尔维亚的敬意;)

jeden Reiz besiegt sie lang, den Erde kann gewähren:
每一个 魅力 战胜 她 远的， [-] 大地 能够 给予:
(她的每个魅力远胜过大地能赋予的:)

Kränze ihr und Saitenklang!
给她戴上桂冠 并 琴弦声!
(给她戴上桂冠并为她拨起琴弦!)

# Auf dem Wasser zu singen
# 水 上 吟

Mitten im Schimmer der spiegelnden Wellen
在… [-] 闪光 …的 反射的 波浪…中
(在波浪反射的闪光中

gleitet, wie Schwäne, der wankende Kahn;
滑动, 像 天鹅, [-] 摇晃的 小船;
(摇晃的小船像天鹅那样滑动;)

ach, auf der Freude sanft schimmernden Wellen
啊, 在… [-] 欢乐的 柔和的 闪光的 波浪…上
(啊，在柔和地闪着光的欢乐波浪上

gleitet die Seele dahin wie der Kahn;
滑动 [-] 心灵 [向那儿] 像 [-] 小船;
(心灵像小船一样向那儿滑动;)

denn von dem Himmel herab auf die Wellen
因为 从 [-] 天空 向下 到… [-] 波浪…上
(从天空投向波浪的

tanzet das Abendroth rund um den Kahn.
跳舞 [-] 晚霞 在周围 [-] 小船。
(晚霞围绕着小船跳舞。)

Über den Wipfeln des westlichen Haines
在… [-] 树梢…上 …的 西面的 小树林
(西面小树林的树梢上

winket uns freundlich der rötliche Schein,
招呼 我们 友好地 [-] 微红色的 光,
(霞光友好地召唤我们，)

unter den Zweigen des östlichen Haines
在… [-] 嫩枝…下 …的 东面的 小树林
(东面小树林的树枝下

säuselt der Kalmus im rötlichen Schein;
沙沙作响 [-] 菖蒲 在…微红色的 光…中;
(菖蒲在晚霞中沙沙作响;)

**119**

Freude des Himmels und Ruhe des Haines
欢乐 …的 天空 和 宁静 …的 小树林
(天空的欢乐和小树林的宁静

atmet die Seel im errötenden Schein.
散发 [-] 情感 在… 变红的 光…中。
(在晚霞中充满感情。)

Ach， es entschwindet mit tauigem Flügel
啊， [-] 消失 与…有露水的翅膀…一起
(啊，我的时光随着摇摆的波浪

mir auf den wiegenden Wellen die Zeit.
从我 在… [-] 摇摆的 波浪…上 …[-] 时光。
(与被露水沾湿的翅膀一起消逝。)

Morgen entschwinde mit schimmerndem Flügel
明天 消失 与… 闪光的 翅膀…一起
(明天将再次与闪光的翅膀一起消逝

wieder wie gestern und heute die Zeit，
再次 像 昨天 和 今天 [-] 时光，
(就像昨天和今天的时光消逝一样，)

bis ich auf höherem， strahlenden Flügel
直到 我 在… 更高的， 闪闪发光的 翅膀…上
(直到我自己乘着更高而闪闪发光的翅膀

selber entschwinde der wechselnden Zeit.
我自己 消失于 [-] 变幻无常的 时光。
(从多变的时光中消逝。)

Schubert

Aufenthalt

# 居住地(孤居)

舒伯特

Rauschender Strom， brausender Wald，
轰鸣的　　　大河，　　呼啸的　　森林，
(滚滚的大河，呼啸的森林，)

starrender Fels mein Aufenthalt.
僵硬的　岩石　我的　　居住地。
(僵硬的岩石是我的居住地。)

Wie sich die Welle an Welle reiht，
如同 它自己 [-] 波浪　相接 波浪　相接，
(如同一浪紧跟一浪，)

fliessen die Tränen mir ewig erneut.
流淌　 [-]　眼泪 我的 永远的　更新。
(我的眼泪不停地流淌。)

Hoch in den Kronen wogend sich's regt，
高的 在… [-]　树冠　　波动 它自己[-] 移动，
(像高高的树梢在摇动，

so unaufhörlich mein Herze schlägt.
如此 不停地　　我的　心　　跳动。
(我的心也这样不停地跳动。)

Und wie des Felsen uraltes Erz，
和　像 [-] 岩石的　古老的　矿石，
(像岩石上古老的矿石，)

ewig derselbe bleibet mein Schmerz.
永远地 相同的　保持不变 我的　　痛苦。
(我的痛苦永不改变。)

# Schubert
## 舒伯特

# Ave Maria
# 万福玛利亚

Ave Maria! Jungfrau mild, erhöre einer Jungfrau Flehen,
万福玛利亚! 童贞女 温柔的, 请答应 一个 少女(的) 恳求,
(万福玛利亚!温柔的童贞女,请答应一个少女的恳求,)

aus diesem Felsen starr und wild soll mein Gebet zu dir hin wehen.
从… 这 岩石…上 硬的 和 荒芜的将是 我的 祈祷 向 你往那边去 飘向。
(我的祈祷将从这坚硬而荒芜的岩石向你飘去。)

Wir schlafen sicher bis zum Morgen,
我们 睡 安全地 直到 到 早晨,
(尽管人们是那样的残酷无情,)

ob Menschen noch so grausam sind.
虽然 人们 仍然 如此 残酷无情 是。
(我们还是安睡到天明。)

O Jungfrau, sieh der Jungfrau Sorgen,
噢 童贞女, 看 [-] 少女(的) 忧虑,
(噢童贞女,照顾这个少女的忧虑,)

o Mutter, hör ein bittend Kind!
噢 圣母, 倾听 一个 祈求的 孩子!
(噢圣母,倾听一个孩子的祈求!)

Ave Maria! Unbefleckt!
万福玛利亚! 贞洁的!
(万福玛利亚!贞洁的玛利亚!)

Wenn wir auf diesen Fels hinsinken zum Schlaf,
当 我们 在… 这 岩石…上 下沉 到 睡眠,
(当我们在这岩石上入睡时,)

und uns dein Schutz bedeckt,
并 对我们 你的 保护 覆盖,
(你保护着我们,)

wird weich der harte Fels uns dünken.
将 变软 [-] 硬的 岩石 对我们 似乎。
(坚硬的岩石好像变软了。)

Du lächelst, Rosendüfte wehen in dieser dumpfen Felsenkluft.
你 微笑, 玫瑰花香 传向 在… 这 有霉味的 岩缝…里。
(在这发霉的岩缝里,你的微笑像玫瑰花香飘来。)

O Mutter, höre Kindes Flehen, o Jungfrau, eine Jungfrau ruft!
噢 圣母, 倾听 孩子的 恳求, 噢童贞女, 一个 少女 呼喊!
(噢圣母,倾听孩子的恳求,噢童贞女,一个少女在呼喊!)

Ave Maria! Reine Magd!
万福玛利亚! 纯洁的 少女!
(万福玛利亚!纯洁的少女!)

Der Erde und der Luft Dämonen,
[-] 大地的 和 [-] 大气的 恶魔们,
(你用仁慈的目光

von deines Auges Huld verjagt,
以 你的 眼睛的 仁慈 赶走,
(赶走人世间的恶魔们,)

sie können hier nicht bei uns wohnen.
他们 能 在这里 不 靠近 我们 居住。
(他们不能在这里靠近我们。)

Wir wolln uns still dem Schicksal beugen,
我们 愿 [我们] 平静 [-] 命运 屈服,
(当你圣洁的安慰吹拂我们,)

da uns dein heilger Trost anweht;
由于向我们你的 圣洁的 安慰 吹拂;
(我们将平静地屈服于命运;)

der Jungfrau wolle hold dich neigen,
向[-] 少女 愿 仁慈地 你自己 俯身,
(愿你仁慈地俯向那少女,)

dem Kind, das für den Vater fleht!
向[-] 孩子, [她] 为了 [-] 父亲 恳求!
(俯向那为父亲恳求的孩子!)

Schubert

舒伯特

# Das Fischermädchen
# 捕 鱼 姑 娘

Du schönes Fischermädchen,　　treibe den Kahn ans Land,
你 美丽的　　捕鱼姑娘，　　驱赶 [-] 船 到[-] 陆地，
(你美丽的捕鱼姑娘，把船划到岸边，)

komm zu mir und setz dich nieder,
来 向 我 并 坐 你自己 往下，
(到我这里来并坐下来，)

wir kosen Hand in Hand.
我们谈情说爱 手 在…手…中。
(让我们手拉手地谈情说爱。)

Leg an mein Herz dein Köpfchen
放 在…我的 心…上 你的 小脑袋
(把你的小脑袋放在我的胸前

und fürchte dich nicht zu sehr;
并 害怕 你 不 太 很多;
(并不要害怕;)

vertraust du dich doch sorglos täglich dem wilden Meer!
信赖 你 你自己[仍然]无忧无虑的 每天的 [-] 狂暴的 大海!
(你能无忧无虑地把自己交给狂暴的大海!)

Mein Herz gleicht ganz dem Meere,
我的 心 相同于 完全地 [-] 大海，
(我的心与大海完全一样，)

hat Sturm und Ebb und Flut,
有 风暴 和 退潮 和 涨潮，
(有风暴、退潮和涨潮，)

und manche schöne Perle in seiner Tiefe ruht.
和 好些 美丽的 珍珠 在 它的 深处 停顿。
(在它深处还有好些美丽的珍珠。)

Schubert

舒伯特

# Der Atlas

# 地 神

Ich unglücksel'ger Atlas!
我 苦命的 地神!
(我苦命的地神!)

Eine Welt, die ganze Welt der Schmerzen, muss ich tragen;
一个 世界， [-] 全部的 世界 …的 痛苦， 必须 我 承受；
(我必须承受一个世界，全部痛苦的世界，)

ich trage Unerträgliches，
我 承受 不堪忍受的事情，
(我承受不堪忍受的事情，)

und brechen will mir das Herz im Leibe.
并 折断 将 对我 [-] 心 在…躯干…里。
(并使我心破碎。)

Du stolzes Herz, du hast es ja gewollt!
你 傲慢的 心， 你 曾 它 这样 打算！
(你这颗傲慢的心，你就是这样打算的!)

Du wolltest glücklich sein, unendlich glücklich,
你 愿意 幸福 是， 无止境的 幸福，
(你愿幸福，无止境的幸福，)

oder unendlich elend, stolzes Herz,
或者 无止境的 悲惨的， 傲慢的 心，
(或者是无止境的悲惨，傲慢的心，)

und jetzt bist du elend.
而 现在 是 你 悲惨的。
(而现在你是悲惨的。)

Ich unglücksel'ger Atlas!
我 苦命的 地神!
(我苦命的地神!)

Die ganze Welt der Schmerzen muss ich tragen!
[-] 全部的 世界 …[-] 痛苦 必须 我 承受!
(我必须承受全部痛苦的世界!)

125

Schubert

舒伯特

# Der Doppelgänger

# 幻 影

Still ist die Nacht， es ruhen die Gassen，
宁静 是 [-] 夜， [它] 静止 [-] 街道，
(宁静的夜，街道一片寂静，)

in diesem Hause wohnte mein Schatz;
在… 这 房子…里 曾居住 我的 心上人;
(我的心上人曾住在这房子里;)

sie hat schon längst die Stadt verlassen，
她 曾 已经 早就 [-] 城市 离开，
(她早已离开了这城市，)

doch steht noch das Haus auf demselben Platz.
然而 站立 仍然 [-] 房子 在… 同一的 位置…上。
(然而房子却还在同一个地方。)

Da steht auch ein Mensch und starrt in die Höhe，
那里 站立 也 一个 人 并 凝视 向 [-] 高处，
(那里还站着一个人，他向上凝视着，)

und ringt die Hände vor Schmerzensgewalt;
并 绞 [-] 双手 由于 极度的痛苦;
(而且由于极度痛苦而绞着双手;)

mir graust es， wenn ich sein Antlitz sehe，
使我 颤抖 [它]， 当… 我 他的 面貌 看见…时，
(当我看见他的面容时，我吓得发抖，)

der Mond zeigt mir meine eigne Gestalt.
[-] 月亮 显出 向我 我 自己的 外形。
(月光照出了我自己的外形。)

Du Doppelgänger， du bleicher Geselle!
你 幻影， 你 苍白的 家伙!
(你这幻影，你这苍白的家伙!)

Was äffst du nach mein Liebesleid，
为什么模仿 你 按照 我的 爱情的痛苦，
(你为什么模仿，)

das mich gequält auf dieser Stelle
[痛苦]使我 折磨 在 这个 地点
(过去那么多的夜晚

so manche Nacht， in alter Zeit?
如此 多的 夜晚， 在 过去的 时光?
(在这里受到的折磨，我的爱情的痛苦?)

Schubert

舒伯特

# Der Erkönig
# 魔 王

Wer reitet so spät durch Nacht und Wind?
谁 骑 如此 晚 穿过 夜晚 和 风?
(是谁这么晚在夜风中疾驰?)

Es ist der Vater mit seinem Kind;
它 是 [-] 父亲 和… 他的 孩子…一起;
(那是父亲和他的孩子;)

er hat den Knaben wohl in dem Arm,
他 有 [-] 儿子 妥善地 在… [-]胳臂…里,
(他稳当地抱着他的儿子,)

er fasst ihn sicher, er hält ihn warm.
他 握住 他 稳当地, 他 保持 他 温暖地。
(他紧紧地搂着他,使他保持温暖。)

Mein Sohn, was birgst du so bang dein Gesicht?
我的 儿子, 什么 掩护 你 如此 害怕 你的 脸?
(我的儿,你为什么如此恐惧地掩藏你的脸?)

Siehst, Vater, du den Erlkönig nicht?
看, 父亲, 你 那 魔王 不?
(父亲,你没有看见那个魔王吗?)

Den Erlenkönig mit Kron und Schweif?
那 魔王 戴着 冠冕 和 拖裙?
(那魔王戴着冠冕和披着斗篷?)

Mein Sohn, es ist ein Nebelstreif.
我的 儿子, 那 是 一个 雾的 条纹。
(我的儿,那是一股雾气。)

"Du liebes Kind, komm, geh mit mir!
"你 可爱的 孩子, 来, 走 与…我…一起!
(你这可爱的孩子,来吧,和我一起走!)

gar schöne Spiele spiel ich mit dir;
很多 好的 游戏 玩 我 与…你…一起!
(我和你玩很多好玩的游戏!)

manch bunte Blumen sind an dem Strand,
许多 彩色的 鲜花 是 在… [-] 河滩…上,
(河滩上有许多五彩缤纷的鲜花,)

meine Mutter hat manch gülden Gewand."
我的 母亲 有 许多 金色的 衣服。"
(我母亲有许多金灿灿的衣裳。")

Mein Vater, mein Vater, und hörest du nicht,
我的 父亲, 我的 父亲, 而 听见 你 不,
(父亲啊,父亲,你没有听见,)

was Erlenkönig mir leise verspricht?
什么 魔王 对我 轻声低 许诺?
(魔王轻声地许诺我什么吗?)

Sei ruhig, bleibe ruhig, mein Kind:
是 安静的, 保持 安静的, 我的 儿子:
(要安静,保持安静,我的儿:)

in dürren Blättern säuselt der Wind.
在…干枯的 树叶…中 沙沙作响 [-] 风。
(那是风把枯叶吹得沙沙作响。)

"Willst, feiner Knabe, du mit mir gehn?
"愿意, 聪明的 男孩, 你 与…我…一起走?
("聪明的男孩,你愿意和我一起走吗?)

meine Töchter sollen dich warten schön;
我的 女儿们 将是 对你 照料 出色地;
(我的女儿们会很好地照料你;)

meine Töchter führen den nächtlichen Reihn
我的 女儿们 带领 [-] 夜间的 轮舞
(我的女儿们带领夜间的轮舞

und wiegen und tanzen und singen dich ein."
并 摇晃 和 跳舞 和 唱歌 使你 进去。"
(并摇着、跳着、唱着使你入睡。")

Mein Vater, mein Vater, und siehst du nicht dort
我的 父亲, 我的 父亲, 而 看见 你 不 在那里
(父亲啊,父亲,你没有看见,)

Erlkönigs Töchter am düstern Ort?
魔王的　女儿们　在[-] 昏暗的 地方？
(魔王的女儿们在那边昏暗的地方吗？)

Mein Sohn, mein Sohn, ich seh es genau,
我的　儿子，　我的　儿子，　我　看见　它　清楚地，
(我的儿，我的儿，我看得很清楚，)

es scheinen die alten Weiden so grau.
那里　发光　[-]　老的　柳树　如此　朦胧的。
(那是老柳树在朦胧地发光。)

"Ich liebe dich, mich reizt deine schöne Gestalt,
"我　爱　你，　使我　引诱　你的　美丽的　外形，
("我爱你，你美丽的外形引诱我，)

und bist du nicht willig, so brauch ich Gewalt."
而　是　你　不　愿意，　那么　使用　我　强制力。"
(而如果你不愿意，我就要用蛮力。")

"Mein Vater, mein Vater, jetzt fasst er mich an!
"我的　父亲，　我的　父亲，　现在　抓住　他　把我　[-]！
("父亲啊，父亲，现在他抓住我啦！

Erlkönig hat mir ein Leids getan."
　魔王　已　把我　一个　损害　完成。"
(魔王已经伤害了我。")

Dem Vater grauset's, er reitet geschwind,
　[-]　父亲 对此感到害怕，他　骑　　快速地，
(父亲对此感到了害怕，他快马加鞭，)

er hält in Armen das ächzende Kind,
他　保持　在…胳臂…中 [-]　呻吟的　孩子，
(他把呻吟的孩子搂在怀中，)

erreicht den Hof mit Müh und Not;
到达　[-]　庭院　以　费力　和　困难；
(精疲力竭地到了家;)

in seinen Armen das Kind war tot.
在…　他的　臂…中　[-]　孩子　是　死去。
(孩子在他怀中已死。)

Schubert

# Der Hirt auf dem Felsen

舒伯特

# 山崖上的牧羊人

Wenn auf dem höchsten Fels ich steh',
当… 在… [-] 最高的 岩石…上 我 站立…时,
(当我站在高高的岩石上,)

in's tiefe Thal herniederseh', und singe,
向…[-] 深的 山谷…中 向下看, 并 歌唱,
(俯瞰着深深的山谷并歌唱,)

fern aus dem tiefen dunkeln Thal
远方 从… [-] 深的 暗的 山谷…中
(深谷的回声从远处深而暗的山谷中

schwingt sich empor der Widerhall der Klüfte.
回荡 [它自己] 向上 [-] 回声 [-] 深谷。
(向上回荡。)

Je weiter meine Stimme dringt,
总是 越远 我的 声音 渗透,
(我的歌声穿透得越远,)

je heller sie mir wiederklingt von unten.
总是更响亮[它] 对我 回响 从 下面。
(下面的回响就越响亮。)

Mein Liebchen wohnt so weit von mir,
我的 心上人 居住 如此 远 从 对我,
(我的心上人住得离我这样远,)

drum sehn' ich mich so heiss nach ihr hinüber!
因此 渴望 我 [我自己]如此 热切地 向 她 在远处!
(从而我是如此热切地思念在远处的她!)

In tiefem Gram verzehr' ich mich, mir ist die Freude hin,
在… 深的 忧伤…中 耗尽 我 我自己,从我 是 [-] 欢乐 去,
(我沉溺在忧伤中,欢乐已离我而去,)

auf Erden mir die Hoffnung wich, ich hier so einsam bin.
在…世界…上对我 [-] 希望 消失, 我 这里 如此 孤独的 是。
(在世上我已没有希望,我在这里是这样孤独。)

So sehnend klang im Wald das Lied,
如此 渴望 鸣响 在…森林…中[-] 歌曲,
(我多么渴望我的歌在森林中鸣响,)

so sehnend klang es durch die Nacht,
如此 渴望 鸣响 它 穿过 [-] 夜,
(多么渴望它鸣响着穿越夜空,)

die Herzen es zum Himmel zieht mit wunderbarer Macht.
[-] 心灵 它 向[-] 天空 拖 以 不可思议的 力量。
(它以不可思议的力量把心灵引向天空。)

Der Frühling will kommen, der Frühling meine Freud',
[-] 春天 将 来临, [-] 春天 我的 欢乐,
(春天将来到,春天我的欢乐,)

nun mach' ich mich fertig, zum Wandern bereit.
现在 完成 我 我自己 准备好, 为 徒步旅行 准备好。
(现在让我准备好,为走回去作好准备。)

Je weiter meine Stimme dringt, je heller sie mir wiederklingt.
总是 越远 我的 声音 渗透, 总是 更响亮 [它] 对我 回响。
(我的歌声穿透得越远,它的回响就越响亮。)

# Der Jüngling an der Quelle
## 泉水边的少年

Leise rieselnder Quell!
低声地潺潺地流着 泉水!
(泉水低声潺潺流淌!)

ihr wallenden flispernden Pappeln!
你们 滚动 沙沙的 白杨!
(你们沙沙飘动的白杨!)

euer Schlummergeräusch wecket die Liebe nur auf.
你们的 瞌睡的声音 唤醒 [-] 爱情 只 打开。
(你们那催眠的声音只能唤醒爱情。)

Linderung sucht' ich bei euch,
缓解 寻找 我 靠近 你们,
(我到你们这里寻找慰藉,)

und sie zu vergessen, die Spröde, ach,
并 把她 去 忘却, [-] 冷漠的人, 啊,
(并把她忘却,那个冷漠的人,啊,)

und Blätter und Bach seufzen, Louise, dir nach.
而 树叶 和 小溪 叹息, 露易丝, 为你 [-]。
(而树叶和小溪的叹息,露易丝,是为了你。)

Schubert
舒伯特

# Der Musensohn
# 艺 神 之 子

Durch Feld und Wald zu schweifen,
穿过 田野 和 森林 去 漫游,
(漫游在田野和森林间,)

mein Liedchen weg zu pfeifen, so geht's von Ort zu Ort!
我的 小曲 [离开] 去 吹口哨, 如此 走 它 从 地方 到 地方!
(我吹着我的小曲,从一个地方到另一个地方!)

Und nach den Takte reget
并 按照 [-] 节奏 移动
(一切都不停地

und nach dem Mass beweget sich alles an mir fort.
并 按照 [-] 尺度 挪动 自己 一切 在…我…旁 向前。
(合着我的节奏和拍子运动。)

Ich kann sie kaum erwarten,
我 能 [它] 几乎不 等待,
(我几乎不能等待,)

die erste Blum im Garten, die erste Blüt am Baum.
[-] 第一的 花朵 在…花园…里, [-] 第一的 花朵 在…树…上。
(花园里新蕾的初放、树上第一朵花的开放。)

Sie grüssen meine Lieder,
它们 问候 我的 歌曲,
(它们向我的歌致意,)

und kommt der Winter wieder, sing ich noch jenen Traum.
而 来 [-] 冬天 再次, 歌唱 我 仍然 那个 梦。
(而当冬天来临时,我仍然歌唱那个梦幻。)

Ich sing ihn in der Weite,
我 歌唱 它 在…[-] 远…处,
(我到处唱它,)

auf Eises Läng und Breite, da blüht der Winter schön!
在… 冰…上 长度 和 宽度, 那里 活跃 [-] 冬天 美好的!
(在坚冰覆盖的整个大地上,那里焕发着冬日的美好风光!)

Auch diese Blüte schwindet,
又 这 兴旺 消失，
(这兴旺的景象消失，)

und neue Freude findet sich auf bebauten Höhn.
而 新的 欢乐 出现[它自己] 在… 耕种的 山坡…上。
(而在耕耘过的山坡上又呈现出新的欢乐。)

Denn wie ich bei der Linde das junge Völkchen finde,
然后 当… 我 在… [-] 菩提树…旁 [-] 年青的 人群 找到…时，
(而后当我在菩提树旁找到那些青年时，)

sogleich erreg ich sie.
立刻 使激动 我 他们。
(我立刻使他们兴奋起来。)

Der stumpfe Bursche bläht sich,
[-] 冷漠的 小伙子 鼓起来，
(冷漠的小伙子意气风发，)

das steife Mädchen dreht sich nach meiner Melodie.
[-] 拘谨的 姑娘 旋转 按照 我的 曲调。
(拘谨的姑娘也随着我的曲调翩翩起舞。)

Ihr gebt den Sohlen Flügel
你们 给 [-] 脚底 翅膀
(你们驱使情人双足插上翅膀，)

und treibt durch Tal und Hügel den Liebling weit von Haus.
并 驱赶 穿过 山谷 和 丘陵 [-] 情人 远的 从 房子。
(远离他的家越过幽谷和丘陵。)

Ihr lieben， holden Musen，
你们亲爱的， 迷人的 艺神们，
(亲爱的、迷人的艺神们，)

wann ruh ich ihr am Busen auch edlich wieder aus?
何时 休息 我 她的 在…怀抱…里 也 最终地 再次 [-]?
(我什么时候能再次在她怀中安息?)

# Der Schiffer
# 水 手

Im Winde, im Sturme befahr' ich den Fluss,
在…风…中, 在…风暴…中 航行于… 我 [-] 江…上,
(我在江上迎着风暴航行,)

die Kleider durchweichet der Regen im Guss;
[-] 衣服 完全湿透 [-] 雨 在…倾盆大雨…中;
(衣服被倾盆大雨完全湿透;)

ich peitsche die Wellen mit mächtigem Schlag,
我 鞭打 [-] 波涛 以 有力的 抽打,
(我用力抽打着波涛,)

erhoffend mir heiteren Tag.
盼望 对我 晴朗的 白天。
(盼望着晴朗的一天。)

Die Wellen, sie jagen das ächzende Schiff,
[-] 波涛, 它们 猎取 [-] 发出嘎吱声的 船,
(波涛专门袭击嘎吱作响的船,)

es drohet der Strudel, es drohet das Riff,
它 威胁 [-] 漩涡, 它 威胁 [-] 暗礁,
(漩涡在威胁,暗礁在威胁,)

Gesteine entkollern den felsigen Höh'n,
岩石 滚下 [-] 多岩的 高处,
(岩石从山上滚下,)

und Tannen erseufzen wie Geistergestöhn.
和 冷杉 叹息 像 鬼魂的 呻吟。
(冷杉树像鬼魂在呻吟。)

So musste es kommen, ich hab' es gewollt,
因此 必须 它 来到, 我 应该 它 愿意,
(因此必须是这样,我愿意它这样,)

ich hasse ein Leben behaglich entrollt;
我 厌恶 一个 生活 舒适的 展开;
(我厌恶舒适的生活;)

und schlängen die Wellen den ächzenden Kahn,
而 鲸吞 [-] 波涛 [-] 发出嘎吱声的 小船，
(如果波涛要吞没那嘎吱作响的小船，)

ich priese doch immer die eigenen Bahn.
我 赞扬 仍然 总是 [-] 自己的 道路。
(我也不愿改变我的航向。)

Drum tose des Wassers ohnmächtiger Zorn,
因此 呼啸 [-] 江水 无力的 愤怒，
(因此让江水的无力愤怒呼啸吧，

dem Herzen entquillet ein seliger Born,
[-]从…心…中 涌出 一股 极乐的 泉水，
(我心中涌出一股极乐的泉水，)

die Nerven erfrischend, o himmlische Lust!
[-] 神经 精神焕发， 噢 无限的 欢乐!
(精神焕发，噢无限的欢乐!)

dem Sturme zu trotzen mit männlicher Brust.
[-] 风暴 去 蔑视 以 男子气概的 胸怀。
(用男子汉的胸怀去蔑视风暴。)

**Schubert**
舒伯特

# Der Tod und das Mädchen
# 死神与少女

Vorüber,　　ach,　　vorüber!
　走过去，　　啊，　　走过去!
(走开，啊，走开!)

geh，　wilder　Knochenmann!
走开，　野蛮的　　　骷髅!
(走开，狰狞的骷髅!)

Ich　bin　noch　jung，　geh，　Lieber!
我　是　仍然　年轻，　走开，　亲爱的人!
(我还年轻，走开，亲爱的人!)

und　rühre　mich　nicht　an.
　并　触摸　对我　不　[-]。
(不要碰我。)

Gieb　deine　Hand，　du　schön　und　zart　Gebild!
递给　你的　手，　你　美丽的　和　柔弱的　形象!
(把你的手递给我，你这美丽而柔弱的人!)

bin　Freund　und　komme　nicht　zu　strafen.
我是　朋友　并　来　　不　为了　惩罚。
(我是友好的，不是来惩罚你的。)

Sei　gutes　Muts!　ich　bin　nicht　wild，
有　十足的　勇气!　我　是　不　狂暴的，
(要自信!我不是狂暴的，)

sollst　sanft　in　meinen　Armen　schlafen!
你将　温顺地　在…　我的　手臂…中　睡觉!
(你将温顺地在我怀中安睡!)

Schubert
舒伯特

# Der Wanderer
# 流 浪 者

Ich komme vom Gebirge her, es dampft das Tal, es braust das Meer.
我 来 从 丛山 到这里，[-] 冒汽 [-] 山谷，[-] 翻滚 [-] 大海。
(我从丛山中来到这里，山谷雾气腾腾，大海翻滚。)

Ich wandle still, bin wenig froh,
我 流浪 无声地，是 不多的 愉快的，
(我沉默地流浪，很少快乐，)

und immer fragt der Seufzer: wo? immer wo?
而 总是 问 [-] 叹息: 哪里? 总是 哪里?
(而我的叹息总是在问:哪里?总是问哪里?)

Die Sonne dünkt mich hier so kalt, die Blüte welk, das Leben alt,
[-] 太阳 似乎 对我 这里 如此 冷， [-] 花朵 枯萎， [-] 生活 陈旧的，
(在我看来，这里的太阳太冷，花朵枯萎，生活陈旧，)

und was sie reden, leerer Schall, ich bin ein Fremdling überall.
并 某事 他们 讲， 空洞的 声音， 我 是 一个 陌生人 到处。
(而且他们讲的都是空洞的声音，我到那里都是陌生人。)

Wo bist du, mein geliebtes Land? gesucht, geahnt, und nie gekannt!
哪里 是 你， 我的 亲爱的 故乡? 被追求的， 预感的， 和 从不 知道!
(你在哪里，我亲爱的故乡?被追求的、预感到却从不知道的故乡!)

Das Land so hoffnungsgrün, das Land, wo meine Rosen blühn,
[-] 故乡 如此 充满希望的绿色， [-] 故乡， 那里 我的 玫瑰花 开放，
(那充满绿色的希望之乡，我的玫瑰花在那里开放的故乡，)

wo meine Freunde wandelnd gehn, wo meine Toten auferstehn,
那里 我的 朋友们 漫步 去， 那里 我的 死去的人 再生，
(那里我的朋友们在漫步，那里我的死去的人不被遗忘，)

das Land, das meine Sprache spricht, o Land, wo bist du?
[-] 故乡， [-] 我的 语言 说， 噢 故乡， 哪里 是 你?
(那说我的语言的故乡，噢你在哪里?)

Ich wandle still, bin wenig froh,
我 流浪 无声地，是 不多的 愉快的，
(我沉默地流浪，很少快乐，)

**139**

und immer fragt der Seufzer: wo? immer wo?
而 总是 问 [-] 叹息: 哪里? 总是 哪里?
(而我的叹息总是在问:哪里?总是问哪里?)

Im Geisterhauch tönt's mir zurück:"Dort， wo du nicht bist, dort ist das Glück!"
在…幽灵的气息…中发声 对我回报:"那儿，那里 你 不 是,那里 是 [-] 幸福!")
(幽灵的声音回答我说:"你不在的那地方，那里你能找到幸福!")

Schubert

舒伯特

# Der Wanderer an den Mond

# 漫游者致月亮

Ich auf der Erd', am Himmel du, wir wandern beide rüstig zu:
我 在… [-] 地…上， 在… 天…上 你， 我们 漫游 俩 精力充沛地向前:
(我在地上，你在天上，我们俩精力充沛地向前漫游:)

Ich ernst und trüb, du mild und rein,
我 严肃的 和 忧郁的， 你 温柔的 和 纯洁的，
(我严肃而忧郁，你温柔而纯洁，)

was mag der Unterschied wohl sein?
什么 大概 [-] 区别 可能 是?
(这能有什么区别呢?)

Ich wandre fremd von Land zu Land, so heimathlos, so unbekannt;
我 漫游 陌生地 从 地方 到 地方， 如此 无家可归， 如此 无名的;
(我到处漫游，是一个无家可归的陌生人;)

Berg auf, berg ab, Wald ein, Wald aus,
山 向上， 山 下来， 森林 进入， 森林 离开，
(上山，下山，进森林，出森林，)

doch bin ich nirgend, ach! zu Haus.
然而 是 我 无处， 啊! 在…家…中。
(但是，啊!我找不到家。)

Du aber wanderst auf und ab aus Westens Wieg' in Ostens Grab,
你 可是 漫游 向上 和 向下 从 西方的 摇篮 到 东方的 坟墓，
(而你来回地漫游，从西方的发源地到东方的没落点，)

wallst Länder ein und Länder aus,
慢走 地方 进入 和 地方 离开，
(缓慢地从一处走向一处，)

und bist doch, wo du bist, zu Haus.
而 是 仍然， 何处 你 是， 在…家…中。
(但是不管你在哪里，你都很自在。)

Der Himmel, endlos ausgespannt, ist dein geliebtes Heimathland:
[-] 天空， 无止境地 伸展， 是 你的 可爱的 家乡:
(无止境伸展的天空是你可爱的家乡:)

o glücklich， wer， wohin er geht， doch auf der Heimath Boden steht!
噢 幸福， 谁， 哪里 他 去， 仍然 在… [-] 家乡的 土地…上 站立!
(噢那个不管到哪里，总是站在故土上的人是多么幸福!)

# Die Allmacht
# 万 能 者

Gross ist Jehova， der Herr!
伟大 是 耶和华， [-] 上帝!
(伟大的耶和华，上帝!)

denn Himmel und Erde verkünden seine Macht.
因为 天国 和 大地 宣告 他的 威力。
(为了天国和大地宣告他的威力。)

Du hörst sie im brausenden Sturm,
你 听见 它 在… 怒吼的 风暴…中,
(你听见它在怒吼的风暴中，)

in des Waldstroms laut aufrauschenden Ruf;
在…[-] 林中激流的 响亮的 雷鸣似的 呼唤…中;
(在林中激流响亮的雷鸣般的呼唤中;)

gross ist Jehova， der Herr, gross ist seine Macht.
伟大 是 耶和华, [-] 上帝, 伟大 是 他的 权力。
(伟大的耶和华，上帝，他的伟大威力。)

Du hörst sie in des grünenden Waldes Gesäusel,
你 听见 它 在… [-] 发青的 森林的 飒飒声…中,
(在绿色的森林飒飒声中你听见它，)

siehst sie in wogender Saaten Gold,
看见 它 在… 波动的 秧苗 金色的…中,
(在波动的金色秧田中你看见它，)

in lieblicher Blumen glühendem Schmelz,
在…可爱的 鲜花 炽热的 柔光…中,
(在可爱鲜花的炽热柔光中，)

im Glanz des sternebesäeten Himmels.
在…光辉 [-] 布满星辰的 天空…中。
(在繁星闪烁的天空中。)

Furchtbar tönt sie im Donnergeroll
可怕的 鸣响 它 在…隆隆雷鸣…中
(它在雷鸣的可怕隆隆声

und flammt in des Blitzes schnell hinzuckendem Flug,
和 发光 在… [-] 闪电的 快速的 闪动的 飞翔…中,
(和闪电的快速掠过的闪光中,)

doch kündet das pochende Herz
但是 说明 [-] 跳动的 心
(但当你盼望仁慈和怜悯而仰望祈祷时,)

dir fühlbarer noch Jehovas Macht, des ewigen Gottes,
对你 感到 更 耶和华的 威力, [-] 永恒的 上帝,
(那跳动的心说明,)

blickst du flehend empor und hoffst auf Huld und Erbarmen.
望 你 祈祷 向上 并 盼望 为 仁慈 和 怜悯。
(你更感到耶和华,那永恒上帝的威力。)

Gross ist Jehova, der Herr!
伟大 是 耶和华, [-] 上帝!
(伟大的耶和华,上帝!)

# Schubert

舒伯特

# Die Forelle
# 鳟鱼

In einem Bächlein helle， da schoss in froher Eil
在… 一条 小溪…里 明亮的， 那里 疾速运动 在…快活的 迅速…中
(在一条明亮的小溪里，那任性的鳟鱼

die launische Forelle vorüber wie ein Pfeil.
[-] 变化无常的 鳟鱼 过去 像 一根 箭。
(像箭似地快活地游来游去。)

Ich stand an dem Gestade und sah in süsser Ruh
我 站 在… [-] 岸…边 和 看 在…悠闲的平静…中
(我站在岸边，在悠闲的平静中

des muntern Fischlein's Bade im klaren Bächlein zu.
[-] 活泼的 小鱼的 沐浴 在… 明亮的 小溪…中 [-]。
(看着活泼的小鱼在明亮的小溪中沐浴。)

Ein Fischer mit der Rute wohl an dem Ufer stand，
一个 捕鱼人 拿着 [-] 钓竿 也 在… [-] 岸…边 站着，
(一个捕鱼人拿着钓竿也站在岸边，)

und sah's mit kaltem Blute， wie sich das Fischlein wand.
并 看着它 以 冷酷的 天性， 如何 [它自己] [-] 小鱼 曲折而行。
(并冷酷地看着小鱼如何来回穿梭。)

So lang' dem Wasser Helle， so dacht ich， nicht gebricht，
只要长时间的 [-] 水 明亮， 如此 想 我， 不 被破坏，
(我想，只要水的明亮不被破坏，)

so fängt er die Forelle mit seiner Angel nicht.
如此 捕捉 他 [-] 鳟鱼 以 他的 钓竿 不。
(他就不能用钓竿钓到鳟鱼。)

Doch endlich ward dem Diebe die Zeit zu lang.
但是 终于 开始感到 [-] 小偷 [-] 时间 太 长。
(但是那小偷终于不耐烦了。)

Er macht das Bächlein tückisch trübe， und eh ich es gedacht，
他 从事 [-] 小溪 狡猾地 使混浊， 并 在… 我 [它] 思考…之前，
(他狡猾地把小溪搅混，并在我还没来得及思考之前，

so zuckte seine Rute,　das Fischlein zappelt dran,
如此 急动　他的　钓竿，　[-]　小鱼　来回舞动 在上面，
(他急挑起钓竿，小鱼在上面挣扎，)

und ich mit regem Blute sah die Betrogne an.
而　我 以 激动的　血　看 [-]　被欺骗的 [-]。
(而我怀着激动的心情看着那被欺骗的小鱼。)

Schubert

舒伯特

# Die junge Nonne
# 年轻的修女

Wie braust durch die Wipfel der heulende Sturm!
多么 怒吼 穿过 [-] 树梢 [-] 呼啸的 风暴!
(风暴呼啸着穿越树梢!)

Es klirren die Balken, es zittert das Haus!
[它]咯咯作响 [-] 横梁, [它] 颤抖 [-] 房屋!
(房梁咯咯响，屋子在颤抖!)

es rollet der Donner, es leuchtet der Blitz,
[它]隆隆作响[-] 雷鸣, [它] 闪光 [-] 闪电,
(雷声隆隆，电光闪闪,)

und finster die Nacht, wie das Grab!
和 黑洞洞的 [-] 夜, 像 [-] 坟墓!
(夜黑得像坟墓!)

Immerhin, so tobt' es auch jüngst noch in mir!
时常, 如此 奔腾 [它] 也 最近的 [仍然] 在…我…中!
(我的心最近也时常这样翻腾!)

Es brauste das Leben, wie jetzt der Sturm,
[它] 怒吼 [-] 生活, 像 现在 [-] 风暴,
(生活像现在的风暴那样怒吼,)

es bebten die Glieder, wie jetzt der Blitz,
[它] 颤动 [-] 四肢, 像 现在 [-] 闪电,
(四肢像现在的闪电那样颤动,)

und finster die Brust, wie das Grab.
并 昏暗的 [-] 胸怀, 像 [-] 坟墓。
(心胸昏暗得像坟墓。)

Nun tobe, du wilder, gewaltger Sturm,
现在 呼啸, 你放肆的, 强劲的 风暴,
(放肆而强劲的风暴，你现在呼啸,)

im Herzen ist Friede, im Herzen ist Ruh,
在…心…中 是 平静, 在…心…中 是 安宁,
(在我心中却是平静和安宁,)

des Bräutigams harret die liebende Braut,
[-] 新郎　　等候　[-]　可爱的　　新娘,
(新郎等待着可爱的新娘,)

gereinigt in prüfender Glut der ewigen Liebe getraut.
使洁净　在…考验的　炎热…中　[-]　永恒的　爱　结婚。
(在考验的炎热中净化而嫁给永恒的爱。)

Ich harre,　mein Heiland! mit sehnendem Blick!
我　等待,　我的　救世主!　以　渴望的　　眼神!
(我以渴望的眼神等待我的救世主!)

komm,　himmlischer Bräutigam,　hole die Braut,
来,　　上天的　　　新郎,　　取　[-]　新娘,
(来吧,天上的新郎,把新娘带走,)

erlöse die Seele von irdischer Haft!
拯救　[-]　灵魂　从　尘世的　监禁!
(把我的灵魂从尘世的监禁中解救出来!)

Horch,　friedlich ertönet das Glöcklein vom Turm!
听,　　平静地　鸣响　[-]　　小钟　从[-]　钟楼!
(听,钟楼上传来小钟平静的鸣响!)

Es lockt mich das süsse Getön allmächtig zu ewigen Höhn!
[它] 吸引　对我　[-]　柔和的　叮当声 威力无比的　向　永恒的　高处!
(那柔和的叮当声有力地召唤我去永恒的高处!)

Alleluja!
阿利路亚!
(阿利路亚!)

Schubert

舒伯特

# Die Liebe hat gelogen
# 爱情说了谎

Die    Liebe    hat    gelogen，
[-]    爱情    已    说谎，
(爱情说了谎，)

die    Sorge    lastet    schwer，
[-]    忧虑    压    沉重地，
(忧虑沉重地压在我身上，)

betrogen，    ach!    betrogen
欺骗，    啊!    欺骗
(欺骗，啊!)

hat    alles    mich    umher!
已    一切    对我    周围!
(周围的一切都欺骗我!)

Es    fliessen    heisse    Tropfen
[它]    流淌    热的    滴
(热泪不停地

die    Wange    stets    herab，
[-]    脸颊    总是    下来，
(从脸上流下，)

lass    ab，    mein    Herz，    zu    klopfen，
让    脱离，    我的    心，    工业    去跳动，
(让我的心停止跳动吧，)

du    armes    Herz，    lass    ab!
你    可怜的    心，    让    脱离!
(你可怜的心，停止吧!)

Schubert                    Die Schöne Müllerin
舒伯特                        美丽的磨坊姑娘


## 1. Das Wandern
### 1. 流 浪

Das  Wandern  ist  des  Müllers  Lust,    das  Wandern!
[-]    流浪    是    [-]    磨坊工人的快乐,    [-]    流浪!
(流浪是磨坊工人的乐趣,流浪!)


Das  muss  ein  schlechter  Müller  sein,
这    一定    一个    不幸的    磨坊工人  是,
（从未想过流浪的人,）


dem  niemals  fiel  das  Wandern  ein,    das  wandern.
他    从未    倾向  [-]    流浪    [-],    [-]    流浪。
(一定是个不幸的磨坊工人,流浪。)


Vom  Wasser  haben  wir's  gelernt,    vom  Wasser!
从[-]  河水    曾    我们[它]  学到,    从[-]    河水!
(我们从河水学到这一点,从河水!)


Das  hat  nicht  Rast  bei  Tag  und  Nacht,
它们  有  没有  休息  在  白日  和  夜晚,
(它们日夜川流不息,


ist  stets  auf  Wanderschaft  bedacht,    das  Wasser.
是  总是  关于    流浪    考虑,    [-]    河水。
(那河水总是想着流浪。)


Das  sehn  wir  auch  den  Rädern  ab,    den  Rädern!
这事  看见  我们    也  从[-]    轮子  [-],    从[-]    轮子!
(我们从磨轮也能看得出,磨轮!)


Die  gar  nicht  gerne  stille  stehn,
它们  非常  不    喜欢  不动的  停顿,
(它们极不喜欢停着不动,)


die  sich  mein  Tag  nicht  müde  drehn,    die  Räder.
它们  自己  [我的]  白日    不  疲倦地  转动,    [-]  轮子。
(它们整天不知疲倦地转动,磨轮。)


▶150◀

**Die Steine selbst, so schwer sie sind, die Steine!**
[-] 磨石 它们自己，如此 重的 它们 是， [-] 磨石！
(那磨石，尽管它们那样重，磨石!)

**Sie tanzen mit den muntern Reih'n**
它们 跳舞 以 [-] 活泼的 轮舞
(它们跳着活泼的轮舞

**und wollen gar noch schneller sein, die Steine.**
并 愿 非常 仍然 更快地 是， [-] 磨石。
(并想跳得更快，磨石。)

**O Wandern, Wandern, meine Lust, o Wandern!**
噢 流浪， 流浪， 我的 快乐， 噢 流浪！
(噢流浪，我的乐趣，噢流浪!)

**Herr Meister und Frau Meisterin,**
先生 师傅 和 太太 师傅，
(师傅先生和师傅太太，)

**lasst mich in Frieden weiterzieh'n und wandern.**
让 我 在…平静…中 继续旅行 并 流浪。
(让我在平静中继续不停地流浪。)


## 2. Wohin?
### 2．去哪里?


**Ich hört ein Bächlein rauschen wohl aus dem Felsenquell,**
我 听到 一条 小溪 流水潺潺 [可能] 从 [-] 岩石中的泉源，
(我听到从岩石中的泉源潺潺流出一条小溪，)

**hinab zum Tale rauschen so frisch und wunderhell.**
向下 到[-] 山谷 潺潺流淌 如此 活泼的 和 奇妙地响亮。
(如此活泼而嘹亮地流下山谷。)

**Ich weiss nicht, wie mir wurde, nicht, wer den Rat mir gab,**
我 知道 不， 什么 对我 产生， 不， 谁 [-] 建议 对我 给，
(我不知道发生了什么，也不知道谁给我出的主意，)

**ich musste auch hinunter mit meinem Wanderstab.**
我 必须 也 向下 用 我的 旅行杖。
(我也必须用我的旅行杖走下山谷。)

Hinunter und immer weiter, und immer dem Bache nach,
向下 和 总是 继续, 和 总是 [-] 溪流 跟着,
(总是不断向下,总是跟着溪流,)

und immer frischer rauschte und immer heller der Bach.
和 总是 更生气勃勃地 流淌 和 总是 更响亮 [-] 溪流。
(溪流总是流淌得更加生气勃勃和嘹亮。)

Ist das denn meine Strasse? O Bächlein, sprich, wohin?
是 这 究竟 我的 道路? 噢 小溪, 说, 去哪里?
(这难道就是我的道路?噢小溪,告诉我走到哪里去?)

du hast mit deinem Rauschen mir ganz berauscht den Sinn.
你 已 以 你的 潺潺声 对我 完全 使陶醉 [-] 意识。
(你的潺潺声已完全陶醉了我的意识。)

Was sag ich denn vom Rauschen? das kann kein Rauschen sein:
为什么 说 我 究竟 关于 潺潺声? 那 能 没有 潺潺声 是:
(我为什么尽说潺潺声?那不可能是潺潺声:)

Es singen wohl die Nixen tief unten ihren Reihn.
[它] 唱 也许 [-] 女水神 深的 下面 她们的 轮舞。
(也许是美人鱼在水下唱她们的轮舞。)

Lass singen, Gesell, lass rauschen, und wandre fröhlich nach!
让 唱, 小伙子, 让 流淌, 并 流浪 愉快地 跟着!
(让它唱,小伙子,让它流淌,愉快地跟着溪流流浪!)

Es gehn ja Mühlenräder in jedem klaren Bach.
[它] 前进 [是] 磨轮 在…每一个 清澈的 溪流…中。
(在所有清澈的溪流中磨轮在转动。)

# 3. Halt!
## 3. 站住!

Eine Mühle seh' ich blicken aus den Erlen heraus,
一个 磨坊 看见 我 望 从 [-] 桤木树 出来,
(从桤木树丛中我看见一个磨坊,)

durch Rauschen und Singen bricht Rädergebraus.
穿过 潺潺声 和 歌声 冒出 轮子的喧闹声。
(透过潺潺声和歌声传出了磨轮的喧闹声。)

Ei, willkommen, süsser Mühlengesang!
哎, 欢迎, 悦耳的 磨坊的歌唱!
(哎，欢迎，磨坊的悦耳歌声!)

Und das Haus, wie so traulich, und die Fenster, wie blank,
和 [-] 房子, [多么]如此 舒适的, 和 [-] 窗户, 多么 明亮的,
(那房子，多么舒适，那窗户，多么明亮，)

und die Sonne, wie helle vom Himmel sie scheint!
和 [-] 太阳, 多么晴朗的 从 天空 她 照耀!
(那太阳，从天空照得多么晴朗!)

Ei, Bächlein, liebes Bächlein, war es also gemeint?
哎, 小溪, 亲爱的 小溪, 是 它 如此 认为?
(哎，小溪，亲爱的小溪，是这样吗?)

# 4. Danksagung an den Bach
## 4. 感谢溪流

War es also gemeint, mein rauschender Freund?
是 它 如此 认为, 我的 潺潺流淌的 朋友?
(是这样吗，我潺潺流淌的朋友?)

dein Singen, dein Klingen, war es also gemeint?
你的 歌唱, 你的 叮当声, 是 它 如此 认为?
(你的歌唱，你的叮当声，是这样吗?)

Zur Müllerin hin, so lautet der Sinn,
向[-]磨坊姑娘往那边去, 如此 鸣响 [-] 意思,
(你鸣响的意思是到磨坊姑娘那里去，)

gelt, hab ich's verstanden, zur Müllerin hin!
对吗, 已 我 对它 听明白, 向[-]磨坊姑娘 往那边去!
(对吗，我听明白了吗?到磨坊姑娘那里去!)

Hat sie dich geschickt, oder hast mich berückt;
曾 她 把你 派遣, 或者 (你)已 使我 着迷;
(是她派你来的，还是你使我着了迷;)

das möcht' ich noch wissen, ob sie dich geschickt?
那事 想 我 还是 知道, 是否 她 把你 派遣?
(我还是想知道是不是她派你来的?)

Nun wie's auch mag sein, ich gebe mich drein,
那么 [它]无论怎样 可能 是, 我 给 [我自己] 顺从,
(那么，无论怎样，我屈服了，)

was ich such, hab ich funden, wie's immer mag sein.
什么 我 寻找， 已 我 找到， 如 它 总是 可能 是。
(我找到了我寻找的东西，不管它是怎样发生的。)

Nach Arbeit ich frug, nun hab ich genug
按照 工作 我 询问， 现在 已 我 足够
(我是寻找工作的，现在为我的双手和心

für die Hände, fürs Herze vollauf genug!
为 [-] 双手， 为[-] 心 完全地 足够!
(我已得到充分的满足!)

# 5. Am Feierabend
## 5. 工 余

Hätt ich tausend Arme zu rühren! könnt ich brausend die Räder führen!
有 我一千只 手臂 去 活动! 愿能够 我 轰鸣地 [-] 轮子 驾驶!
(如果我有一千只胳臂可以活动，愿我能隆隆地驾驭磨轮!)

könnt ich wehen durch alle Haine! könnt ich drehen alle Steine!
愿能够 我 吹 穿过 所有的小树林! 愿能够 我 转动 所有的 岩石!
(愿我能吹过所有的树林，愿我能转动所有的磨盘!)

dass die schöne Müllerin merkte meinen treuen Sinn!
以致 [-] 美丽的 磨坊姑娘 注意 我的 忠诚的 思想!
(好让美丽的磨坊姑娘注意我那忠诚的心!)

Ach, wie ist mein Arm so schwach! was ich hebe, was ich trage,
啊， 多么 是 我的 手臂 如此 虚弱! 什么 我 举起， 什么 我 携带，
(啊，我的胳臂是多么虚弱!我举起的东西、我携带的东西、)

was ich schneide, was ich schlage, jeder Knappe tut mir's nach.
什么 我 切割， 什么 我 抽打， 每一个 小伙子 做 于我 它 按照。
(我切割的东西、我抽打的东西，每个小伙子都像我这样做。)

Und da sitz ich in der grossen Runde, in der stillen, kühlen Feierstunde,
并 在那里 坐 我 在…[-] 大的 集会…上, 在…[-] 安静的、凉爽的 节日集会…上,
(我坐在那安静而凉爽的节日集会上，)

und der Meister spricht zu allen: euer Werk hat mir gefallen;
和 [-] 磨坊主 说 向 所有人: 你们的 工作 曾 使我 满意;
(磨坊主对所有的人说:你们的工作使我很满意;)

und das liebe Mädchen sagt allen eine gute Nacht.
和 [-] 可爱的 姑娘 说 (对)所有人一个 平安 夜晚。
(而那可爱的姑娘只对大家道了一个晚安。)

# 6 . Der Neugierige
## 6. 疑 问

Ich frage keine Blume, ich frage keinen Stern;
我 问 不 鲜花, 我 问 不 星星;
(我不问花朵,我也不问星星;)

sie können mir alle nicht sagen, was ich erführ so gern.
它们 能够 对我 完全 不 告诉, 什么 我 想知道 如此 迫切。
('它们都不能告诉我,我如此迫切想知道的事情。)

Ich bin ja auch kein Gärtner, die Sterne stehn zu hoch;
我 是 的确 也 不 园丁, [-] 星星 站 过于 高;
(我确实不是园丁,星星又高高在上;)

mein Bächlein will ich fragen, ob mich mein Herz belog.
我的 小溪 愿 我 问, 是否 对我 我的 心 欺骗。
(我要问我的小溪,我的心是否欺骗了我。)

O Bächlein meiner Liebe, wie bist du heut so stumm!
噢 小溪 我的 亲爱的, 多么 是 你 今天 如此 沉默!
(噢,我亲爱的小溪,你今天是多么沉默!)

Will ja nur eines wissen, ein Wörtchen um und um.
我愿的确只 一件事 知道, 一个 短字 再次 和 再次。
(我一再想要知道一件事,只是一个短短的字。)

"Ja, " heisst das eine Wörtchen, das andre heisset "nein, "
"是," 叫做 [-] 一个 短字, [-] 另一个 叫做 "不,"
(一个字叫"是",另一个叫"不",)

die beiden Wörtchen schliessen die ganze Welt mir ein.
[-] 两个 短字 包含 [-] 整个 世界 对我 [-]。
(这两个字对我意味着整个世界。)

O Bächlein meiner Liebe,　was bist du wundelich!
噢　小溪　　我的　亲爱的，为什么 是 你　　奇异的!
(噢，我亲爱的小溪，你为什么这样奇异!)

Will's ja nicht weiter sagen,　sag,　Bächlein,　liebt sie mich?
我愿把它的确 不 另外　告诉，告诉，　小溪，　　爱 她 对我?
(我真的不会告诉别人，告诉我，她爱我吗?)

## 7. Ungeduld
### 7. 急切的心

Ich schnitt' es gern in alle Rinden ein,
我　愿雕刻　把它 高兴 在…所有的树皮…上[-],
(我愿高兴地把它刻在所有的树皮上，)

ich grüb es gern in jeden Kieselstein,
我 愿刻上把它乐意地 在…每一个　卵石…上，
(我愿乐意地把它刻在每一颗卵石上，)

ich möcht es sä'n auf jedes frische Beet
我　愿　把它 播种 在…　每一个　新的 苗床…上
(我愿把它和水芹种子一起播种在

mit Kressensamen,　der es schnell verrät,
和…水芹种子…一起，　[-] 它 快的　　显露，
(每一个新苗床上，它会很快显露出来，)

auf jeden weissen Zettel möcht ich's schreiben:
在…每一个　白色的 纸片…上 愿　我把它　写:
(我愿把它写在每一张白色纸片上:)

Dein ist mein Herz,　und soll es ewig,　ewig bleiben!
你的 是 我的　心，　并 将 它 永远，　永远 保持不变!
(你是我的心，它将永恒不变!)

Ich möcht mir ziehen einen jungen Star,
我　愿 [我] 延伸　一个 年轻的　明星,
(我愿从我心中升起一颗年轻的明星，)

bis dass er spräch die Worte rein und klar,
直到 [-] 他 将说出 [-] 话语 纯洁的 和 明确的,
(直到他能说出那纯洁而明确的话语，)

bis er sie spräch mit meines Mundes Klang,
直到他 把它们将说出 以 我的 嘴的 声音,
(直到他通过我的嘴唇说出那话语,)

mit meines Herzen's vollem, heissem Drang;
以 我的 心的 充满, 热切的 渴望;
(通过我充满热切渴望的心;)

dann säng er hell durch ihre Fensterscheiben:
然后 将唱 他 响亮地透过 她的 窗玻璃:
(然后他将透过她的窗玻璃响亮地唱道:)

Dein ist mein Herz, und soll es ewig, ewig bleiben!
你的 是 我的 心, 并 将 它 永远, 永远 保持不变!
(你是我的心,它将永恒不变!)

Den Morgenwinden möcht ich's hauchen ein,
进入 清晨的微风 愿 我把它 吐气 [-],
(我愿把它吐到清晨的微风中,)

ich möcht es säuseln durch den regen Hain;
我 愿 把它 轻轻吹拂 穿过 [-] 活跃的 小树林;
(我愿把它轻轻吹过生气勃勃的小树林;)

o leuchtet' es aus jedem Blumenstern!
噢 愿照亮 把它 从 每一个 花-星!
(噢,我愿用每一朵开放的花把它照亮!)

trüg es der Duft zu ihr von nah und fern!
愿携带它 [-] 香味 向 她 从 近的 和 远的!
(愿从近处和远处把它的香味带给她!)

ihr Wogen, könnt ihr nichts als Räder treiben?
你 波涛, 能够 你 没有东西 只 轮子 驱动?
(波涛,难道你只能驱动磨轮吗?)

Ich meint, es müsst in meinen Augen stehn,
我 想, 它 必定 在… 我的 眼睛…里 存在,
(我想,人们必然会从我的眼中看到它,)

auf meinen Wangen müsst man's brennen sehn,
从… 我的 脸颊…上 必定 人们它 燃烧 看见,
(人们一定会看见它在我脸上燃烧,)

zu lesen wär's auf meinem stummen Mund,
应该看出　是它在… 我的　　 沉默的　嘴…上，
(应该在我沉默的嘴上看出它，)

ein jeder Atemzug gäb's laut ihr kund;
　每一个　　 呼吸　 表达它大声地 使她知道；
(每一个呼吸会大声地让她明白它;)

und sie merkt nichts von all dem bangen Treiben:
而　 她　 觉察到 没有东西关于 所有 [-]　 渴望的　 活动；
(而她一点都没有觉察到那迫切的渴望;)

Dein ist mein Herz, und soll es ewig, ewig bleiben!
你的　 是 我的　心，　 并　 将　 它 永远，　 永远 保持不变！
(你是我的心，它将永恒不变!)

# 8. Morgengruss
## 8. 早晨的问候

Guten Morgen， schöne Müllerin!
　 早安，　　　 美丽的　磨坊姑娘！
(早安，美丽的磨坊姑娘!)

wo steckst du gleich das Köpfchen hin， als wär' dir was geschehen?
哪里 插　 你 敏捷地　 [-]　 小头　往那边，象　 是　对你 什么事　曾发生？
(你为什么把小脑袋迅速地转向那边，好像发生了什么事情?)

Verdriesst dich denn mein Gruss so schwer?
　 惹恼　 对你 难道 我的　 问候　 如此 很多的？
(难道我的问候如此严重地惹恼你?)

verstört dich denn mein Blick so sehr? So muss ich wieder gehen.
使心烦 对你 难道 我的 目光 如此 非常？ 因而 必须　 我　 以至于　 离开。
(我的目光难道如此使你心烦?以至于我必须离开。)

O lass mich nur von ferne steh'n,
噢 让　 我 只 从　 远处 [站]，
(噢，只要让我呆在远处，)

nach deinem lieben Fenster seh'n von ferne， ganz von ferne!
向　　 你的 可爱的　 窗户　 看着 从　 远处，　 仅仅　 从　 远处！
(从远处看着你可爱的窗户，仅仅从远处!)

Du blondes Köpfchen， komm hervor!
你 金黄色的 小头， 来 向外!
(你那金黄色的头，显露出来!)

hervor aus eurem runden Tor， ihr blauen Morgensterne.
出来 从 你的 圆形的 门， 你 蓝色的 晨星。
(从你那拱门露出来，你这蓝色的启明星。)

Ihr schlummertrunk'nen Äugelein，
你 微睡而醉人的 小眼睛，
(你那微睡而醉人的小眼睛，)

ihr taubetrübten Blümelein， was scheuet ihr die Sonne?
你 黯淡而抑郁的 小花朵， 为什么 害怕 你 [-] 太阳?
(你那黯淡而抑郁的小花，你为什么躲避阳光?)

Hat es die Nacht so gut gemeint，
有 [它] [-] 夜晚 如此 好的 对待，
(难道夜晚对你是这样好，)

dass ihr euch schliesst und bückt und weint
以至 你 [你自己]闭上眼睛 和 低头 和 哭
(以至你要为你无声的欢乐而闭上眼睛

nach ihrer stillen Wonne?
为 你的 无声的 欢乐?
(低着头并哭泣吗?)

Nun schüttelt ab der Träume Flor，
现在 抖落 离开 [-] 梦的 面纱，
(现在抖掉那梦的面纱，)

und hebt euch frisch und frei empor in Gottes hellen Morgen!
并 抬起 你自己 精神焕发 和 自由的 向上 在…上帝的 明亮的 早晨…中!
(并振作起来，自由自在地面对上帝赐予的明亮早晨!)

Die Lerche wirbelt in der Luft，
[-] 云雀 旋转 在…[-] 空气…中，
(云雀在空中盘旋，)

und aus dem tiefen Herzen ruft der Liebe Leid und Sorgen.
和 从… [-] 深的 心…中 呼唤 [-] 爱的 痛苦 和 担心。
(并从心灵深处呼唤着爱的痛苦和担心。)

# 9. Des Müllers Blumen
## 9. 磨工的花

Am Bach viel kleine Blumen steh'n, aus hellen blauen Augen seh'n;
在…溪水旁 许多 小的 花朵 有, 从 浅的 蓝色 幼芽 看见;
(溪水旁长着许多小花,露出浅蓝色的幼芽;)

der Bach, der ist des Müllers Freund und hellblau Liebchen's Auge scheint,
[-] 溪水, [它] 是 [-] 磨工的 朋友 和 浅蓝色的 心上人的眼睛 照耀,
(溪水是磨工的朋友,并照耀心上人浅蓝色的眼睛,)

d'rum sind es meine Blumen.
因此 是 它们 我的 花朵。
(因此它们是我的花朵。)

Dicht unter ihrem Fensterlein, da pflanz' ich meine Blumen ein;
紧靠 在… 她的 小窗户…下, 在那里种植 我 我的 花朵 [-];
(我在她的小窗下种上我的花朵;)

da ruft ihr zu, wenn alles schweigt,
这就呼唤 她 去, 当… 一切 沉默,
(当一切安静时,就去呼唤她,)

wenn sich ihr Haupt zum Schlummer neigt, ihr wisst ja, was ich meine.
当 [自己] 她的 头 向 瞌睡 倾斜, 它们 了解 的确, 什么 我 想。
(当她低头瞌睡时,它们肯定理解我的意思。)

Und wenn sie tut die Äuglein zu, und schläft in süsser, süsser Ruh,
而 当 她 从事 [-] 小眼睛 关闭, 并 睡 在…甜蜜的,甜蜜的 平静中,
(而当她闭上小眼睛并甜蜜地安睡时,)

dann lispelt als ein Traumgesicht ihr zu: Vergiss mein nicht!
然后 悄悄说 像 一个 梦的 幻境 向她 [-]: 忘记 对我 不!
(小花梦幻般地对她悄悄说:勿忘我!)

Das ist es, was ich meine.
那 是 它, 什么 我 想。
(那就是我所想的。)

Und schliesst sie früh die Läden auf, dann schaut mit Liebesblick hinauf;
而 关上 她 早上 [-] 百叶窗 张开, 然后 看 以 爱的目光 向上;
(当早晨她打开百叶窗,以爱的目光仰望时;)

der Tau in euren Äugelein, das sollen meine Tränen sein,
[-] 露水 在…你们的 小眼睛…里，那 将 我的 眼泪 是，
(你们眼中的露水将是我的眼泪，)

die will ich auf euch weinen.
它们 将 我 在…你们…上面 哭。
(我愿将它滴在你们的眼泪上。)

## 10. Tränenregen
### 10. 泪 雨

Wir sassen so traulich beisammen im kühlen Erlendach,
我们 坐 如此 亲切地 在一起 在… 凉爽的 桤木树冠…下，
(我们俩亲切地坐在凉爽的桤木树下，)

wir schauten so traulich zusammen hinab in den rieselnden Bach.
我们 看 如此 亲切地 一起 向下 到… [-] 潺潺流动的 溪水…里。
(我们亲切地一起看着潺潺流动的溪水。)

Der Mond war auch gekommen, die Sternlein hinterdrein,
[-] 月亮 是 也 出现， [-] 小星星 在(月亮)后面，
(月亮已经出来，小星星跟在后面，)

und schauten so traulich zusammen in den silbernen Spiegel hinein.
而 它们看起来 如此 亲切地 一起 在… [-] 银色的 镜子 [进去]，
(它们在溪水的银色反光中看起来是那样亲密，)

Ich sah nach keinem Monde, nach keinem Sternenschein,
我 看 为 不 月亮， 为 不 星光，
(我看的不是月亮，不是星光，)

ich schaute nach ihrem Bilde, nach ihren Augen allein.
我 观看 为 她的 形象， 为 她的 眼睛 仅仅。
(我仅仅要看她的形影，她的眼睛。)

Und sahe sie nicken und blicken herauf aus dem seligen Bach,
并 看 她的 点头 和 目光 向上 从 [-] 幸福的 溪水，
(看着从幸福的溪水中反射出的她的点头和神色，)

die Blümlein am Ufer, die blauen,
[-] 小花 在… 岸边， 那些 蓝色的，
(岸边的小花，那些蓝色的，)

sie nickten und blickten ihr nach.
它们 点头 和 望 她 向。
(它们向她点着头和望着她。)

Und in den Bach versunken der ganze Himmel schien,
并 在… [-] 溪水中 沉醉于 [-] 全部 天空 好象,
(整个天空好象沉醉于溪水中,)

und wolte mich mit hinunter in seine Tiefe ziehn.
并 打算 把我 以 向下 到…它的 深处中 拖。
(并想把我拖向它的深处。)

Und über den Wolken und Sternen,
并 在… [-] 云 和 星星…之上,
(在云层和星星的上面,)

da rieselte munter der Bach
那里 潺潺作响 快乐地 [-] 溪水
(溪水快乐地潺潺流淌着,)

und rief mit Singen und Klingen:
并 叫唤 以 歌唱 和 叮当响声:
(并以歌唱和叮当声呼唤着:)

Geselle, Geselle, mir nach!
小伙子, 小伙子, 把我 跟着!
(小伙子,小伙子,跟我来!)

Da gingen die Augen mir über, da ward es im Spiegel so kraus;
那里 行进 [-] 眼睛 我的 在上面, 这时 得到 [它] 在…镜子…里 如此混乱的;
(于是我的眼睛充满了眼泪,从溪水反射出许多波纹;)

sie sprach: es kommt ein Regen, ade! ich geh nach Haus.
她 说: [-] 来 一场 雨, 再见! 我 去 [向] 家。
(她说:要下雨了,再见!我回家了。)

# 11. Mein!
## 11. 我 的!

Bächlein, lass dein Rauschen sein! Räder, stellt eur Brausen ein!
小溪, 停止 你的 潺潺响声 是! 磨轮, 阻止 你们的 轰鸣 [-]!
(小溪,停止你的潺潺声!磨轮,停止你们的轰鸣!)

all ihr muntern Waldvögelein, gross und klein, endet eure Melodein!
所有你们 活跃的 林中小鸟, 大的 和 小的, 结束 你们的 曲调!
(你们所有的大小林中小鸟,停止歌唱!)

Durch den Hain aus und ein schalle heut ein Reim allein:
穿过 [-] 小树林 出去 和 进来 发出声音 今天 一个 韵 仅仅:
(进出于小树林的声音,今天只发出一个诗韵:)

die geliebte Müllerin ist mein, ist mein!
[-] 可爱的 磨坊姑娘 是 我的, 是 我的!
(可爱的磨坊姑娘属于我,属于我!)

Frühling, sind das alle deine Blümelein?
春天, 是 这些 所有的 你的 小花?
(春天,难道这些就是你所有的小花吗?)

Sonne, hast du keinen hellern Schein?
太阳, 有 你 没有 更亮的 光亮?
(太阳,难道你就没有更亮的光了吗?)

Ach! so muss ich ganz allein,
啊! 那么 必须 我 完全 单独,
(啊!那么我只能全然是孤独的,)

mit dem seligen Worte mein, unverstanden in der weiten Schöpfung sein!
以 [-] 极乐的 话语 我的,未被理解的 在… [-] 辽阔的 世界…上 是!
(因为在这辽阔的世界上,没有人理解我那极度幸福的话语!)

## 12. Pause
## 12. 幕间曲

Meine Laute hab' ich gehängt an die Wand,
我的 琉特琴 已经 我 挂 在… [-] 墙…上,
(我已把我的琉特琴挂在墙上,)

hab' sie umschlungen mit einem grünen Band;
已 把它 缠绕 以 一条 绿色的 带子;
(已用一条绿丝带把它缠上;)

ich kann nicht mehr singen, mein Herz ist zu voll,
我 能 不 再 歌唱, 我的 心 是 太 满的,
(我不能再歌唱了,我的心装得太满了,)

weiss nicht, wie ich's in Reime zwingen soll;
知道 不， 如何 我把它 成为 诗句 迫使 将;
(我不知道如何把它组成诗句;)

meiner Sehnsucht allerheissesten Schmerz
我的 渴望的 [非常]热切的 悲痛
(如何能把我那渴望得极其激烈的悲痛

durft' ich aushauchen in Liederscherz,
能 我 呼出 成为 诙谐的歌,
(唱成诙谐的歌,)

und wie ich klagte, so süss und fein,
而 当… 我 诉苦…时, 如此 甜蜜 和 柔和,
(当我甜蜜而柔和地诉苦时,)

glaubt' ich doch, mein Leiden wär' nicht klein.
以为 我 [然而], 我的 痛苦 曾是 不 小。
(我想,我的痛苦可真不小。)

Ei, wie gross ist wohl meines Glückes Last,
哎, 多么 巨大 是 可能 我的 幸福的 重量,
(哎,我的幸福可能是多么沉重,)

dass kein Klang auf Erden es in sich fasst!
以致 没有 响声 在…大地…上 它 在…它自己 容纳!
(以致它不能容纳大地上的响声!)

Nun, liebe Laute, ruh' an dem Nagel hier,
现在, 亲爱的 琉特琴, 休息 在… [-] 钉子…上 这里,
(现在,亲爱的琉特琴,就在这个钉子上休息,)

und weht ein Lüftchen über die Saiten dir,
并 吹 一阵 微风 在… [-] 弦…上 你的,
(当一阵微风吹过你的琴弦,)

und streift eine Biene mit ihren Flügeln dich,
并 擦过 一只 蜜蜂 以 她的 翅膀 对你,
(和一只蜜蜂的翅膀擦过琴弦,)

da wird mir so bange und es durchschauert mich.
这 变得 使我 如此恐惧不安 和 它 使毛骨悚然 对我。
(这将使我如此恐惧不安和毛骨悚然。)

Warum liess ich das Band auch hängen so lang?
为什么 让 我 这 带子 还 挂 如此 长久?
(为什么我还让这丝带长久挂在那里?)

Oft fliegt's um die Saiten mit seufzendem Klang.
时常 飘落它 围绕 [-] 琴弦 以 叹息的 响声。
(它总是在琴弦周围发出一阵叹息声。)

Ist es der Nachklang meiner Liebespein?
是 它 [-] 回声 我的 爱情的痛苦?
(难道那是我爱情痛苦的回声吗?)

Soll es das Vorspiel neuer Lieder sein?
将 它 [-] 前奏 新的 歌曲 是?
(还是新歌的前奏曲呢?)

# 13. Mit dem grünen Lautenbande
## 13. 琉特琴的绿丝带

"Schad' um das schöne grüne Band,
"可惜 关于 [-] 美丽的 绿色 带子,
("这条绿丝带真可惜,)

dass es verbleicht hier an der Wand, ich hab' das Grün so gern."
[-] 它 褪色 这里 在… [-] 墙…上, 我 感到 [-] 绿色 如此 喜爱。"
(它在墙上褪了色,我很喜欢这绿色。")

So sprachst du, Liebchen, heut' zu mir;
这样 说 你, 亲爱的, 今天 对 我;
(亲爱的,你今天这样对我说;)

gleich knüpf' ich's ab und send' es dir. Nun hab' das Grüne gern.
立刻 打结 我把它 [-] 并 送 把它给你。现在 感到 [-] 绿色 喜爱。
(我立刻把它解开并送给你。现在我喜欢这绿色。)

Ist auch dein ganzer Liebster weiss,
是 尽管 你的 整个的 爱人 白的,
(尽管你的爱人全身布满了白粉,)

soll Grün doch haben seinen Preis, und ich auch hab' es gern;
将是 绿色 仍然 有 它的 赞扬, 并 我 也 感到 对它 喜爱;
(但绿色仍将受到赞扬,而且我也很喜欢它;)

**165**

weil unsre Lieb' ist immergrün,
因为 我们的 爱情 是　 常青的,
(因为我们的爱是常青的,)

weil grün der Hoffnung Fernen blüh'n, drum haben wir es gern.
因为 绿色 [-] 希望的　 远方 开花,　 因此　 感到 我们 对它 喜爱。
(因为未来的希望是绿色的,因此我们喜欢它。)

Nun schlinge in die Locken dein das grüne Band gefällig ein,
现在 扎入　 到…[-] 卷发…里 你的 [-] 绿色的　带子 讨人喜欢的[-],
(现在把这讨人喜欢的绿色丝带扎在你的头发上,)

du hast ja's Grün so gern.
你 感到 的确 绿色　如此 喜欢。
(你肯定会喜欢这绿色。)

Dann weiss ich, wo die Hoffnung wohnt,
那时 知道 我, 在哪里[-]　 希望　　 居住,
(那时我就知道希望在什么地方,)

dann weiss ich, wo die Liebe thront, dann hab' ich's Grün erst gern.
那时 知道 我, 在哪里[-] 爱情 端坐, 那时 有 我[-] 绿色 才 喜欢。
(那时我就知道爱情在哪里,那时我才真正喜欢那绿色。)

# 14. Der Jäger
## 14. 猎 人

Was sucht denn der Jäger am Mühlbach hier?
什么 寻找 到底 [-]　 猎人 在…磨坊水车的小河 这里?
(那猎人在磨坊水车的小河边究竟在寻找什么?)

Bleib', trotziger Jäger, in deinem Revier!
逗留,　 固执的　 猎人,　 在　 你的　 猎区!
(固执的猎人,留在你的猎区吧!)

Hier gibt es kein Wild zu jagen für dich,
这里 给 它 没有 猎物 去 猎取 为　 你,
(这里没有你要找的猎物,)

hier wohnt nur ein Rehlein, ein zahmes,　 für mich,
这里 居住 只 一只 小鹿, 一只 驯服的,　 为 我,
(这里只有我的一只小鹿,一只驯服的小鹿,)

Und willst du das zärtliche Rehlein seh'n,
而　打算　你　[-]　柔弱的　小鹿　看，
(如果你想看这只柔弱的小鹿，)

so lass deine Büchsen im Walde steh'n,
那么 让 你的 猎枪 在…森林…里 停顿，
(那就让你的猎枪留在森林里，)

und lass deine klaffenden Hunde zu Haus,
并 让 你的 狂吠的 狗 在…家…里，
(让你那狂吠的狗呆在家里，)

und lass auf dem Horne den Saus und Braus,
并 停止 在… [-] 号角…上 [-] 嘈杂的吹奏声，
(停止那号角的嘈杂声，)

und schere vom Kinne das struppige Haar,
并 剪短 从… 下巴…上 [-] 蓬乱的 毛发，
(剪短你那蓬乱的胡须，)

sonst scheut sich im Garten das Rehlein fürwahr.
否则 受惊 [它自己]在…花园…里 [-] 小鹿 确实是。
(否则就要使花园里的小鹿受惊。)

Doch besser, du bliebest im Walde dazu,
然而 更好的， 你 逗留 在…森林…里 此外，
(但更好的是你也留在森林里，)

und liessest die Mühlen und Müller in Ruh'.
并 会让 [-] 磨坊 和 磨坊工人 在…安静…中。
(使磨坊和磨坊工人得到安宁。)

Was taugen die Fischlein im grünen Gezweig?
什么 有用处 [-] 小鱼 在… 绿色的 树枝…中？
(小鱼呆在绿树上有什么好处?)

Was will denn das Eichhorn im bläulichen Teich?
什么 想要 [那么] [-] 松鼠 在… 带蓝色的 池塘？
(松鼠跳进池塘去干什么?)

D'rum bleibe, du trotziger Jäger, im Hain,
因此 逗留， 你 固执的 猎人， 在…小树林里，
(所以，你这固执的猎人，留在小树林里，)

und lass mich mit meinen drei Rädern allein;
并 让 我 与… 我的 三个 磨轮 单独…在一起;
(并让我和我的三个磨轮单独在一起;)

und willst meinem Schätzchen dich machen beliebt,
而 想要 我的 心上人 对你 作出 喜爱,
(而如果你想要我的心上人喜欢你,)

so wisse, mein Freund, was ihr Herzchen betrübt.
那么 知道, 我的 朋友, 什么 她的 心 使苦恼。
(那么,我的朋友,要知道什么使她的心苦恼。)

Die Eber, die kommen zu Nacht aus dem Hain,
那些 公猪, 它们 来 在 夜晚 从 [-] 小树林,
(那些公猪在夜间从小树林来到,)

und brechen in ihren Kohlgarten ein,
并 破坏 在…她的 白菜园 [-],
(并破坏她的菜园子,)

und treten und wühlen herum in dem Feld,
并 蹂躏 和 钻洞 附近 在… [-] 田地…里,
(还在田地附近践踏和钻洞,)

die Eber, die schiesse, du Jägerheld.
那些 公猪, 把它们 射击, 你 狩猎英雄。
(你,狩猎英雄,就开枪把它们打死。)

## 15. Eifersucht und Stolz
### 15. 嫉妒与骄傲

Wohin so schnell, so kraus und wild, mein lieber Bach?
去哪里 如此 匆忙, 如此 荡漾的 和 任性的, 我的 可爱的 溪水?
(我可爱的小河,你如此匆忙、荡漾而任性地要上哪里去?)

eilst du voll Zorn dem frechen Bruder Jäger nach?
急迫 你 充满 愤怒 [-] 狂妄的 兄弟 猎人 跟随?
(你充满了愤怒,是在追赶那狂妄的猎人兄弟吗?)

Kehr um und schilt erst deine Müllerin
掉头 转 并 责骂 首先 你的 磨坊姑娘
(回来,并首先责备你那轻率、)

für ihren leichten, losen, kleinen Flattersinn,
为了 她的 轻率的, 放荡的, 小的 变化无常的感情,
(放荡而变化无常的磨坊姑娘,)

kehr um! Sahst du sie gestern Abend nicht am Tore stehn,
掉头 转! 看见 你 她 昨天 晚上 不 在 大门 站立,
(回来!难道你没有看见她昨晚站在门前,)

mit langem Halse nach der grossen Strasse sehn?
以 长的 颈项 向 [-] 大的 街道 看?
(伸长了脖子望着大街吗?)

Wenn von dem Fang der Jäger lustig zieht nach Haus,
当… 从 [-] 狩猎 [-] 猎人 愉快地 行进 向 家…时,
(当猎人愉快地狩猎后回家时,)

da steckt kein sittsam Kind den Kopf zum Fenster 'naus.
那时 逗留 没有 正派的 孩子 [-] 头 从 窗户 向外。
(正派的孩子都不从窗户向外张望。)

Geh, Bächlein, hin und sag ihr das; doch sag ihr nicht,
去, 小溪, 去 并 告诉她 [-]; 但 告诉 她 不,
(小溪,你去告诉她;但关于我的愁容,)

hörst du, kein Wort, von meinem traurigen Gesicht;
听见 你, 没有 字, 关于 我的 悲伤的 神情;
(你听着,一个字也不要告诉她;)

sag ihr: er schnitzt bei mir sich eine Pfeif aus Rohr
告诉 她: 他 雕刻 靠近 我 [他自己]一支 笛子 从 芦苇
(告诉她:他在我身旁刻了一支芦笛,)

und bläst den Kindern schöne Tänz und Lieder vor, sag ihr's!
并 吹奏 为 孩子们 悦耳的 舞曲 和 曲调 在面前, 告诉 她 这个!
(并为孩子们演奏悦耳的舞曲和曲调,告诉她这个!)

## 16. Die liebe Farbe
### 16.可爱的颜色

In Grün will ich mich kleiden,
在…绿色中 愿 我 我自己 穿衣,
(我愿穿上绿装,)

in grüne Tränenweiden:
在…绿色的 垂柳…中:
(在绿色的垂柳间:)

mein Schatz hat's Grün so gern.
我的 心上人 感到[-] 绿色 如此 喜爱。
(我的心上人很喜欢绿色。)

Will suchen einen Zypressenhain,
愿 寻求 一个 柏树林,
(我愿寻找一个柏树林,)

eine Heide voll grünen Rosmarein.
一个 松树林 充满 绿色的 迷迭香。
(一个长满绿色迷迭香的松树林。)

Mein Schatz hat's Grün so gern.
我的 心上人 感到[-] 绿色 如此 喜爱。
(我的心上人很喜欢绿色。)

Wohlauf zum fröhlichen Jagen,
这就 向… 愉快的 狩猎…出发,
(这就出发去狩猎,)

wohlauf durch Heid' und Hagen,
这就 穿过 松树林 和 丛林,
(这就穿过松树林和丛林,)

mein Schatz hat's Jagen so gern.
我的 心上人 感到[-] 狩猎 如此 喜爱。
(我的心上人很喜欢狩猎。)

Das Wild, das ich jage, das ist der Tod,
[-] 猎物, 这个 我 追猎, 这是 [-] 死亡,
(我追求的猎物就是死亡,)

die Heide, die heiss' ich die Liebesnoth.
[-] 松树林, [-] 取名 我 [-] 爱情的悲伤。
(我称那松树林为爱情的悲伤。)

Mein Schatz hat's Jagen so gern.
我的 心上人 感到[-] 狩猎 如此 喜爱。
(我的心上人很喜欢狩猎。)

Grabt mir ein Grab im Wasen,
挖 为我 一座 坟墓 在… 草地下，
(在草地下为我挖一座坟墓，)

deckt mich mit grünen Rasen:
覆盖 为我 以 绿色的 草坪:
(为我盖上绿色的草坪:)

mein Schatz hat's Grün so gern.
我的 心上人 感到[-] 绿色 如此 喜爱。
(我的心上人很喜欢绿色。)

Kein Kreuzlein schwarz， kein Blümlein bunt，
没有 小十字架 黑色的， 没有 小花 彩色的，
(不要黑色的小十字架，不要多彩的小花，)

grün， alles grün so rings und rund.
绿色， 全部 绿色 如此 环抱周围。
(周围的一切都是绿色。)

Mein Schatz hat's Grün so gern.
我的 心上人 感到[-] 绿色 如此 喜爱。
(我的心上人很喜欢绿色。)

# 17. Die böse Farbe
## 17. 讨厌的颜色

Ich möchte zieh'n in die Welt hinaus， hinaus in die weite Welt;
我 愿 牵 进入[-] 世界 出去， 出去 进入 [-] 辽阔的 世界;
(我愿到外面的世界去流浪，到辽阔的世界去;)

wenn's nur so grün nicht wär'， da draussen in Wald und Feld!
如果它 仅仅 如此 绿的 不 曾是， 在那里 在外面 在…森林 和 原野…里!
(如果在外面的森林和原野里不曾是那样绿!)

Ich möchte die grünen Blätter all' pflücken von jedem Zweig,
我 愿 [-] 绿色的 树叶 全部 摘 从 每一个 树枝，
(我愿把每个树枝上的绿色树叶全部摘掉，)

ich möchte die grünen Gräser all' weinen ganz totenbleich.
我 愿 [-] 绿色的 青草 全部 哭泣 完全的 死白的。
(我愿在绿色的青草上哭泣直到它们全都变得苍白。)

Ach Grün, du böse Farbe du, was siehst mich immer an
啊 绿色, 你 讨厌的 颜色 你, 为什么 你看 对我 总是 [-]
(啊，绿色，你这讨厌的颜色，为什么你总是

so stolz, so keck, so schadenfroh, mich armen weissen Mann?
如此高傲地, 如此轻狂地, 如此 幸灾乐祸地, 对我 可怜的 白色的 人?
(如此高傲、轻狂、幸灾乐祸地看着我这个可怜而布满白粉的磨工?)

Ich möchte liegen vor ihrer Tür in Sturm und Regen und Schnee,
我 愿 躺 在… 她的门…前 在… 风暴 和 雨 和 雪…中,
(我愿躺在她门前经受风暴、雨和雪，)

und singen ganz leise bei Tag und bei Nacht das eine Wörtchen "Ade".
并 歌唱 非常 轻声地 在 白天 和 在 夜晚 [-] 一个 字 "再见"。
(并轻声地日夜唱着那一个字"再见"。)

Horch, wenn im Wald ein Jagdhorn schallt, da klingt ihr Fensterlein,
听, 当… 在 森林中 一个 猎号 吹起…时, [那里] 响起 她的 小窗户,
(听，当森林里猎号吹起时，她的小窗户发出了响声，)

und schaut sie auch nach mir nicht aus, darf ich doch schauen hinein.
而 看 她 也 向 我 不 向外, 可以 我 不过 看 进去。
(她不是向外看我，但我却可以看进去。)

O binde von der Stirn dir ab das grüne, grüne Band.
噢 扎 从 [-] 额头 你的 除去 [-] 绿色的, 绿色的 带子。
(噢，把那绿色的丝带从你额头上拿走。)

Ade, ade, und reiche mir zum Abschied deine Hand.
再见, 再见, 并 递给 我 为了 告别 你的 手。
(再见，请把那手伸出来和我告别。)

## 18. Trock'ne Blumen
### 18. 干枯的花朵

Ihr Blümlein alle, die sie mir gab, euch soll man legen mit mir in's Grab.
你们 小花 全部, [花] 她 予我 曾给, 你们 将要 某一个 躺 与 我 在[-]坟墓里。
(你们这些小花，她曾给我的花，你们中的某一个将和我一起躺在坟墓里。)

Wie seht ihr alle mich an so weh, als ob ihr wüsstet, wie mir gescheh'?
怎么 看 你们 全部 对我[-] 如此 伤心地, 似乎 你们 已知道, 什么对我 曾发生?
(为什么你们这样伤心地看着我，好像你们已经知道对我发生了什么?)

Ihr Blümlein alle, wie welk, wie blass? ihr Blümlein alle, wovon so nass?
你们 小花 全部，多么 凋谢，多么 苍白？ 你们 小花 全部，关于什么 如此 潮湿？
(你们这些小花，多么枯萎，多么苍白?你们这些小花，为什么如此潮湿?)

Ach, Tränen machen nicht maiengrün, machen tote Liebe nicht wieder blüh'n,
啊， 眼泪 制作 不 五月的青春， 制作 死去的 爱情 不 再次 开花，
(啊，眼泪不能使五月的青春回还，不能使死去的爱情再生，)

und Lenz wird kommen, und Winter wird geh'n,
而 春天 将 来临， 和 冬天 将 过去，
(春天将来临，冬天将过去，)

und Blümlein werden im Grase steh'n;
和 小花 将 在…青草…里 站立；
(小花将在青草中成长;)

und Blümlein liegen in meinem Grab, die Blümlein alle, die sie mir gab.
而 小花 躺 在… 我的 坟墓…里,[-] 小花 全部,[花] 她 予我 曾给。
(而她曾给我的小花，全都和我躺在坟墓里。)

Und wenn sie wandelt am Hügel vorbei
而 当… 她 漫步 在 土堆旁经过…时
(而当她漫步经过坟丘时，)

und denkt im Herzen: der meint' es treu!
并 想 在… 心中： [他] 爱 [它]忠诚的!
(心中想着:他爱得忠诚!)

dann Blümlein alle heraus, heraus! der Mai ist kommen, der Winter ist aus.
那么 小花 全都 出来， 出来! [-] 五月 是 来到， [-] 冬天 是 离开。
(鲜花全都开放!五月已来临，冬天已过去。)

# 19. Der Müller und der Bach
## 19. 磨工与溪水

(Der Müller) (磨工)
Wo ein treues Herze in Liebe vergeht,
在哪里一颗忠诚的 心 在…爱情…中 消失，
(当爱情在一颗忠诚的心中熄灭时，)

da welken die Lilien auf jedem Beet;
在那里凋谢 [-] 百合花 在…每一个 花坛…上，
(每一个花坛上的百合花都要凋谢;)

da muss in die Wolken der Vollmond gehn,
在那里必然 进入[-] 云层 [-] 望月 去,
(圆月必然要躲入云层,)

damit seine Tränen die Menschen nicht sehn;
因而 她的 眼泪 [-] 人们 不 看见;
(从而人们不会看见她的眼泪;)

da halten die Englein die Augen sich zu
在那里保持 [-] 小天使 [-] 眼睛 [自己] 关着
(小天使紧闭着眼睛,)

und schluchzen und singen die Seele zur Ruh.
并 呜咽 和 歌唱 [-] 心灵 向 安宁。
(一边呜咽,一边歌唱,让心灵得到安宁。)

(Der Bach) (溪水)
Und wenn sich die Liebe dem Schmerz entringt,
而 当 [它自己] [-] 爱情 [-] 痛苦 挣脱,
(而当爱情摆脱了痛苦时,)

ein Sternlein, ein neues am Himmel erblinkt;
一颗 小星星, 一颗 新的 在…天空…中 闪烁;
(一颗新的小星星在天空中闪烁;)

da springen drei Rosen, halb rot und halb weiss,
在那里绽开 三朵 玫瑰花, 一半 红的 和 一半 白的,
(从荆棘丛中开出三朵玫瑰花,)

die welken nicht wieder, aus Dornenreis;
它们 凋谢 不 再, 从 荆棘丛;
(半红半白,它们再也不会凋谢;)

und die Engelein schneiden die Flügel sich ab
和 [-] 小天使 疾驰 [-] 翅膀 [自己] 离开
(小天使展开翅膀,)

und gehn alle Morgen zur Erde herab.
并 去 所有的 清晨 向 大地 向下。
(每天清晨飞向大地。)

(der Müller) (磨工)
Ach Bächlein, liebes Bächlein, du meinst es so gut;
啊 小溪, 亲爱的 小溪, 你 说 [它] 如此 好;
(啊,小溪,亲爱的小溪,你说得真好;)

ach Bächlein, aber weisst du, wie Liebe tut?
啊 小溪， 然而 知道 你， 怎样 爱情 做？
(啊，小溪，你可知道，爱情是怎样的吗?)

Ach unten, da unten die kühle Ruh!
啊 下面， 那里 下面 [-] 凉的 安息！
(啊，在下面，那冰凉的安息处!)

ach Bächlein, liebes Bächlein, so singe nur zu.
啊 小溪， 亲爱的 小溪， 这样 歌唱 那就 [-]。
(啊，小溪，亲爱的小溪，就这样唱下去吧。)

# 20. Des Baches Wiegenlied
## 20. 溪水的催眠曲

Gute Ruh', gute Ruh', tu die Augen zu!
安息， 安息， 闭上 [-] 眼睛 [-]！
(安息，安息，闭上眼睛!)

Wandrer, du müder, du bist zu Haus.
流浪者， 你 困倦的， 你 是 在家里。
(你这困倦的流浪者，你到家了。)

Die Treu ist hier, sollst liegen bei mir,
[-] 忠诚 是 这里， 你将 躺 在…我旁边，
(这里有忠诚，你将和我在一起，)

bis das Meer will trinken die Bächlein aus.
直到 [-] 大海 将 吸收 [-] 小溪 结束。
(直到小溪融入大海。)

Will betten dich kühl auf weichem Pfühl
我将 置放 你 凉爽地 在… 柔软的 枕头…上
(我将把你凉爽地安放在柔软的枕头上，)

in dem blauen kristallenen Kämmerlein.
在…[-] 蓝色的 水晶般透明的 小房间…里。
(在碧蓝的水晶宫里。)

Heran, heran, was wiegen kann,
过来， 过来， [某物] 摇晃 能够，
(过来，过来，能摇晃的人，)

woget und wieget den Knaben mir ein!
波动 并 摇晃 [-] 男孩 [为我] [-]!
(荡来荡去，让这男孩入睡!)

Wenn ein Jagdhorn schallt aus dem grünen Wald,
当… 一个 猎号发出响声…时 从 [-] 绿色的 森林，
(当猎号从绿色的森林中响起时，)

will ich sausen und brausen wohl um dich her.
愿 我 匆忙 和 汹涌 妥善地 围绕在你周围[-]。
(我愿在你周围汹涌澎湃。)

Blickt nicht herein, blaue Blümelein!
看望 不 进来， 蓝色的 小花!
(蓝色小花，不要往里看!)

Ihr macht meinem Schläfer die Träume so schwer.
你们 使 我的 正在安睡的人[-] 梦 如此 不幸。
(你们使我那安眠者的梦如此不幸。)

Hinweg, hinweg, von dem Mühlensteg, böses Mägdelein,
走开， 走开， 从 [-] 磨坊小桥， 邪恶的 姑娘，
(走开，从磨坊小桥走开，可恶的姑娘，)

dass ihn dein Schatten nicht weckt!
以致 使他 你的 影子 不 唤醒!
(不要让你的影子把他唤醒!)

Wirf mir herein dein Tüchlein fein,
扔 给我 进来 你的 小围巾 漂亮的，
(把你那漂亮的小围巾扔给我，)

dass ich die Augen ihm halte bedeckt.
以便 我 [-] 眼睛 他的 保持 盖住。
(以便我盖好他的眼睛。)

Gute Nacht, gute Nacht! Bis alles wacht,
晚安， 晚安! 直到 一切 苏醒，
(晚安，晚安!直到一切醒来，)

schlaf aus deine Freude, schlaf aus dein Leid!
睡 从… 你的 欢乐里出来， 睡 从… 你的 痛苦里出来!
(抛开你的欢乐，睡吧，抛开你的痛苦，睡吧!)

Der Vollmond steigt,　　der Nebel weicht,
[-]　　　望月　　升起,　　[-]　　雾　　消失,
(明月升起，云雾消散，)

und der Himmel da oben,　　wie ist er so weit!
而　　[-]　　天空 在那里 上面，多么　是　它 如此 辽阔!
(而天空高高在上，它是多么辽阔!)

**Schubert**

**舒伯特**

# Du bist die Ruh
# 你是安宁

Du bist die Ruh,　 der Friede mild,
你 是 [-] 安宁, 　 [-] 平静 温和的,
(你是安宁，温和的平静，)

die Sehnsucht du, 　und was sie stillt.
[-] 思念 你, 　 和 [思念]它[安宁]使平静。
(你是思念，而安宁使它平静。)

Ich weihe dir voll Lust und Schmerz
我 奉献 给你 全部 欢乐 和 痛苦
(我把眼睛和心灵中的

zur Wohnung hier mein Aug und Herz.
在 寓所 这里 我的 眼睛 和 心灵。
(全部欢乐和痛苦都奉献给你。)

Kehr ein bei mir, und schliesse du
转身 进来到我身旁, 并 关闭 你
(到我这儿来，并悄悄地

still hinter dir die Pforten zu.
轻声的 在…你后面[-] 门 关着。
(把你身后的门紧紧关上。)

Treib andern Schmerz aus dieser Brust!
驱赶 另外的 痛苦 从 这个 胸怀!
(从我胸中把不必要的痛苦赶走!)

voll sei dies Herz von deiner Lust.
满 是 这颗 心 以 你的 欢乐。
(用你的欢乐填满这颗心。)

Dies Augenzelt, von deinem Glanz
　[-] 眼睛的寓所, 以 你的 光辉
(只有你的光辉能照亮我的眼睛，)

allein erhellt, o füll es ganz!
仅仅 照亮, 噢 充满 它 全部的!
(噢，把它全部填满吧!)

Schubert
舒伯特

# Fischerweise
# 渔夫的歌

Den Fischer fechten Sorgen und Gram und Leid nicht an,
[-] 渔夫 搏斗 忧虑 和 悲伤 和 痛苦 不 [-]，
(忧虑、悲伤和痛苦难不倒渔夫，)

er löst am frühen Morgen mit leichtem Sinn den Kahn.
他 解开 在 早的 早晨 以 轻松的 意识 [-] 小船。
(清晨，他精神焕发地解开他的小船。)

Da lagert rings noch Friede auf Wald und Flur und Bach,
那里 处在 周围 仍然 平静 在…森林 和 田野 和 溪流…中，
(周围的森林、田野和溪流都还处在平静之中，)

er ruft mit seinem Liede die goldne Sonne wach.
他 呼唤 以 他的 歌曲 [-] 金色的 太阳 苏醒。
(他用他的歌曲唤醒金灿灿的太阳。)

Er singt zu seinem Werke aus voller, frischer Brust,
他 歌唱 向 他的 工作 从[-] 丰满的， 健康的 胸膛，
(从他那丰满而健康的胸膛对着他的工作歌唱，)

die Arbeit gibt ihm Stärke, die Stärke Lebenslust.
[-] 工作 给 他 力量， [-] 力量 生活的欢乐。
(工作给他力量，力量给他生活的乐趣。)

Bald wird ein bunt Gewimmel in allen Tiefen laut,
不久 将 一个 彩色的 成群集结 在 全部 深处 嘈杂的，
(不久，五彩缤纷的鱼群将集结在水的深处，)

und plätschert durch den Himmel, der sich im Wasser baut.
并 发出劈啪声 穿过 [-] 天空， [它] [自己] 在…水…中 制造。
(在水中形成的劈啪声穿透了天空。)

Doch wer ein Netz will stellen, braucht Augen, klar und gut,
然而 谁 一个 鱼网 将 放置， 需要 眼睛， 明亮的 和 良好的，
(然而那个撒网的人需要明亮而良好的眼睛，)

muss heiter gleich den Wellen und frei sein wie die Flut;
必须 生气勃勃的相同于 [-] 波涛 和 无拘束的 是 像 [-] 潮水；
(必须像波涛那样生气勃勃，像潮水那样无拘无束;)

dort angelt auf der Brücke die Hirtin,　 schlauer Wicht!
在那里钓鱼　从… [-] 桥…上　 [-] 牧羊女，　 狡猾的　 小家伙!
(那个在桥上钓鱼的牧羊女，狡猾的小家伙!)

gib auf nur deine Tücke,　 den Fisch betrügst du nicht!
　放弃　 仅仅 你的　 诡计，　 [-]　 鱼　 欺骗 你　 不!
(放弃你的诡计吧，你欺骗不了鱼儿!)

# Frühlingsglaube
# 慕 春

Die linden Lüfte sind erwacht,
[-] 柔和的 微风 是 苏醒,
(柔和的微风已苏醒,)

sie säuseln und wehen Tag und Nacht,
它们轻轻吹拂 并 吹 白日 和 夜晚,
(它们日夜轻轻地吹拂,)

sie schaffen an allen Enden.
它们 建立 在 所有的 尽头。
(它们到处吹拂。)

O frischer Duft, o neuer Klang!
噢 清新的 芳香, 噢新的 声音!
(噢,清新的芳香,新的声音!)

Nun, armes Herze, sei nicht bang!
现在, 可怜的 心, 是 不 害怕!
(现在,可怜的心,不要害怕!)

nun muss sich alles wenden.
现在 必须 [它自己] 一切 变化。
(现在一切都必须改变。)

Die Welt wird schöner mit jedem Tag,
[-] 世界 变得 更美丽 以 每 一天,
(世界变得一天比一天美丽,)

man weiss nicht, was noch werden mag,
人们 知道 不, 什么 仍然 成为 可能,
(人们不知道,还会发生什么,)

das Blühen will nicht enden, es will nicht enden;
[-] 开花 将 不 终止, 它 将 不 终止;
(鲜花盛开不会结束,不会结束;)

es blüht das fernste, tiefste Thal:
[它] 兴旺 [-] 最远的, 最深的 山谷:
(它使最远、最深的山谷兴旺起来:

Nun, armes Herz, vergiss der Qual!
现在， 可怜的 心， 忘记 [-] 痛苦!
(现在，可怜的心，忘记痛苦吧!)

Nun muss sich alles wenden.
现在 必须 [它自己]一切 变化。
(现在一切都必须改变。)

Schubert
舒伯特

# Ganymed
# 甘尼米*

Wie im Morgenglanze du rings mich anglühst, Frühling, Geliebter!
如此 在… 晨辉…中 你 围绕着 我 燃烧, 春天, 心上人!
(在晨辉中你如此在我周围燃烧，春天，心上人!)

Mit tausendfacher Liebeswonne sich an mein Herze drängt
以 千倍的 爱的欢乐 [它自己] 向 我的 心 渴求
(你那永恒而神圣的热情使我沉浸在

deiner ewigen Wärme heilig Gefühl, unendliche Schöne!
你的 永恒的 热情 神圣的 感觉, 永恒的 美人!
(千倍的爱的欢乐中，永恒的美人!)

Dass ich dich fassen möcht in diesen Arm!
但愿 我 把你 抓住 可能 在… 这 胳臂…中!
(但愿我能把你抱在怀中!)

Ach， an deinem Busen lieg ich und schmachte,
啊, 在… 你的 胸…上 躺 我 和 渴望,
(啊，我躺在你怀中并渴望着，)

Und deine Blumen， dein Gras drängen sich an mein Herz.
而 你的 花朵, 你的 青草 渴求 [它们自己]向 我的 心。
(你的花朵、你的青草紧贴我的心。)

Du kühlst den brennenden Durst meines Busens， lieblicher Morgenwind,
你 使凉快 [-] 灼热的 渴望 我的 心中的, 可爱的 晨风,
(可爱的晨风，你冷却了我心中灼热的渴望，)

ruft drein die Nachtigall liebend nach mir aus dem Nebeltal.
呼唤 介入 [-] 夜莺 可爱地 向 我 从… [-] 雾谷…中。
(雾谷中的夜莺可爱地向我呼唤。)

Ich komm! ich komme! ach! wohin? Hinauf strebt's hinauf!
我 来啦! 我 来啦! 啊! 上哪儿? 向上 争取[它] 向上!
(我来啦!我来啦!啊!上哪儿去!我力争向上!)

Es schweben die Wolken abwärts, die Wolken neigen sich der sehnenden Liebe.
[它] 飘荡 [-] 云彩 向下, [-] 云彩 倾斜 [-] 渴望的 爱情。
(云彩向下飘荡，云彩飘向渴望的爱情。)

Mir! in eurem Schosse aufwärts! umfangend umfangen!
向我!在…你们的　怀抱…中　向高处!　　拥抱着　　被拥抱!
(到我这里来!在你们的怀抱中飘向高处!拥抱着并被拥抱!)

aufwärts an deinen Busen，　alliebender Vater!
　向高处　到… 你的　 怀…中，　　博爱的　　天父!
(飘向高处到你的怀中，仁慈的天父!)

\*注: 甘尼米是希腊神话中宙斯神的侍酒童子(一个美男子)，歌德在诗中象征了神秘的灵性感受的忘我境
　　界。

# Gretchen am Spinnrade
# 纺车旁的格丽卿

Meine Ruh ist hin, mein Herz ist schwer;
我的 安宁 已 去， 我的 心 是 沉重的;
(我失去了安宁，我心事重重;)

ich finde sie nimmer und nimmermehr.
我 找到 它 再不 和 再也不。
(我再也找不到安宁。)

Wo ich ihn nicht hab, ist mir das Grab,
倘若 我 他 不 有， 是 对我 [-] 坟墓，
(我若没有他，对我就像死亡，)

die ganze Welt ist mir vergällt.
[-] 整个 世界 是 对我 使变痛苦。
(整个世界使我痛苦。)

Mein armer Kopf ist mir verrückt,
我的 可怜的 头 是 [我] 精神错乱，
(我可怜的头脑错乱，)

mein armer Sinn ist mir zerstückt.
我的 可怜的 思想 是 [我] 使分解。
(我可怜的神智不清。)

Meine Ruh ist hin, mein Herz ist schwer;
我的 安宁 已 去， 我的 心 是 沉重的;
(我失去了安宁，我心事重重;)

ich finde sie nimmer und nimmermehr.
我 找到 它 再不 和 再也不。
(我再也找不到安宁。)

Nach ihm nur schau ich zum Fenster hinaus,
为 他 只 看 我 从 窗户 向外，
(我只是为了他才向窗外观望，)

nach ihm nur geh ich aus dem Haus.
为 他 只 出去 我 从 [-] 房子。
(我只是为了他才走出房屋。)

Sein hoher Gang, sein' edle Gestalt,
他的 高贵的 举止， 他的 高尚的 形态，
(他那高雅的举止，高尚的形态，)

seines Mundes Lächeln,　　seiner Augen Gewalt,
他的　　嘴的　　微笑,　　　他的　眼睛的　威力,
(他嘴上的微笑，眼神的威力，)

und　seiner　Rede　Zauberfluss,
和　　他的　说话的　迷人的运动,
(还有他迷人的话语，)

sein　Händedruck,　und　ach!　sein　Kuss!
他的　　握手,　　　和　啊!　他的　　吻!
(他的握手，和，啊!他的亲吻!)

Meine　Ruh　ist　hin,　　mein　Herz　ist　schwer;
我的　安宁　已　去,　　我的　心　是　沉重的;
(我失去了安宁，我心事重重;)

ich　finde　sie　nimmer　und　nimmermehr.
我　找到　它　再不　和　　再也不。
(我再也找不到安宁。)

Mein　Busen　drängt　sich　nach　ihm　hin.
我的　胸怀　　渴望　　向　　他　向那边去。
(我的心渴望着他。)

Ach!　dürft　ich　fassen　und　halten　ihn!
啊! 被允许　我　握住　和　　保持　他!
(啊!但愿我能拥抱他!)

und　küssen　ihn,　so　wie　ich　wollt,
并　　吻　　他,　[如此] 如同　我　希望,
(并亲吻他，如我所希望的那样，)

an　seinen　küssen　vergehen　sollt!
与　他的　吻　消亡　　可能!
(但愿在他的吻中死去!)

o　Könnt　ich　ihn　küssen,　so　wie　ich　wollt,
噢　可能　我　他　吻,　[如此] 如同　我　希望,
(噢，但愿能如我所希望的那样吻他，)

an　seinen　Küssen　vergehen　sollt!
与　他的　吻　消亡　　可能!
(但愿能在他的吻中死去!)

Schubert
舒伯特

# Heiden - Röslein
# 野 玫 瑰

Sah ein Knab ein Röslein stehn,　Röslein auf der Heiden,
看见 一个 男孩 一朵 小玫瑰 竖立,　小玫瑰 在… [-] 原野…上,
(一个男孩看见原野上长着一朵小玫瑰,)

war so jung und morgenschön,
它是 如此新鲜 和 清晨的鲜艳,
(它是如此鲜艳和清新,)

lief er schnell, es nah zu sehn,　sah's mit vielen Freuden.
跑 他 迅速地, 它 靠近 去 看,　看 它 以 很多 欢乐。
(他快步跑去,充满欢乐地走近去看它。)

Röslein, Röslein, Röslein rot, Röslein auf der Heiden.
小玫瑰, 小玫瑰, 小玫瑰 红色的,小玫瑰 在… [-] 原野…上。
(小玫瑰,红玫瑰,原野里的小玫瑰。)

Röslein sprach: ich steche dich,
小玫瑰 说: 我 扎 你,
(小玫瑰说:我要扎你,)

dass du ewig denkst an mich,　und ich will's nicht leiden.
以致 你 永远地 记住 [予] 我,　而 我 愿它 不 容忍。
(为了让你永远记住我,我不愿对此容忍。)

Und der wilde Knabe brach's Röslein auf der Heiden;
而 [-] 任性的 男孩 折断 [-] 小玫瑰 在… [-] 原野…上;
(但那任性的男孩折断了野玫瑰;)

Röslein wehrte sich und stach,
小玫瑰 保护 自己 并 扎,
(小玫瑰为了保护自己便扎了他,)

half ihr doch kein Weh und Ach,　musst es eben leiden.
有助于它 但是 没有 唉声叹气,　必须 它 就是 忍受。
(它没有办法,只能唉声叹气地忍受。)

Schubert
舒伯特

# Ihr Bild
# 她的肖像

Ich stand in dunkeln Träumen und starrt' ihr Bildnis an,
我 曾站立 在… 模糊的 梦…中 并 凝视 她的 肖像 [向],
(我曾站在模糊的梦中，凝视着她的肖像，)

und das geliebte Antlitz heimlich zu leben begann.
而 [-] 可爱的 面貌 秘密的 向 活着 开始。
(而那可爱的脸神秘地变得栩栩如生。)

Um ihre Lippen zog sich ein Lächeln wunderbar,
围绕 她的 嘴唇 延伸 一个 微笑 神妙的,
(她的嘴唇周围浮现出一丝奇妙的微笑，)

und wie von Wehmuthstränen erglänzte ihr Augenpaar.
和 好像 由 忧郁的眼泪 闪烁 她的 双眼。
(而她的双眼好像闪烁着忧郁的眼泪。)

Auch meine Thränen flossen mir von den Wangen herab
同样 我的 眼泪 流淌 我 从 [-] 面颊 向下,
(我的眼泪也从脸上流淌下来，)

und ach! ich kann es nicht glauben,
而 啊! 我 能 它 不 相信,
(啊!我不能相信，)

dass ich dich verloren hab!
[-] 我 把你 失去的 已经!
(我已经失去了你!)

Schubert

舒伯特

# Im Abendrot

# 在晚霞中

O， wie schön ist deine Welt,
噢， 多么 美丽 是 您的 世界,
(噢，您的世界是多么美丽，)

Vater, wenn sie golden strahlet!
天父, 当 它 金灿灿地 闪烁!
(天父，当它金灿灿地闪烁着!)

wenn dein Glanz hernieder fällt,
当 您的 光辉 向下 投下,
(当您的光辉投下来，)

und den Staub mit Schimmer malet,
和 [-] 尘埃 以 微光 描绘,
(霞光染照尘埃，)

wenn das Rot, das in der Wolke blinkt,
当 [-] 红色, [-] 在… [-] 云彩…中 闪光,
(当那云彩中闪闪发出的红光，)

in mein stilles Fenster sinkt!
在…我的 寂静的 窗户…上 降落!
(落在我那寂静的窗户上!)

Könnt' ich klagen, könnt' ich zagen?
可能 我 抱怨, 可能 我 犹豫?
(我还能抱怨，我还能犹豫吗?)

irre sein an dir und mir?
困惑的 是 对 您 和 我?
(对您和我还能困惑吗?)

Nein， ich will im Busen tragen deinen Himmel schon allhier.
不, 我 愿 在…胸怀…中 携带 您的 天堂 已经 此处。
(不，我愿把已经在这里的您的天堂抱在怀中。)

Und dies Herz, eh' es zusammenbricht,
和 这颗 心, 在… 它 崩溃…之前,
(并让这颗心，在它崩溃之前，)

189

trinkt noch Glut und schlürft noch Licht.
喝 仍然 红霞 和 啜饮 仍然 光亮。
(乘着还有霞光和光明时，尽情享受。)

Schubert

舒伯特

# Im Frühling
# 在 春 天

Still sitz' ich an des Hügels Hang, der Himmel ist so klar,
安静地坐 我 在… [-] 山丘的 斜坡…上， [-] 天空 是 如此 明朗，
(我安静地坐在山坡上，天空是那样明朗，)

das Lüftchen spielt im grünen Tal,
[-] 微风 飘动 在… 绿色的 山谷…中，
(微风在翠谷中飘荡，)

wo ich beim ersten Frühlingsstrahl einst, ach, so glücklich war!
那里我 在 首先的 春天的阳光 一次， 啊， 多么 幸福的 曾是!
(那里，在一次最早的春光里，啊，我曾是多么幸福!)

Wo ich an ihrer Seite ging so traulich und so nah',
在那里我 在… 她的 一侧 走 如此 亲切的 和 如此靠近的，
(在那里，我如此亲切而紧靠着走在她的身旁，)

und tief im dunkeln Felsenquell den schönen Himmel blau und hell,
而 深的 在… 深色的 山泉…下 [-] 最美的 天空 蓝色的 和 明亮的，
(而在深色的山泉深处，我看见了最美的蔚蓝而明亮的天空，)

und sie im Himmel sah.
并 她 在…天空…中 看见。
(还看见在天空中的她。)

Sieh', wie der bunte Frühling schon aus Knosp' und Blüte blickt!
看， 多么 [-] 多彩的 春天 已经 从 蓓蕾 和 开花 露出!
(看，多彩的春天已盛开着蓓蕾和鲜花!)

Nicht alle Blüten sind mir gleich,
不 所有的 鲜花 是 对我 同样的，
(不是所有的鲜花对我都是一样的，)

am liebsten pflückt' ich von dem Zweig, von welchem sie gepflückt!
[-] 最爱 采摘我 从 [-] 嫩枝， 从 那些 她 已采摘的!
(我最喜欢从她已摘过的嫩枝上摘花!)

Denn alles ist wie damals noch, die Blumen, das Gefild;
因为 一切 是 像 当时 仍然， [-] 鲜花， [-] 原野;
(因为一切仍和过去一样，那鲜花，那原野;)

die Sonne scheint nicht minder hell,
[-] 太阳 照耀 不 较少的 明亮,
(阳光也没有变得更暗淡些，)

nicht minder freundlich schwimmt im Quell das blaue Himmelsbild.
不 较少的 友好地 漂浮 在…泉水…里 [-] 蓝色的 天空的映象。
(蓝色天空的倒影照样友好地在泉水里漂浮着。)

Es wandeln nur sich Will' und Wahn, es wechseln Lust und Streit;
[它] 改变 只 [它自己]愿望 和 幻想, [它] 变换 欢乐 和 争吵;
(只是愿望和幻想改变，欢乐和争吵变换;)

vorüber flieht der Liebe Glück, und nur die Liebe bleibt zurück,
[消失] 飞逝 [-] 爱情的 欢乐, 和 只 [-] 爱情 逗留 [在后面],
(爱情的欢乐已经消逝，只有爱情留下来，)

die Lieb' und ach, das Leid!
[-] 爱情 和 啊, [-] 忧伤!
(啊，爱情和忧伤!)

O wär' ich doch ein Vöglein nur dort an dem Wiesenhang,
噢 可能是 我 仅仅 一只 小鸟 只 在那里 在… [-] 草坪的斜坡上,
(噢，如果我只是一只草坪斜坡上的小鸟，)

dann blieb' ich auf den Zweigen hier,
那么 停留 我 在… [-] 嫩枝…上 在这里,
(那么我将停在这里的嫩枝上，)

und säng' ein süsses Lied von ihr den ganzen Sommer lang.
并 歌唱 一支 悦耳的 歌曲 关于 她 [-] 整个的 夏天 长久的。
(整个夏天都在那里唱一支关于她的动听的歌。)

Schubert

舒伯特

# Jägers Abendlied
# 猎人的晚歌

Im Felde schleich Ich still und wild,
在…原野…上蹑手蹑脚地 我 安静地 和 激烈地,
(我安静而忙乱地在原野上蹑手蹑脚地走着,)

gespannt mein Feuerrohr,
　拉紧　　我的　　　枪,
(猎枪上着镗,)

da schwebt so licht dein liebes Bild,
在那里 浮动 如此 淡色的你的 可爱的　倩影,
(你那可爱的倩影,)

dein süsses Bild mir vor.
你的　漂亮的　倩影 在我 前面。
(你那漂亮的倩影淡淡地飘浮在我眼前。)

Du wandelst jetzt wohl still und mild
你　漫步　现在 [也许] 安静地 和 轻柔地
(你现在可能安静而轻柔地

durch Feld und liebes Thal,
　穿过　原野　和　可爱的　山谷,
(漫步在原野和可爱的山谷中,)

und, ach, mein schnell verrauschend Bild,
而, 啊, 我的 快的 消逝的 形象,
(而, 啊, 我那很快就消逝的形象,)

stellt sich dir's nicht einmal?
　站到　对你它 不　一次?
(难道它不曾出现在你面前吗?)

Mir ist es, denk ich nur an dich,
对我 是 [它], 想 我 只 予 你,
(对我就是这样, 我只想着你,)

als in den Mond zu sehn,
当…向 [-] 月亮 去 看…时,
(当我对着月亮看时,)

ein stiller Friede kommt auf mich,
一种无声的 平静　　来　朝着　我，
(一种无声的平静降落在我身上，)

weiss nicht, wie mir geschehn.
[我]知道 不，　什么 对我　　发生。
(我不知道，对我发生了什么。)

Schubert
舒伯特

# Lachen und Weinen
# 笑 和 哭

Lachen und Weinen zu jeglicher Stunde
笑　和　哭　在　每个　时刻
(当涉及到爱情时，

ruht bei der Lieb auf so mancherlei Grunde.
落在 鉴于 [-] 爱情 在…如此 各种各样的 理由…上。
(有那么多的理由使人欢笑和哭泣。)

Morgens lacht' ich vor Lust,
早晨　笑　我　由于　喜悦，
(早晨我因高兴而欢笑，)

und warum ich nun weine bei des Abendes Scheine,
而　为什么 我 现在　哭泣 当… [-] 傍晚的　光线…时，
(而为什么现在到了傍晚，我却要哭泣，)

ist mir selb' nicht bewusst.
是 对我 [我自己] 不　知道。
(我自己也不知道。)

Weinen und Lachen zu jeglicher Stunde
哭　和　笑　在　每个　时刻
(当涉及到爱情时，)

ruht bei der Lieb auf so mancherlei Grunde.
落在 鉴于 [-] 爱情 在…如此 各种各样的 理由…上。
(有那么多的理由使人哭泣和欢笑。)

Abends weint' ich vor Schmerz;
晚上　哭泣 我 由于　痛苦;
(晚上我因痛苦而哭泣;)

und warum du erwachen kannst am Morgen mit Lachen,
而　为什么 你　醒来　能　在　早晨　以　笑，
(而为什么你能在早晨醒来时欢笑，)

muss ich dich fragen, o Herz.
必须 我 对你　问，　噢 心。
(我必须问你，噢，我的心。)

Schubert
舒伯特

# Liebesbotschaft
# 爱的信息

Rauschendes Bächlein, so silbern und hell,
潺潺作响的　　　小溪，　　如此银光闪闪　和　明亮，
(潺潺流动的小溪，如此银光闪闪和明亮，)

eilst zur Geliebten so munter und schnell?
赶紧　向　心上人　如此生气勃勃地　和　匆忙地?
(你如此活泼而匆忙，是上心上人那里去吗?)

ach, trautes Bächlein, mein Bote sei du;
啊，迷人的　　小溪，　　我的　信使　是　你;
(啊，迷人的小溪，你就是我的信使;)

bringe die Grüsse des Fernen ihr zu.
送交　[-]　问候　…的　远方的人　向她　去。
(把远方人的问候送给她。)

All ihre Blumen im Garten gepflegt,
所有她的　鲜花　在…花园…里　照料，
(她在花园里照料的鲜花，)

die sie so lieblich am Busen trägt,
[鲜花]她　如此　迷人的　在…胸…前　戴，
(如此迷人地戴在胸前，)

und ihre Rosen in purpurner Glut,
和　她的 玫瑰花　以　紫色的　红晕，
(还有她那泛着紫色红晕的玫瑰花，)

Bächlein erquicke mit kühlender Flut.
小溪　使神清气爽　以　清凉的　水流。
(小溪，用你那清凉的水流使它清新。)

Wenn sie am Ufer, in Träume versenkt,
当　她 在…岸…边，在…梦…中　陷入，
(当她在岸边陷入梦幻，)

meiner gedenkend, das Köpfchen hängt,
对我　想念，　[-]　小脑袋　耷拉着，
(耷拉着小脑袋，想念我时，)

tröste  die  Süsse  mit  freundlichem  Blick,
安慰  [-]  亲爱的人  以  友好的  眼神,
(用友好的目光安慰她,)

denn  der  Geliebte  kehrt  bald  zurück.
因为  [-]  心上人  归来  不久  返回。
(因为心上人不久就会回来。)

Neigt  sich  die  Sonne  mit  röthlichem  Schein,
倾斜  [它自己]  [-]  太阳  以  微红色的  光,
(西斜的太阳放射霞光,)

wiege  das  Liebchen  in  Schlummer  ein.
轻摇  [-]  可爱的人  进入  瞌睡  [-]。
(轻摇可爱的人入睡。)

Rausche  sie  murmelnd  in  süsse  Ruh,
向前移动  她  喃喃自语  进入  甜蜜的  休息,
(催她喃喃自语地进入梦乡,)

flüstre  ihr  Träume  der  Liebe  zu.
耳语  对她  梦  …[-]  爱情  [-]。
(轻声对她述说爱情的梦。)

Schubert
舒伯特

# Lied der Mignon
# 迷 娘 的 歌

Nur wer die Sehnsucht kennt, weiss, was ich leide!
只有 谁 [-] 思念 知道, 懂得, 什么 我 忍受!
(只有思念的人，才懂得我忍受着怎样的痛苦!)

Allein und abgetrennt von aller Freude,
单独 和 使分开 从 所有的 欢乐,
(独自一人并离开了所有的欢乐，)

seh ich ans Firmament nach jener Seite.
看 我 向[-] 天空 向 那个 一侧。
(我望着天空，面向爱人所在的那一边。)

Ach! der mich liebt und kennt, ist in der Weite.
啊! [他] 对我 爱 和 了解, 是 在 [-] 远处。
(啊!爱我和了解我的人，他在远处。)

Es schwindelt mir, es brennt mein Eingeweide.
[它] 眩晕 使我, [它] 燃烧 我的 内脏。
(它使我不知所措，它使我身心燃烧。)

Nur wer die Sehnsucht kennt, weiss, was ich leide!
只有 谁 [-] 思念 知道, 懂得, 什么 我 忍受!
(只有思念的人，才懂得我忍受着怎样的痛苦!)

Schubert
舒伯特

# Litanei
# 应答祈祷

Ruhn in Frieden alle Seelen,
安息 在…宁静…中 所有的 灵魂,
(愿所有的灵魂在宁静中安息,)

die vollbracht ein banges Quälen, die vollendet süssen Traum,
[它] 彻底战胜 一个恐惧不安的 痛苦, [它] 完成 甜蜜的 梦,
(它们战胜了可怕的痛苦、它们结束了美梦、

lebenssatt, geboren kaum, aus der Welt hinüber schieden:
厌倦了生活, 出生 几乎不, 从 [-] 世界 到那边去 离开:
(刚刚出生就厌倦了生活、辞世而去:)

alle Seelen ruhn in Frieden!
所有的 灵魂, 安息 在…宁静…中!
(愿所有的灵魂在宁静中安息!)

Liebevoller Mädchen Seelen, deren Thränen nicht zu zählen,
深情的 姑娘的 灵魂, [她的] 眼泪 不能 去 计算,
(深情姑娘的灵魂,她的眼泪不计其数、)

die ein falscher Freund verliess, und die blinde Welt verstiess:
[它]一个 虚伪的 朋友 抛弃, 和 [灵魂]盲目的 世界 驱逐:
(它被虚伪的朋友抛弃、它被这盲目的世界驱逐:)

alle, die von hinnen schieden, alle Seelen ruhn in Frieden!
所有, [它] 从 这里 离开, 所有的 灵魂 安息 在…宁静…中!
(所有辞世的灵魂,愿它们在宁静中安息!)

Und die nie der Sonne lachten, unterm Mond auf Dornen wachten,
还有 [灵魂]从未 [-] 太阳 笑, 在…月亮…下面 在…荆棘丛…上保持清醒,
(还有那些在阳光下从未获得欢乐、在月夜中如坐针毡彻夜难眠的灵魂,)

Gott im reinen Himmelslicht einst zu sehn von Angesicht:
上帝 在… 纯洁的 天光…中 将来 去 看见 由 容貌:
(将来,在纯洁的天光中亲眼见到了上帝:)

alle, die von hinnen schieden, alle Seele ruhn in Frieden!
所有, [它] 从 这里 移动, 所有的 灵魂 安息 在…宁静…中!
(所有辞世的灵魂,愿它们在宁静中安息!)

Schubert

舒伯特

# Nacht und Träume
# 夜 和 梦

Heilge Nacht,　du sinkest nieder;
极乐的 夜，　你 下降 [往下];
(幸福的夜，你降临大地;)

nieder wallen auch die Träume,
　向下 飘落 同样 [-]　梦，
(愿梦境象你的月光穿过宇宙那样，)

wie dein Mondlicht durch die Räume,
如同 你的 　月光 穿过 [-] 宇宙，
(飘落到人间，)

durch der Menschen stille,　stille Brust.
穿过 [-] 人们的 平静的，平静的 胸膛。
(进入人们的宁静的胸怀。)

Die belauschen sie mit Lust;
[它们] 窃听 [梦境] 以 喜悦;
(人们喜悦地倾听梦境;)

rufen,　wenn der Tag erwacht:
喊叫，　当 [-] 白日 苏醒:
(当白日苏醒，大声地喊叫:)

Kehre wieder,　heilge Nacht!
　归来 再次， 极乐的 夜!
(归来吧，幸福的夜!)

holde Träume,　kehret wieder!
可爱的 梦，　归来 再次!
(归来吧，可爱的梦!)

Schubert

舒伯特

# Rastlose Liebe
# 不安定的爱

Dem Schnee, dem Regen, dem Wind entgegen,
[-] 雪， [-] 雨， [-] 风 迎着，
(迎着雪、雨、和风，)

im Dampf der Klüfte, durch Nebeldüfte
在… 雾气 …的 峡谷…中， 穿过 云雾
(在峡谷的雾气中，穿过云雾

immer zu! ohne Rast und Ruh!
总是 向前! 没有 休息 和 休息!
(总是向前!没有间歇和休息!)

Lieber durch Leiden wollt ich mich schlagen，
宁可 通过 痛苦 愿 我 争斗，
(宁可自己与痛苦争斗，)

als so viel Freuden des Lebens ertragen.
比 如此多的 欢乐 [-] 生活 忍受。
(而不去忍受生活如此多的欢乐。)

Alle das Neigen von Herzen zu Herzen，
所有的[-] 爱慕 从 心 给予 心，
(所有这些心对心的爱慕，)

ach， wie so eigen schaffet es Schmerzen!
啊， 多么 如此古怪的 创造 它 痛苦!
(啊，如此奇怪地产生痛苦!)

Wie， soll ich fliehn? Wälderwärts ziehn? Alles vergebens!
怎样， 应该 我 逃避? 向森林 转移? 一切 徒劳地!
(我该怎样逃避?逃到森林中去?一切都是徒劳!)

Krone des Lebens， Glück ohne Ruh，
顶端 [-] 生活， 幸福 没有 休止，
(生活的顶峰，无止境的幸福，)

Liebe bist du， o Liebe bist du!
爱 是 你， 噢 爱 是 你!
(你就是爱，噢你就是爱!)

# Schlummerlied
# 催眠曲

Es mahnt der Wald, es ruft der Strom:
[它] 催促 [-] 森林， [它] 呼唤 [-] 河流:
(森林在召唤，河流在呼唤:)

"Du liebes Bübchen, zu uns komm!"
"你 亲爱的 小男孩， 向 我们 来!"
("你，亲爱的小男孩，到我们这里来!")

Der Knabe kommt, und staunend weilt,
[-] 男孩 过来， 并 惊讶地 停留，
(男孩走来，并惊讶地留下来，)

und ist von jedem Schmerz geheilt.
并 是 从 每一个 病痛 治愈。
(并治好了所有的病痛。)

Aus Büschen flötet Wachtelschlag,
从…灌木丛…中 鸣啭 鹌鹑的鸣叫，
(灌木丛中鹌鹑在鸣啭，)

mit ihren Farben spielt der Tag,
以 它的 色彩 变换 [-] 白日，
(白日变换着它的色彩，)

auf Blümchen rot, auf Blümchen blau
在…小鲜花…上 红的， 在…小鲜花…上 蓝的
(在红色、蓝色的小鲜花上

erglänzt des Himmel's feuchter Tau.
闪烁 [-] 天空的 滋润的 露水。
(闪烁着天空的滋润露珠。)

Ins frische Gras legt er sich hin:
在…清新的草坪…中 躺 他[他自己]往那边去:
(他躺到清新的草坪中:)

lässt über sich die Wolken zieh'n -
让 在…他…上面[-] 云 移动 -
(让云彩在他上面飘动 -)

an seine Mutter angeschmiegt

靠着 他的 　母亲 　　偎依

(偎依在他母亲怀中

hat ihn der Traumgott eingewiegt.

有 　他 　[-] 梦的上帝 　　摇摆。

(梦的上帝摇他入睡。)

Schubert
舒伯特

# Sei mir gegrüsst
# 让我祝福你

O du Entrissne mir und meinem Kusse,
噢 你 扯开 从我 和 我的 吻,
(噢，从我和我的吻被扯开的你，)

sei mir gegrüsst, sei mir geküsst!
是 由我 祝福, 是 由我 亲吻!
(让我祝福你，让我亲吻你!)

Erreichbar nur meinem Sehnsuchtsgrusse,
可获得 只由 我的 思念的祝愿,
(只能由我的思念的祝愿而得到，)

sei mir gegrüsst, sei mir geküsst!
是 由我 祝福, 是 由我 亲吻!
(让我祝福你，让我亲吻你!)

Du von der Hand der Liebe diesem Herzen Gegebne,
你 通过 [-] 手 …的 爱情 这颗 心 给予,
(爱情的手把你给予我的心，)

du von dieser Brust Genommne mir!
你 从 这个 胸怀 夺取 [-]!
(你又从这个胸怀被夺走!)

mit diesem Tränengusse
带着 这个 泪雨
(流淌着眼泪

sei mir gegrüsst, sei mir geküsst!
是 由我 祝福, 是 由我 亲吻!
(让我祝福你，让我亲吻你!)

Zum Trotz der Ferne, die sich, feindlich trennend,
不顾 [-] 距离, [它自己], 敌对的 使分开,
(不友善的使人分开的距离，)

hat zwischen mich und dich gestellt;
已 在… 我 和 你…之间 放置;
(已放置在你我之间;)

dem Neid der Schicksalsmächte zum Verdrusse
[-] 妒忌 …的 命运之力 作为 烦恼
(不顾这距离，让命运之力去妒忌和烦恼，)

sei mir gegrüsst, sei mir geküsst!
是 由我 祝福， 是 由我 亲吻!
(让我祝福你，让我亲吻你!)

Wie du mir je im schönsten Lenz der Liebe
如同 你 与我曾经 在… 最美的 春天…里 …[-] 爱情
(如同你和我曾在一次最美的爱的春天里

mit Gruss und Kuss entgegenkamst,
以 祝愿 和 亲吻 迎面而来，
(以祝愿和亲吻来到一起，)

mit meiner Seele glühendstem Ergusse
以 我的 灵魂的 最灼热的 倾诉
(我的心灵洋溢着满怀热情

sei mir gegrüsst, sei mir geküsst!
是 由我 祝福， 是 由我 亲吻!
(让我祝福你，让我亲吻你!)

Ein Hauch der Liebe tilget Räum' und Zeiten,
一阵 气息 …[-] 爱情 消除 空间 和 时间，
(爱情的微风消除空间和时限，)

ich bin bei dir, du bist bei mir,
我 是 在…你身旁，你 是 在…我身旁，
(我和你在一起，你和我在一起，)

ich halte dich in dieses Arms umschlusse,
我 保持 你 在… 这些 胳臂的 拥抱…中，
(我把你抱在怀中，)

sei mir gegrüsst, sei mir geküsst!
是 由我 祝福， 是 由我 亲吻!
(让我祝福你，让我亲吻你!)

Schubert
舒伯特

# Ständchen
# 小 夜 曲

Leise flehen meine Lieder durch die Nacht zu dir;
轻柔地 恳求 我的 歌曲 穿过 [-] 夜晚 向 你;
(我的歌声穿过夜空，轻柔地向你恳求;)

in den stillen Hain hernieder, Liebchen, komm zu mir!
在 [-] 寂静的 小树丛 下面， 亲爱的人， 来 到…我这里!
(到寂静的小树丛下，亲爱的，到我这里来!)

Flüsternd schlanke Wipfel rauschen in des Mondes Licht,
低语 细长的 树梢 沙沙作响 在…[-] 月亮的 光…中,
(在月光下，细长的树枝在窃窃私语，)

des Verräters feindlich Lauschen fürchte, Holde, nicht.
[-] 告密者的 敌对的 偷听 害怕， 心上人， 不。
(心上人，不要害怕恶意的告密者偷听。)

Hörst die Nachtigallen schlagen? Ach! sie flehen dich,
你听见 [-] 夜莺 啭鸣? 啊! 它们 恳求 你,
(你可听见夜莺在啭鸣?啊!它们在恳求你，)

mit der Töne süssen Klagen flehen sie für mich.
以 [-] 声音 甜蜜的 哀诉 恳求 它们 为 我。
(它们用甜蜜的哀诉声为我恳求。)

Sie verstehn des Busens Sehnen, kennen Liebesschmerz,
它们 理解 [-] 心胸的 渴望， 知道 爱情的痛苦,
(它们理解这颗心的愿望，知道爱情的痛苦，)

rühren mit den Silbertönen jedes weiche Herz.
感动 以 [-] 银铃似的声音 每一颗 温柔的 心。
(它们以银铃般的声音感动着每一颗温柔的心。)

Lass auch dir die Brust bewegen, Liebchen, höre mich!
让 也 你 [-] 心胸 打动， 亲爱的人， 听 我!
(愿它们也打动你的心，亲爱的，听我吧!)

bebend harr' ich dir entgegen! komm, beglücke mich!
颤抖着 等待 我 与你 相见! 来, 使快乐 我!
(我颤抖着等待与你相见!来吧，使我快乐!)

Schubert
舒伯特

# Suleika
# 苏莱卡

Was bedeuted die Bewegung? Bringt der Ost mir frohe Kunde?
什么 意味着 [-] 激动? 带来 [-] 东风 给我愉快的 消息?
(这激动意味着什么?是东风给我带来了愉快的消息吗?)

Seiner Schwingen frische Regung kühlt des Herzens tiefe Wunde.
它的 摆动 清新的 运动 使冷却 [-] 心的 深处的 创伤。
(它那清新的吹拂冷却了内心深处的创伤。)

Kosend spielt er mit dem Staube, jagt ihn auf in leichten Wölkchen,
爱抚 飘动 它 与 [-] 尘埃, 驱赶 它 向上进入 轻的 小云雾,
(爱抚地与尘埃一起飘动,把它驱入轻飘的云雾,)

treibt zur sichern Rebenlaube der Insekten frohes Völkchen.
驱使 向[-] 使安全 葡萄凉亭 [-] 昆虫 快活的 一小窝。
(驱向葡萄凉亭里快活的昆虫栖息的掩蔽所。)

Lindert sanft der Sonne Glühen, kühlt auch mir die heissen Wangen,
缓和 柔和地 [-] 太阳的 灼热, 使凉快 也 对我 [-] 烫的 脸颊,
(柔和地缓解了灼热的太阳光,也冷却了我那滚烫的脸颊,)

küsst die Reben noch im Fliehen, die auf Feld und Hügel prangen.
亲吻 [-] 葡萄 还会 在…逃跑…中, [它们]在… 田野 和 山丘…上 闪烁。
(还会在飞行中亲吻那些在田野和山丘上闪烁的葡萄。)

Und mir bringt sein leises Flüstern von dem Freunde tausend Grüsse;
并 给我 带来 它的 轻声的 低语 从 [-] 亲爱的人 一千次 问候;
(它的轻声低语给我带来了心上人的一千次问候;)

eh' noch diese Hügel düstern, grüssen mich wohl tausend Küsse.
在… 还会 这些 山丘 变黑…之前, 问候 我 一定 一千次 亲吻。
(在这些山丘变黑之前,还会有一千个吻问候我。)

Und so kannst du weiter ziehen! Diene Freunden und Betrübten.
并 就这样 能够 你 继续的 移动! 有助于 朋友们 和 不幸的人们。
(就这样,你可以继续走你的路!去帮助朋友们和不幸的人们。)

Dort, wo hohe Mauern glühen, dort find ich bald den Vielgeliebten.
在那里,[地方]高的 墙 发亮, 在那里 找到 我 很快 [-] 非常心爱的人。
(在那高墙发亮的地方,我很快就找到了我最心爱的人。)

Ach,　 die　wahre　Herzenskunde,　 Liebeshauch,　 erfrischtes　Leben
啊,　　[-]　真诚的　　心的信息,　　　爱的情绪,　　　使精神焕发　生活
(啊，真诚的心声、爱的激励、生活的复苏

wird　mir　nur　aus　seinem　Munde,　 kann　mir　nur　sein　Atem　geben.
成为　对我　只　从　他的　　嘴,　　能够　对我　只　他的　气息　　给。
(只能从他的嘴，只能通过他的气息传送给我。)

Schubert
舒伯特

# Suleikas zweiter Gesang
# 苏莱卡的第二首歌

Ach， um deine feuchten Schwingen， West， wie sehr ich dich beneide，
啊， 为了 你的 湿润的 翅膀， 西风， 多么 非常 我 对你 妒忌，
(啊，西风，我多么妒忌你那湿润的翅膀，)

denn du kannst ihm Kunde bringen， was ich in der Trennung leide!
因为 你 能够 向他 音信 带去， [什么事]我 在… [-] 分离…中 忍受!
(因为你能够给他带去音信，而我和他分离时却要忍受的事情!)

Die Bewegung deiner Flügel weckt im Busen stilles Sehnen，
[-] 运动 你的 翅膀 唤醒 在… 胸…中 平静的 渴望，
(你那翅膀的运动唤起我心中平静的渴望，)

Blumen， Auen， Wald und Hügel steh'n bei deinem Hauch in Tränen.
鲜花， 河谷草地， 森林 和 山丘 站立 在… 你的 微风…中 含着 眼泪。
(鲜花、河谷草地、森林和山丘含着眼泪站在你的微风中。)

Doch dein mildes， sanftes Wehen kühlt die wunden Augenlider;
然而 你的 温和的， 轻微的 吹拂 冷却 [-] 受伤害的 眼睑;
(然而你那温和而轻微的吹拂冷却那受伤害的眼睑;)

ach，für Leid müsst' ich vergehen， hofft' ich nicht zu seh'n ihn wieder.
啊， 由于 痛苦 必须 我 离去， 指望 我 不 去 看见 他 再次。
(啊，如果我没有指望再见到他，我必将因痛苦而死去。)

Eile denn zu meinem Lieben， spreche sanft zu seinem Herzen;
赶快 那么 向 我的 心上人， 说 轻柔地 向 他的 心;
(那么赶快到我心上人那里去，对他的心轻声地说;)

doch vermeid'， ihn zu betrüben und verbirg ihm meine Schmerzen!
但是 避免， 使他成为 悲伤 和 隐藏 对他 我的 痛苦!
(但要避免使他悲伤并不要让他知道我的痛苦!)

Sag' ihm， aber sag's bescheiden: seine Liebe sei mein Leben;
告诉 他， 但是 告诉[它] 谦虚地: 他的 爱 将是 我的 生命;
(告诉他，但是要谨慎地:他的爱将是我的生命;)

freudiges Gefühl von beiden wird mir seine Nähe geben.
愉快的 感受 为 俩人 将 对我 他的 接近 给予。
(他和我靠近将给我们俩人带来快乐。)

Schubert

舒伯特

# Wanderers Nachtlied
# 流浪者的夜歌

Über allen Gipfeln ist Ruh,
在… 所有的 山顶…上 是 安静，
(山顶上的一切都安静下来，)

in allen Wipfeln spürest du kaum einen Hauch;
在…所有的树梢…中 感觉到 你 几乎不 一丝 气息;
(在所有的树梢中你几乎感觉不到一丝声音;)

die Vöglein schweigen, schweigen im Walde.
[-] 小鸟儿 缄默， 缄默 在…森林…中。
(小鸟儿在森林中保持缄默。)

Warte nur, balde ruhest du auch.
等待 现在， 不久 安息 你 也。
(现在等着，不久你也将安息。)

◣210◢

Schubert
舒伯特

# Wiegenlied
# 摇 篮 曲

Schlafe, schlafe, holder, süsser Knabe,
　睡觉，　　睡觉，　可爱的，　漂亮的　男孩，
(睡吧，睡吧，可爱漂亮的孩子，)

leise wiegt dich deiner Mutter Hand;
轻柔地 摇　你　你的　母亲的　手;
(你母亲的手在轻轻地摇着你;)

sanfte Ruhe, milde Labe bringt dir schwebend dieses Wiegenband.
安静的　休息，　温柔的 安慰　带　给你　悠荡　　这些　摇篮的挂绳。
(悠荡的摇篮挂绳给你带来平静的休息和温柔的舒适。)

Schlafe, schlafe in dem süssen Grabe,
　睡觉，　　睡觉 在…[-]　甜蜜的 吊床*…里，
(睡吧，睡在甜蜜的吊床里，)

noch beschützt dich deiner Mutter Arm;
仍然　保护　你 你的　母亲的　手臂;
(你母亲的手臂仍在搂着你;)

alle Wünsche, alle Habe fasst sie liebend, alle liebewarm.
一切　希望，　一切　财产 握住　她 爱抚地，　全部　温暖的爱。
(她爱抚地握着一切希望和财产，充满温暖的爱。)

Schlafe, schlafe in der Flaumen Schosse,
　睡觉，　　睡觉 在…[-]　羽绒　裙子…里，
(睡吧，睡在羽绒被里，)

noch umtönt dich lauter Liebeston,
仍然 周围鸣响 对你 真诚的　爱的声音，
(真诚的爱的声音在你周围鸣响，)

eine Lilie, eine Rose, nach dem Schlafe werd' sie ´dir zum Lohn.
一朵 百合花，一朵 玫瑰花，　在…　[-] 睡觉…后　得到 [它] 给你 作为　报酬。
(睡后，母亲将以一朵百合或一朵玫瑰报偿你。)

*注: 原字义为坟墓。

Schubert 　　　　　　　Winterreise

舒伯特 　　　　　　　冬 之 旅


## 1. Gute Nacht
### 1. 晚 安

Fremd　bin　ich　eingezogen，　fremd　zieh　ich　wieder　aus.
陌生的　是　我　　进来，　　陌生的　转移　我　再次　　出去。
(作为陌生人我流浪进来又出去。)

Der　Mai　war　mir　gewogen　mit　manchem　Blumenstrauss.
 [-] 五月　曾是　对我　友好的　　以　　许多　　　　花束。
(五月曾友善地给我许多花束。)

Das　Mädchen　sprach　von　Liebe，　die　Mutter　gar　von　Eh'.
 [-] 　姑娘　　曾说　关于　爱情，　 [-] 　母亲　竟然　关于　婚姻。
(姑娘曾提到爱情，母亲甚至提到婚姻。)

Nun　ist　die　Welt　so　trübe，　der　Weg　gehüllt　in　Schnee.
现在　是 [-] 世界　如此　阴暗，　 [-] 道路　　裹　在… 雪…中。
(现在世界是如此阴暗，道路覆盖着白雪。)

Ich　kann　zu　meiner　Reisen　nicht　wählen　mir　die　Zeit，
我　能够　为　我的　　旅行　　不　　选择　为我 [-] 时间，
(我不必为我自己选择旅行的时间，)

muss　selbst　den　Weg　mir　weisen　in　dieser　Dunkelheit.
必须　我自己　 [-] 道路　为我　指引　在… 这　　黑暗…中。
(我必须自己在这黑暗中寻找道路。)

Es　zieht　ein　Mondenschatten　als　mein　Gefährte　mit，
[它] 移动　一个　月亮的阴影　作为 我的　　伴侣　与我，
(移动的月影是我的伴侣，)

und　auf　den　weissen　Matten　such　ich　des　Wildes　Tritt.
 和　在… [-] 白色的　草原…上　寻找　我　　 [-] 野兽的　足迹。
(而我在白雪覆盖的草原上寻找野兽的足迹。)

Was　soll　ich　länger　weilen　dass　man　mich　trieb'　hinaus?
为什么应该 我　持续　逗留　直到　人们　把我　驱赶　出去?
(为什么我要继续留在这里，直到人们把我赶走?)

Lass irre Hunde heulen vor ihres Vater's Haus.
让 发狂的 狗 嗥叫 在… 她的 父亲的 房子…前。
(让疯狗在她父亲的房前嗥叫。)

Die Liebe liebt das Wandern, Gott hat sie so gemacht,
[-] 爱情 喜爱 [-] 流浪, 上帝 已经 把它如此 使成为,
(爱情善变,上帝就是这样安排的,)

von Einem zu dem Andern, Gott hat sie so gemacht.
从 一个 到 [-] 另一个, 上帝 已经 把它如此 使成为,
(从一个到另一个,上帝就是这样安排的,)

Die Liebe liebt das Wandern, fein Liebchen, gute Nacht,
[-] 爱情 喜爱 [-] 流浪, 漂亮的 小宝贝, 晚安,
(爱情善变,漂亮的小宝贝,晚安,)

von Einem zu dem Andern, fein Liebchen, gute Nacht.
从 一个 到 [-] 另一个, 漂亮的 小宝贝, 晚安。)
(从一个到另一个,漂亮的小宝贝,晚安。)

Will dich im Traum nicht stören, wär' schad um deine Ruh,
我愿 你 在…梦…中 不 打扰, 将是 遗憾 对 你的 安宁,
(我不愿在梦中打扰你,那对你的平静将是一件憾事,)

sollst meinen Tritt nicht hören, sacht, sacht die Türe zu.
你应该 我的 脚步声 不 听见, 轻轻地, 轻轻地 [-] 门 关上。
(你不应该听见我的脚步声,我将轻轻地把门关上。)

Schreib' im Vorübergehen an's Tor dir: gute Nacht,
我写 在… 走过…中 在…门…上 为你: 晚安,
(我路过时在门上为你写上:晚安,)

damit du mögest sehen, an dich hab' ich gedacht.
借此 你 可以 看见, 对 你 曾 我 想念。
(从而你可以看到,我曾把你思念。)

# 2. Die Wetterfahne
## 2. 风 信 旗

Der Wind spielt mit der Wetterfahne auf meines schönen Liebchens Haus.
[-] 风 做游戏 与 [-] 风信旗 在… 我的 美丽的 情人的 房子…上。
(风儿戏弄着我的美丽情人房子上的风信旗。)

Da dacht' ich schon in meinem Wahne, sie pfiff den armen Flüchtling aus.
那时 想 我 [已经] 在… 我的 幻想…中，它 吹哨 [-] 可怜的 难民 出去。
(那时我在幻想中已经想到，它要把可怜的流浪者赶走。)

Er hätt' es eher bemerken sollen, des Hauses aufgestecktes Schild,
他 曾 [它] 早些 注意到 应该， [-] 房子的 举在上面的 盾牌，
(他早应该注意到房子上插着的风信旗，)

so hätt' er nimmer suchen wollen im Haus ein treues Frauenbild.
这样 曾 他 绝不 寻找 愿意 在…房子…里一个 忠诚的 妇女。
(这样他就绝不会到这房子里去找一个忠诚的妇女。)

Der Wind spielt drinnen mit den Herzen
[-] 风 做游戏 在里面 与 [-] 心灵
(风儿在心灵中戏弄

wie auf dem Dach, nur nicht so laut.
如同 在… [-] 屋顶…上，但 不 如此大声的。
(就像在屋顶上戏弄风信旗一样，只是不那样响。)

Was fragen sie nach meinen schmerzen? Ihr Kind ist eine reiche Braut.
什么 询问 他们 到 我的 痛苦？ 他们的孩子 是 一个 有钱的 新娘。
(谁会关怀我的痛苦?他们的孩子是个有钱的新娘。)

# 3. Gefror'ne Tränen
## 3. 冻 泪

Gefror'ne Tropfen fallen von meinen Wangen ab;
冷冻的 滴 掉下 从 我的 脸颊 [下来];
(冰冷的泪水从我脸上滴下;)

ob es mir denn entgangen, dass ich geweinet hab'?
是否[它] 我 究竟 逃脱， [-] 我 哭泣 曾?
(难道我情不自禁地哭了吗?)

Ei Tränen, meine Tränen, und seid ihr gar so lau,
唉 眼泪， 我的 眼泪， 而 是 你们[非常]如此冷淡的，
(唉，我的眼泪，你们是如此冷淡，)

dass ihr erstarrt zu Eise, wie kühler Morgentau?
[-] 你们 凝结 为 冰， 如同 凉的 晨露?
(以致要凝结成冰，如同早晨冰凉的露珠?)

Und dringt doch aus der Quelle der Brust so glühend heiss,
并 迸出 仍然 从 [-] 泉源 …的 胸 如此 非常的 热，
(还要从我如此灼热的胸中流淌出来，)

als wolltet ihr zerschmelzen des ganzen Winters Eis.
像 愿意 你们 使融化 [-] 整个的 冬天的 冰。
(好像你们想融化整个冬天的冰。)

## 4. Erstarrung
## 4. 凝 结

Ich such' im Schnee vergebens nach ihrer Tritte Spur,
我 寻找 在… 雪…中 徒劳地 为 她的 足迹的 痕迹，
(我徒劳地在雪中寻找她的足迹，)

wo sie an meinem Arme durchstrich die grüne Flur.
那里 她 在… 我的 手臂…中 漫游 [-] 绿色的 田野。
(在那里我曾挽着她漫步穿过绿色的田野。)

Ich will den Boden küssen, durchdringen Eis und Schnee
我 愿 [-] 土地 亲吻， 穿过 冰 和 雪
(我愿亲吻那土地，用我的热泪

mit meinen heissen Tränen, bis ich die Erde seh'.
以 我的 热的 眼泪， 直到 我 [-] 泥土 看见。
(穿透冰层和白雪，直到我看见泥土。)

Wo find' ich eine Blüte? Wo find' ich grünes Gras?
在哪里找到 我 一枝 鲜花? 在哪里找到 我 绿色的 青草?
(到哪里去找鲜花?到哪里去找绿草?)

Die Blumen sind erstorben, der Rasen sieht so blass.
[-] 花儿 已是 死去， [-] 草地 看上去如此 苍白的。
(花儿已经死去，草地看来如此苍白。)

Soll denn kein Angedenken ich nehmen mit von hier?
将 那么 没有 纪念品 我 拿 与 从 这里?
(那么我就不能从这里带走一点纪念品吗?)

Wenn meine Schmerzen schweigen, wer sagt mir dann von ihr?
当 我的 痛苦 沉默， 谁 告诉 我 以后 关于 她?
(当我的痛苦平息下来后，还有谁来对我谈起她?)

Mein Herz ist wie erstorben,　kalt starrt ihr Bild darin;
我的　心　是 几乎　死去，　　冷的　凝视 她的 幻象 在其中;
(我的心几乎已经死去，冰冷地凝视着她的幻象;)

schmilzt je das Herz mir wieder,　fliesst auch ihr Bild dahin.
融化 曾经 这颗　心　[我] 再次，　流淌　也　她的 幻象 向那里。
(待我这颗心再次融化，她的幻象也就消失。)

## 5. Der Lindenbaum
### 5. 菩 提 树

Am Brunnen vor dem Tore da steht ein Lindenbaum;
在… 水井…旁 在… [-] 大门…前那里 站立 一棵　菩提树;
(在门前的水井旁有一棵菩提树;)

ich träumt' in seinem Schatten so manchen süssen Traum.
我　梦见 在… 它的　树荫…下 如此　多的　甜蜜的　梦。
(在它的树荫下我做过许多美梦。)

Ich schnitt in seine Rinde so manches liebe Wort;
我　雕刻 在… 它的(树)皮…里如此　多的　可爱的　字;
(我在树身上刻了许多可爱的话语;)

es zog in Freud und Leide zu ihm mich immerfort.
它 招引 在…欢乐　和 忧伤…中 向 它　把我　不断地。
(在欢乐和忧伤时，它不断召唤我到它那里。)

Ich musst auch heute wandern vorbei in tiefer Nacht,
我　必须 同样　今天　流浪　经过它 在…深的　夜…里，
(今天深夜里，我还得流浪着路过它，)

da hab ich noch im Dunkel die Augen zugemacht.
那里 有　我 仍然 在…黑暗…中 [-] 眼睛　关闭。
(在黑暗中，闭上眼睛我仍能看见它。)

Und seine Zweige rauschten,　als riefen sie mir zu:
并 它的 树枝　沙沙响，　似乎 召唤 它们 我 向:
(树枝沙沙作响，好像在召唤我:)

komm her zu mir, Geselle,　hier findst du deine Ruh!
来　这里 向我，　小伙子，　这里 找到 你 你的 安宁!
(到我这里来，小伙子，在这里你能找到安宁!)

Die kalten Winde bliesen mir grad ins Angesicht,
[-] 冷的 风 吹 对我 正巧的 入 脸部,
(冷风直吹我的脸,)

der Hut flog mir vom Kopfe, ich wendete mich nicht.
[-] 帽子 飞 我 从… 头…上, 我 转动 [我自己] 不。
(帽子从我头上飞走,我 动不动。)

Nun bin ich manche Stunde entfernt von jenem Ort,
现在 是 我 很多 小时 远离 从 那个 地方,
(现在我远离那个地方已经很久,)

und immer hör ich's rauschen: du fändest Ruhe dort!
而 时常 听见 我 它 沙沙作响: 你 将找到 安宁 在那里!
(我还时常听见它沙沙作响:你将在那里找到安宁!)

# 6. Wasserflut
## 6. 泪潮

Manche Trän aus meinen Augen ist gefallen in den Schnee;
许多 眼泪 从 我的 眼睛 是 掉下 到… [-] 雪…里;
(热泪从我眼睛流出,滴到雪中;)

seine kalten Flocken saugen durstig ein das heisse Weh.
它的 冰冷的 片 吸 口渴地 入 [-] 热的 痛苦。
(冰冷的雪花急渴地吸入那炽热的痛苦。)

Wenn die Gräser sprossen wollen, weht daher ein lauer Wind,
当… [-] 青草 发芽 要…时, 吹 从那儿来一阵温暖的 风,
(当青草要发芽时,吹来一阵温暖的风,)

und das Eis zerspringt in Schollen und der weiche Schnee zerrinnt.
而 [-] 冰 破裂 以 冰块 并 [-] 柔软的 雪 融化。
(坚冰裂成碎片,雪花融化。)

Schnee,du weisst von meinem Sehnen, sag, wohin doch geht dein Lauf?
雪, 你 知道 关于 我的 渴望, 说, 去哪里 [却] 走 你的 路线?
(白雪,你知道我的渴望,告诉我,你会到哪里去?)

Folge nach nur meinen Tränen, nimmt dich bald das Bächlein auf.
跟随 [-] 仅仅 我的 眼泪, 拿 把你 很快 [-] 小溪 [-]。
(只要跟着我的眼泪,它很快就把你带向小溪。)

Wirst mit ihm die Stadt durchziehen, muntre Strassen ein und aus;
你将 同…它一起 [-] 城市 穿过, 活泼地走过 街道 进 和 出;
(你将同它一起穿过城市,在街上穿行;)

fühlst du meine Tränen glühen, da ist meiner Liebsten Haus.
感觉 你 我的 眼泪 发热, 那里 是 我的 心上人的 房子。
(如果你感到我的眼泪发热,那里就是我心上人的家。)

## 7. Auf dem Flusse
## 7. 在 河 上

Der du so lustig rauschtest, du heller, wilder Fluss,
[-] 你 如此愉快地 潺潺地流动, 你 清澈的, 任性的 河水,
(你,这清澈、任性而愉快地潺潺流动的河水,)

wie still bist du geworden, gibst keinen Scheidegruss!
多么平静 是 你 变得, 你给 没有 辞别!
(你变得多么平静,不说一声再见!)

Mit harter, starrer Rinde hast du dich überdeckt,
以 更硬的, 更僵硬的 外皮 已 你 [自己] 盖住,
(你结上了僵硬的冰层,)

liegst kalt und unbeweglich im Sande ausgestreckt.
你躺 冷的 和 固定的 在…沙滩…上 伸展的。
(你在延伸的沙滩上冰冷而一动不动地躺着。)

In deine Decke grab' ich mit einem spitzen Stein
在…你的 表层…上 凿 我 以 一个 尖的 石头
(我要用一块尖石在你的冰面上

den Namen meiner Liebsten und Stund' und Tag hinein.
[-] 名字 我的 心上人 和 时间 和 日子 [进去]。
(刻进我心上人的名字、时间和日子。)

Den Tag des ersten Grusses, den Tag an dem ich ging;
[-] 日子 …的 第一次 问候, [-] 日子 在…[那日] 我 离开;
(那第一次相见的日子,和我离开的日子;)

um Nam' und Zahlen windet sich ein zerbroch'ner Ring.
周围 名字 和 数字 缠绕 [它自己]一个 折断的 指环。
(在名字和数字周围画上一个折断的指环。)

Mein Herz, in diesem Bache erkennst du nun dein Bild?
我的 心， 在… 这条 溪水…里 看出 你 现在 你的 形象？
(我的心，你能在这条河水里辨认你的形象吗？)

Ob's unter seiner Rinde wohl auch so reissend schwillt?
是否它 在… 它的 外皮…下 也许 也 如此 剧烈地 膨胀？
(是否在它的冰层下也如此剧烈膨胀？)

# 8. Rückblick
## 8. 回 顾

Es brennt mir unter beiden Sohlen, tret' ich auch schon auf Eis und Schnee,
它 烫 我 在… 两隻 足底…下， 踩 我 尽管 已经 在… 冰 和 雪…上，
(尽管我已经踩在冰雪上面，我的双脚仍热得发烫，)

ich möcht' nicht wieder Atem holen, bis ich nicht mehr die Türme seh.
我 想 不 再次 呼吸 得到， 直到 我 不 更多的 [-] 塔楼 看见。
(我不想再呼吸，直到不再看见那些塔楼。)

Hab' mich an jedem Stein gestossen, so eilt' ich aus der Stadt hinaus;
曾 我自己 在…每一块石头…上 碰撞， 这样 赶忙我 从 [-] 城市 [出来];
(我跌跌撞撞地、匆忙走出了城市;)

die Krähen warfen Bäll' und Schlossen auf meinen Hut von jedem Haus.
[-] 乌鸦 扔 球 和 雹子 在… 我的 帽子…上 从 每一所 房子。
(从房顶上，乌鸦把雪球和冰块扔在我帽子上。)

Wie anders hast du mich empfangen, du Stadt der Unbeständigkeit!
多么 不同的 曾 你 对我 迎接， 你 城市 …的 变化无常！
(你这变化无常的城市，你接待我的方式多么不同!)

An deinen blanken Fenstern sangen die Lerch' und Nachtigall im Streit.
在… 你的 明亮的 窗户…旁 歌唱 [-] 云雀 和 夜莺 在 争吵。
(云雀和夜莺曾在你明亮的窗户旁竞相鸣啭。)

Die runden Lindenbäume blühten, die klaren Rinnen rauschten hell,
[-] 丰满的 菩提树 开花， [-] 清澈的 小溪 流水潺潺 嘹亮地，
(丰满的菩提树曾盛开，清澈的溪水曾潺潺流淌，)

und ach, zwei Mädchenaugen glühten, da war's gescheh'n um dich, Gesell.
和 啊， 两个 姑娘的眼睛 发光， 那 曾是它 执行 为了 你， 小伙子。
(还有，啊，姑娘的一双眼睛曾闪闪发光，那是为你而做的，小伙子。)

Kommt mir der Tag in die Gedanken, möcht ich noch einmal rückwärts seh'n,
来到 为我 [-] 一天 在…[-] 思想…里， 想要 我 [仍然] 再一次 向后 看，
(如果有一天在我思想里，想再次回顾过去，)

möcht' ich zurücke wieder wanken, vor ihrem Hause stille steh'n.
想要 我 回来 再次 蹒跚地走， 在… 她的 房子…前沉默地 站立。
(我想再一次蹒跚地回来，默默地站在她的房前。)

## 9. Irrlicht
## 9. 鬼 火

In die tiefsten Felsengründe lockte mich ein Irrlicht hin.
到…[-] 最深的 岩石峡谷…中 引诱 对我 一团 鬼火 [-]。
(一团鬼火引诱我进入最深的山崖。)

Wie ich einen Ausgang finde, liegt nicht schwer mir in dem Sinn.
如何 我 一个 出口 找到， 重视 不 沉重的 对我 在… [-]意识…中。
(如何找到一个出口，我并不在意。)

Bin gewohnt das Irregehen, 's führt ja jeder Weg zum Ziel:
我是 习惯于 这种 走错路， [它]带领 的确 每一条 道路 到[-] 目的地:
(我已经习惯于这种离开正路，每一条路都可以达到目的地:)

unsre Freuden, unsre Leiden, alles eines Irrlichts Spiel.
我们的 乐趣， 我们的 痛苦， 一切[是] 一团 鬼火 闪动。
(我们的乐趣和痛苦，都像鬼火在闪动。)

Durch des Bergstroms trock'ne Rinnen wind' ich ruhig mich hinab;
穿过 [-] 山泉的 干燥的 水沟 迂回 我从容不迫地[自己] 向下;
(随着干涸山泉的河床我从容蜿蜒地走下山去;)

jeder Strom wird's Meer gewinnen, jedes Leiden auch sein Grab.
所有的 河流 将是[-] 大海 抵达， 所有的 痛苦 也 它的 坟墓。
(所有的河流都将归入大海，所有的痛苦也都将被埋葬。)

## 10. Rast
## 10. 休 息

Nun merk' ich erst, wie müd' ich bin, da ich zur Ruh' mich lege;
现在 发觉 我 仅仅， 多么 疲倦的 我 是， 当 我 去 休息 [我自己]躺下;
(在荒芜的道路上，当躺下休息时，我才发觉我是多么疲倦;)

das Wandern hielt mich munter hin, auf unwirtbarem Wege.
[-] 流浪 保持 使我 活跃的 [-], 在… 不亲切的 道路…上。
(流浪能使我保持清醒。)

Die Füsse frugen nicht nach Rast, es war zu kalt zum Stehen;
[-] 脚 询问 不 为 休息, 它 是 太 冷 在…停住…时;
(我的腿从来不要休息,站着不动会太冷;)

der Rücken fühlte keine Last, der Sturm half fort mich wehen.
[-] 脊背 感觉 没有 负担, [-] 狂风 帮助 继续 把我 吹。
(背上并不感觉有负担,狂风还吹着我不停地向前。)

In eines Köhlers engem Haus hab' Obdach ich gefunden,
在…一间 烧炭工人的狭窄的 房子…里 曾 容身处 我 找到,
(在一间烧炭工人的小屋中我找到了栖身之处,)

doch meine Glieder ruh'n nicht aus, so brennen ihre Wunden.
然而 我的 四肢 休息 不 [-], 因此 刺痛 它们的 创伤。
(但是我的四肢不能休息,创伤不停地作痛。)

Auch du, mein Herz, in Kampf und Sturm so wild und so verwegen,
啊 你, 我的 心, 在… 斗争 和 风暴…中 如此激烈的 和 如此 放肆的,
(啊你,我的心,在如此激烈而艰苦的斗争和风暴中,)

fühlst in der Still' erst deinen Wurm mit heissem Stich sich regen!
感觉 在… [-]寂静…中仅仅 你的 蠕虫 带着 猛烈的 刺痛 激起!
(在寂静中只感觉你的痛苦所激起的猛烈刺痛!)

## 11. Frühlingstraum
## 11. 春梦

Ich träumte von bunten Blumen, so wie sie wohl blühen im Mai;
我 梦见 关于 彩色的 鲜花, 如此 像 它们 可能 开花 在…五月…间;
(我梦见五彩缤纷的鲜花,就像是五月开放的花朵;)

ich träumte von grünen Wiesen, von lustigem Vogelgeschrei.
我 梦见 关于 绿色的 草地, 关于 欢乐的 鸟儿齐鸣。
(我梦见绿色的草地,梦见欢乐的鸟鸣。)

Und als die Hähne krähten, da ward mein Auge wach,
而 当… [-] 公鸡 啼鸣…时, 那时 是 我的 眼睛 醒来,
(而当公鸡啼鸣时,我睁开眼睛醒来,)

da war es kalt und finster，  es schrien die Raben vom Dach.
那儿 是 它 冷 和 昏暗的， [它] 叫喊 [-] 乌鸦 从…屋顶…上。
(天色又冷又暗，是乌鸦在屋顶上啼叫。)

Doch an den Fensterscheiben，  wer malte die Blätter da?
但 在… [-] 窗玻璃…上， 谁 描画 [-] 花瓣 在那里?
(但是在窗玻璃上，是谁画的花瓣?)

Ihr lacht wohl über den Träumer，  der Blumen im Winter sah.
你们 嘲笑 也许 对于 [-] 梦幻者， [-] 鲜花 在…冬天…里 看见。
(你们也许会嘲笑那个梦幻者，在冬天看见鲜花。)

Ich träumte von Lieb' um Liebe，  von einer schönen Maid，
我 梦见 关于 爱情 为了 爱情， 关于 一位 美丽的 姑娘，
(我梦见一位美丽的姑娘为了爱情的爱，)

von Herzen und von Küssen，  von Wonne und Seligkeit.
关于 拥抱 和 关于 亲吻， 关于 欢乐 和 永恒的幸福。
(梦见拥抱和亲吻，梦见欢乐和永恒的幸福。)

Und als die Hähne krähten，  da ward mein Herze wach;
而 当… [-] 公鸡 啼鸣…时， 那时 是 我的 心 甦醒;
(而当公鸡啼鸣时，我的心甦醒;)

nun sitz' ich hier alleine und denke dem Traume nach.
现在 坐 我 在这里 孤独地 并 想 [-] 梦 [-]。
(现在我独自坐在这里，回想着所做的梦。)

Die Augen schliess' ich wieder，  noch schlägt das Herz so warm;
[-] 眼睛 闭上 我 再次， 仍然 跳动 [-] 心 如此 热情地;
(我再次闭上眼睛，心脏仍在热烈跳动;)

wann grünt ihr Blätter am Fenster? Wann halt' ich mein Liebchen im Arm?
何时 萌芽 你们 花瓣 在… 窗…上? 何时 抱着 我 我的 心上人 在…怀…中?
(窗户上的花瓣何时再开?我何时能把心上人抱在怀中?)

## 12. Einsamkeit
## 12. 孤 独

Wie eine trübe Wolke durch heit're Lüfte geht，
好像 一片 昏暗的 云 穿过 明朗的 空间 移动…时，
(好像一片乌云飘过明朗的天空，)

wenn in der Tannen Wipfel ein mattes Lüftchen weht,
当… 在… [-] 冷杉的 树梢…上一阵 无力的 微风 吹过…时,
(当冷杉的树梢上吹过一阵微弱的清风,)

so zieh' ich meine Strasse dahin mit trägem Fuss,
这样 走 我 我的 道路 向那儿 带着 缓慢的 脚,
(就这样,我拖着沉重的步伐走在旅途上,)

durch helles, frohes Leben einsam und ohne Gruss.
走过 明亮的, 欢乐的 生活 孤独地 和 没有 问候。
(孤独而无人关心地渡过明朗而欢乐的人生。)

Ach! dass die Luft so ruhig, ach! dass die Welt so licht!
啊! [那] [-] 空气 如此安祥的, 啊! [那] [-] 世界 如此明亮的!
(啊!空气如此安祥,啊!世界如此明亮!)

Als noch die Stürme tobten, war ich so elend nicht.
当… 再 [-] 狂风 怒吼…时, 是 我 如此 不幸的 不。
(当狂风一旦怒吼时,我却非如此不幸。)

# 13. Die Post
## 13. 邮车

Von der Strasse her ein Posthorn klingt.
从 [-] 大街 [那里] 一个 邮车号角 响起。
(从大街上传来邮车的号角声。)

Was hat es, dass es so hoch aufspringt, mein Herz?
什么 有 它, [-] 它 如此 非常的 跳起, 我的 心?
(怎么回事,我的心跳得如此剧烈?)

Die Post bringt keinen Brief für dich.
[-] 邮车 带来 没有 信件 为 你。
(邮车没有给你带信来。)

Was drängst du denn so wunderlich, mein Herz?
什么 使 你 究竟 如此 不可思议, 我的 心?
(是什么使你如此不可思议,我的心?)

Nun ja, die Post kommt aus der Stadt,
那么 是, [-] 邮车 来 自 [-] 城市,
(是啊,邮车是从城里来,)

wo ich ein liebes Liebchen hatt, mein Herz!
那里 我 一个 可爱的 心上人 有, 我的 心!
(那里有我可爱的心上人，我的心!)

Willst wohl einmal hinübersehn
你愿意 也许 一次 到那边去看
(也许你愿意到那里去看一下，)

und fragen, wie es dort mag gehn, mein Herz?
并 问, 如何 它 在那里可能 进展, 我的 心?
(并问问那里的一切如何，我的心?)

## 14. Der greise Kopf
## 14. 白 发

Der Reif hat einen weissen Schein mir über's Haupt gestreuet;
[-] 霜 有 一个 白色的 光 对我 在…[-] 头…上 撒开;
(白霜在我头上撒上了银光;)

da glaubt' ich schon ein Greis zu sein und hab' mich sehr gefreuet.
这时 认为 我 已经 一个 白发老人 成为 并 有 [我自己] 非常 感到高兴。
(于是我以为我已经是一个白发老人而感到高兴。)

Doch bald ist er hinweg getaut, hab' wieder schwarze Haare,
然而 不久 是 [白发] 离去 融解, 我有 再次 黑的 头发,
(然而不久白发又消失了，我又长出了黑发，)

dass mir's vor meiner Jugend graut: wie weit noch bis zur Bahre!
[由此] 我[它] 为 我的 青春 害怕: 多么 远 仍然 到… 向 棺材…为止!
(因而我为我的青春害怕:生活还要多长时间才能到尽头!)

Vom Abendrot zum Morgenlicht ward mancher Kopf zum Greise.
从 晚霞 到 曙光 变为 很多 头 成为 白发老人。
(从傍晚到清晨，许多人变成白发老人。)

Wer glaubt's? und meiner ward es nicht auf dieser ganzen Reise!
谁 相信 它? 而 我的 变成 [它] 不 在… 这 整个的 长途旅行…中!
(谁会相信?我的头在这整个人生旅途中却保持不变!)

## 15. Die Krähe
### 15. 乌 鸦

Eine Krähe war mit mir aus der Stadt gezogen，
一只 乌鸦 曾 与 我 从 [-] 城市 迁移，
(一只乌鸦紧随我从城市出来，)

ist bis heute für und für um mein Haupt geflogen.
是 直至 今天 — 永远 — 在… 我的 头…左右 飞翔。
(直到今天，它总在我的头上飞翔。)

Krähe， wunderliches Tier， willst mich nicht verlassen?
乌鸦， 奇异的 动物，你愿 对我 不 离开?
(乌鸦，奇异的飞禽，你不想离开我吗?)

Meinst wohl， bald als Beute hier meinen Leib zu fassen?
你想 也许， 不久 当作 猎获物 在这里 我的 躯体 去 逮住?
(你也许想，不久便可猎食我的尸体吗?)

Nun， es wird nicht weit mehr geh'n an dem Wanderstabe.
那么， [它] 将 不 远的 更多 前进 在… [-] 旅杖…上。
(那么，我的拐杖不会再走多远了。)

Krähe， lass' mich endlich seh'n Treue bis zum Grabe.
乌鸦， 让 我 终于 看见 忠诚 直到 走向 坟墓。
(乌鸦，你让我走向坟墓之前终于看到忠诚。)


## 16. Letzte Hoffnung
### 16. 最后的希望

Hie und da ist an den Bäumen manches bunte Blatt zu seh'n,
这里 和 那里 是 在… [-] 树…上 很多的 五光十色的树叶 去 看见，
(树上到处都能看见五光十色的树叶，)

und ich bleibe vor den Bäumen oftmals in Gedanken steh'n.
和 我 逗留 在… [-] 树…前 常常 在… 想象…中 站立。
(我经常站在树前沉思。)

Schaue nach dem einen Blatte， hänge meine Hoffnung dran;
看 向 [-] 一片 树叶， 依恋 我的 希望 在这上面;
(我寻找一片树叶，把我的希望寄托在它上面;)

spielt der Wind mit meinem Blatte, zittr' ich, was ich zittern kann.
飘动 [-] 风 与… 我的 树叶…一起，颤抖 我，[什么] 我 颤抖 能。
(风儿吹动我的树叶，我颤抖，抖得很厉害。)

Ach, und fällt das Blatt zu Boden, fällt mit ihm die Hoffnung ab,
啊，和 掉落 [这片] 树叶 向 地面， 掉落 与…它一起 [-] 希望 下去，
(啊，树叶掉到地下，希望和它一起掉落，)

fall' ich selber mit zu Boden, wein' auf meiner Hoffnung Grab.
掉落 我 自己 一起 向 地面， 哭泣 对于 我的 希望的 坟墓。
(我自己也一起掉落，为我的希望的坟墓而哭泣。)

## 17. Im Dorfe
## 17. 在村庄里

Es bellen die Hunde, es rasseln die Ketten;
[它] 吠 [-] 狗，　[它] 叮当响 [-] 锁链;
(狗在叫，锁链叮当响;)

es schlafen die Menschen in ihren Betten,
[它] 睡觉 [-] 人们　在…他们的 床…上，
(人们在床上睡觉，)

träumen sich Manches, was sie nicht haben,
　梦见 [他们自己] 事情，　[-] 他们 没 有，
(梦见一些他们没有的某种东西，)

tun sich im Guten und Argen erlaben;
从事[自己] 在… 好事 和 坏事…中 享受;
(享受着梦中的好事和坏事;)

und morgen früh ist alles zerflossen.
　而　明天　早的　是　一切　流淌。
(到了早晨，一切都消逝。)

Je nun, sie haben ihr Teil genossen,
　当然啦，　他们 已有 他们的份额　享受，
(当然啦，他们已经享受了他们的梦，)

und hoffen, was sie noch übrig liessen,
　并 他们希望，[某事] 他们 仍然 其余的　留下，
(他们还希望，有什么遗漏的事情，)

doch wieder zu finden auf ihren Kissen.
[那么] 再次 去 寻找 在…他们的枕头…上。
(再到梦中去寻找。)

Bellt mich nur fort, ihr wachen Hunde，
吠 对我 [只]不停地，你们 守夜的 狗，
(你们这些守夜的狗，不停地向我嚎叫，)

lasst mich nicht ruh'n in der Schlummerstunde!
让 我 不 安宁 在…[-] 睡眠时刻!
(在睡眠时刻不让我安宁!)

Ich bin zu Ende mit allen Träumen，
我 是 到 终止 同 所有的 梦，
(我的梦都已结束，)

was will ich unter den Schläfern säumen?
为什么愿意 我 在… [-] 睡觉的人… 中踌躇?
(为什么我还要逗留在睡觉的人中?)

# 18. Der stürmische Morgen
## 18. 暴风雨的早晨

Wie hat der Sturm zerrissen des Himmels graues Kleid;
多么 曾 [-] 狂风 撕破 [-] 天空的 灰色的 覆盖物;
(狂风猛烈地刮散了天空的灰色覆盖物;)

die Wolkenfetzen flattern umher in mattem Streit，
[-] 云片 飘动 到处 在… 虚弱的 战斗…中，
(云团虚弱地斗争着在到处飘荡，)

und rote Feuerflammen zieh'n zwischen ihnen hin:
还有 红的 火焰 移动 在… 它们…之间[-]:
(中间还闪着红火光:)

das nenn' ich einen Morgen so recht nach meinem Sinn.
[这] 取名 我 一个 早晨 这样 恰当的 跟随 我的 感觉。
(这就是恰合我意的，所谓的早晨。)

Mein Herz sieht an dem Himmel gemalt sein eig'nes Bild;
我的 心 看见 在… [-] 天空…中 描绘出 它 自己的 景象;
(我的心看见天空中描绘出它自己的景象;)

es ist nichts als der Winter, der Winter kalt und wild.
它 什么也不是 无非是[-] 冬天, [-] 冬天 冷 而 狂暴的。
(它无非是冬天,冷而狂暴的冬天。)

## 19. Täuschung
## 19. 幻觉

Ein Licht tanzt freundlich vor mir her, ich folg ihm nach die Kreuz und Quer;
一线 光亮 跳舞 友好地 在…我…前面[-], 我 跟随 在它 后面 [-] 十字形 和 横向;
(一线光亮友好地在我面前跳动,我不规则地跟在它后面;)

ich folg' ihm gern, und seh's ihm an, dass es verlockt den Wandersmann.
我 跟随 它 乐意地,并 领会它 [-] [-], 那是 它 诱惑 [-] 流浪汉。
(我高兴地跟着它,我知道它能诱惑流浪汉。)

Ach! wer wie ich so elend ist, gibt gern sich hin der bunten List,
啊! 谁 如同 我 如此 不幸 是, 交给 乐意地[他自己] [-] [-]形形色色的 诡计,
(啊!谁像我这样不幸,高兴地把自己交给那形形色色的诡计,)

die hinter Eis und Nacht und Graus ihm weist ein helles, warmes Haus
[-] 在… 冰 和 黑夜 和 恐惧…之后 对他 使到达 一个明亮的, 温暖的 家
(以为在冰雪、黑夜和恐惧之后能到达一个明亮、温暖的家,)

und eine liebe Seele drin nur Täuschung ist für mich Gewin.
和 一颗 可爱的 心灵 在里面 仅仅 幻觉 是 为 我 获得。
(在里面还有一颗可爱的心灵,而我得到的却只是幻觉。)

## 20. Der Wegweiser
## 20. 路标

Was vermeid ich denn die Wege, wo die andern Wanderer gehn,
为什么 回避 我 [究竟] [-] 道路, 那里 [-] 其他的 流浪者 走,
(我为什么要避开其他流浪者走的路,)

suche mir versteckte Stege durch verschneite Felsenhöhn?
寻找 为我 隐藏的 小径 穿过 积雪覆盖的 岩石的山丘?
(去寻找隐蔽的、积雪覆盖的山岩小径?)

Habe ja doch nichts begangen, dass ich Menschen sollte scheun,
有 的确 却 什么也没有 干, [那事] 我 人们 应该 畏惧,
(我确实没有干什么事情,却要躲避人群,)

welch ein törichtes Verlangen treibt mich in die Wüstenein?
多么　一个　愚蠢的　　渴望　驱使　我　进入 [-]　　荒野?
(多么愚蠢的渴望驱使我走进这荒野?)

Weiser stehen auf den Wegen, weisen auf die Städte zu,
路标　竖立　在…　[-]　道路…上,　指点　到…　[-] 城市…里去[-],
(所有的道路上都有路标,指点着去向城市的路,)

und ich wandre sonder Massen, ohne Ruh, und suche Ruh.
而　我　漫游　没有　节制,　没有　休息,　并　寻找　休息。
(而我却不停地漫游,没有休息,却寻找休息。)

Einen Weiser seh ich stehen unverrückt vor meinem Blick;
一个　路标　看见　我　竖立　不变地　在…　我的　视线…前;
(我总是看见一个路标竖立在我眼前;)

eine Strasse muss ich gehen, die noch keiner ging zurück.
一条　道路　必须　我　走,　[道路] 也不　没有人　走　返回。
(一条我必须走的路,一条从没有人曾回来过的路。)

# 21. Das Wirtshaus
## 21. 旅 店

Auf einen Totenacker hat mich mein Weg gebracht.
到…　一个　　坟地　曾　对我　我的　道路　带领。
(我的道路把我带到一个坟地。)

Allhier will ich einkehren, hab ich bei mir gedacht.
此处　将　我　投宿,　　曾　我　[在我心里]　想。
(我曾想我将在这里投宿。)

Ihr grünen Totenkränze könnt wohl die Zeichen sein,
你们绿色的　　花圈　　能够　完全　[-]　迹象　是,
(你们这些绿色的花圈就完全能说明,)

die müde Wanderer laden ins kühle Wirtshaus ein.
[它] 疲乏的　流浪者　邀请　进入 冷的　旅店　[去]。
(它邀请疲乏的流浪者到冰冷的旅店里去。)

Sind denn in diesem Hause die Kammern all besetzt?
是　那么　在… 这所　房子…里　[-]　小房间　全部 被占据?
(这房子里的小房间都客满了吗?)

Bin matt zum Niedersinken, bin tödlich schwer verletzt.
我是疲倦的 到…倒下…的地步, 是 致命的 沉重的 受伤害。
(我已疲惫到了极点，我受到致命而沉重的伤害。)

O unbarmherzge Schenke, doch weisest du mich ab?
噢 无情的 旅店主人, 仍然 指点 你 对我 离开?
(噢，无情的店主，你还要拒我于门外?)

Nun weiter denn, nur weiter, mein treuer Wanderstab!
现在 继续下去 那么, 只有继续下去, 我的 忠诚的 旅杖!
(那么，现在继续走下去，只有继续走下去，我忠诚的旅杖!)

## 22. Mut
## 22. 勇气

Fliegt der Schnee mir in's Gesicht, schüttl' ich ihn herunter;
飘扬 [-] 雪 对我 进入[-] 脸, 抖动 我 把它 往下;
(雪花飘在我的脸上，我把它抖掉;)

wenn mein Herz im Busen spricht, sing' ich hell und munter.
当 我的 心 在…胸…中 说话, 歌唱 我 嘹亮地 和 快乐地。
(当我的心在胸中说话时，我响亮而愉快地歌唱。)

Höre nicht, was es mir sagt, habe keine Ohren;
听见 不, 什么 它 对我 说, 有 没有 耳朵;
(我听不见它对我说什么，我没有耳朵;)

fühle nicht, was es mir klagt, Klagen ist für Toren.
感觉 不, 什么 它 对我 抱怨, 抱怨 是 为 傻瓜。
(我感觉不到它对我的抱怨，傻瓜才抱怨。)

Lustig in die Welt hinein gegen Wind und Wetter;
快乐地 进入 [-] 世界 [-] 逆向 风 和 雷雨;
(我迎着狂风暴雨快乐地走向世界;)

will kein Gott auf Erden sein, sind wir selber Götter!
愿 没有 上帝 在…大地…上存在, 是 我们 自己 上帝!
(如果没有上帝愿意降到人世，我们自己就是上帝!)

# 23. Die Nebensonnen
## 23. 虚幻的太阳

Drei Sonnen sah ich am Himmel stehn, hab lang' und fest sie angesehn,
三个 太阳 看见 我 在… 天…上 站立, 曾 长久地 和 固定地对它们 看,
(我看见天上有三个太阳,我曾长久而注目看着它们,)

und sie auch standen da so stier, als wollten sie nicht weg von mir.
并 它们 也 站立 在那里如此凝视着,好像 愿 它们 不 离开 从 我。
(它们也停在那里凝视着,好像它们也不愿离开我。)

Ach, meine Sonnen seid ihr nicht! schaut andern doch ins Angesicht!
啊, 我的 太阳 是 你们 不! 看 另外的 还是 在… 脸…上!
(啊,我的太阳不是你们!还是去看别人的脸吧!)

Ja, neulich hatt ich auch wohl drei; nun sind hinab die besten zwei.
的确,不久前 曾有 我 也 虽然 三个; 现在 是 向下 [-] 最好的 两个。
(是的,不久前我虽然还有三个;而现在最好的两个已经沉没。)

Ging nur die dritt erst hinterdrein!
愿离开 只 [-] 第三个 就 在后边!
(第三个也将随后离去!)

Im Dunkeln wird mir wohler sein.
在…黑暗…中 将是 对我 更好 是。
(在黑暗中我将感觉更好。)


# 24. Der Leiermanr
## 24. 街头摇手摇风琴的人

Drüben hinterm Dorfe steht ein Leiermann,
那边 在…村庄…外面 站着 一个 摇手摇风琴的人,
(在村外站着一个摇手摇风琴的人,)

und mit starren Fingern dreht er, was er kann.
并 用 僵硬的 手指 转动 他, 什么 他 能。
(他用僵硬的手指尽力地摇手摇风琴。)

Barfuss auf dem Eise wankt er hin und her,
赤着脚 在… [-] 冰…上 趔趄着走他 走来走去,
(他赤着脚在雪地上趔趄地走来走去,)

und    sein    kleiner    Teller    bleibt    ihm    immer    leer.
而     他的      小的        碟子      仍然是   [对他]    总是      空的。
(但他的小碟子却总是空的。)

Keiner    mag    ihn    hören,    keiner    sieht    ihn    an,
没有人     愿意   对他     听，       没有人      看      对他    [-]，
(没有人愿意听他，也没有人看他，)

und    die    Hunde    knurren    um    den    alten    Mann.
而     [-]      狗      发出呼噜声   围着    [-]      老人。
(野狗围着老人吼叫。)

Und    er    lässt    es    gehen    alles,    wie    es    will,
而     他     让       它     进展      全部，     如     它    愿，
(而他却让一切都随它去，)

dreht,    und    seine    Leier    steht    ihm    nimmer    still.
转动，     和      他的     手风琴    保持     [为他]   从不      寂静的。
(他不停地摇手摇风琴，不让它静下来。)

Wunderlicher    Alter,    soll    ich    mit    dir    gehn?
脾气古怪的        老人，    将是    我     和…你…一起走？
(古怪的老人，我将和你一起走吗？)

Willst    zu    meinen    Liedern    deine    Leier    drehn?
你愿     为      我的         歌曲       你的     手摇风琴  转动？
(你愿为我的歌摇你的手摇风琴吗？)

Schumann　　　　　　　　Aufträge

舒曼　　　　　　　　　　信　息


Nicht so schnelle, wart' ein wenig, kleine Welle!
不　如此　快，　　等待　一会儿，　　小的　波涛!
(小波涛，不要那样快，等一会儿!)


Will dir einen Auftrag geben an die Liebste mein!
我愿 对你 一个　信息　给　向 [-] 心上人 我的!
(我想委托你给我的心上人带一个信息!)


Wirst du ihr vorüberschweben, grüsse sie mir fein!
将　你 向她　飘过，　　问候　她 从我 极好的!
(当你流过她那里时，衷心地替我问候她!)


Sag' ich wäre mitgekommen, auf dir selbst herab geschwommen:
说　我　愿　跟着来，　　在…你上面 我自己　向下　　漂流:
(告诉她我愿跟着来，躺在你的波涛上一起漂流过去:)


für den Gruss einen Kuss kühn mir zu erbitten;
为了 [-]　问候　一个　吻 大胆地让我 去　请求得到;
(为了这个问候，大胆地请求她给我一个吻;)


doch der Zeit Dringlichkeit hätt' es nicht gelitten.
然而 [-] 时间的 紧迫性　曾 它　不　容许。
(然而因为时间紧迫而不容许我这样做。)


Nicht so eilig! halt! erlaube, kleine leichtbeschwingte Taube!
不　如此匆忙! 停住! 允许，　小的　长着轻快翅膀的　鸽子!
(不要如此匆忙!停下!请允许，轻快的小鸽子!)


Habe dir was aufzutragen an die Liebste mein!
有　你 什么东西　送到　为 [-] 心上人 我的!
(你可有东西带给我的心上人!)


Sollst ihr tausend Grüsse sagen, hundert obendrein.
你应该对她 一千次　祝福　说，　一百次　　此外。
(你应该一千次地祝福她，外加一百次。)


Sag', ich wär' mit dir geflogen, über Berg' und Strom gezogen:
说，　我 感觉 和…你一起 飞去，穿越　山岭 和　河流　行进:
(告诉她我很想和你一起飞翔，穿越山岭和河流:)


233

für den Gruss einen Kuss kühn mir zu erbitten;
为了 [-] 问候 一个 吻 大胆地让我 去 请求得到;
(为了这个问候，大胆地请求她给我一个吻;)

doch der Zeit Dringlichkeit hätt' es nicht gelitten.
然而 [-] 时间的 紧迫性 曾 它 不 容许。
(然而因为时间紧迫而不容许我这样做。)

Warte nicht, dass ich dich treibe, o, du träge Mondenscheibe!
等待 不, [-] 我 把你 驱赶, 噢, 你 缓慢的 圆月!
(噢, 你这缓慢的圆月, 不要等我赶你!)

weisst's ja, was ich dir befohlen für die Liebste mein:
你知道它确实, 什么我 对你 托付 为 [-] 心上人 我的:
(你当然知道我为心上人托付你的事:)

durch das Fensterchen verstohlen grüsse sie mir fein!
穿过 [-] 小窗户 悄悄地 问候 她 为我 极好的!
(悄悄地穿过小窗户为我礼貌地问候她!)

Sag', ich wär' auf dich gestiegen, selber zu ihr hinzufliegen:
说, 我 感觉 在…你上面 攀登, 我自己 向 她 飞去:
(告诉她, 我很想登上你, 向她飞去:)

für den Gruss einen Kuss kühn mir zu erbitten,
为了 [-] 问候 一个 吻 大胆地让我 去 请求得到;
(为了这个问候大胆地请求她给我一个吻;)

du seist Schuld, Ungeduld hätt' mich nicht gelitten.
你 是 过失, 不耐烦 曾 使我 不 容许。
(是你的过错, 你的不耐烦使我未被容许这样做。)

Schumann
舒曼

# Dein Angesicht
# 你 的 容 貌

Dein Angesicht, so lieb und schön,
你的 容貌， 如此 可爱 和 美丽，
(你的容貌，如此可爱和美丽，)

das hab' ich jüngst im Traum geseh'n,
[它] 曾 我 最近 在…梦…中 看见，
(最近我曾在梦中见到它，)

es ist so mild und engelgleich,
它 是 如此 温柔 和 天使一样的，
(它是那样温柔，像天使一样，)

und doch so bleich, so schmerzenreich.
而 然而 如此 苍白， 如此 充满痛苦的。
(但却如此苍白，充满了痛苦。)

Und nur die Lippen, die sind rot;
而 只有 [-] 嘴唇， [它们] 是 红的；
(而只有嘴唇是红的;)

bald aber küsst sie bleich der Tod.
不久 可是 吻 它们 苍白 [-] 死亡。
(然而不久死神将把它们吻得苍白。)

Erlöschen wird das Himmelslicht,
熄灭 将是 [-] 天光，
(从你那善良的眼睛里射出的，)

das aus den frommen Augen bricht.
[天光] 从 [-] 善良的 眼睛 折射。
(天光将要熄灭。)

Schumann                        **Der Nussbaum**

舒曼                            # 核 桃 树

Es grünet ein Nussbaum vor dem Haus,
那里 发绿 一棵 核桃树 在… [-] 房…前,
(在房前有一棵青葱的核桃树，)

duftig, luftig breitet er blätt'rig die Äste aus.
芬芳的，轻盈的 展开 它 多叶的 [-] 树枝 [向外]。
(芬芳而轻盈地伸展着多叶的树枝。)

Viel liebliche Blüten stehen d'ran;
许多 可爱的 花蕾 站立 在上面;
(上面长满许多可爱的花蕾;)

linde Winde kommen, sie herzlich zu umfah'n.
柔和的 风 来到, 它们 热心地 去 相碰。
(微风吹来，它们相互萦绕。)

Es flüstern je zwei zu zwei gepaart,
[那里] 低语 每次 两个 对 两个 成双,
(那些细嫩的小花冠成双成对地在低语，)

neigend, beugend zierlich zum Kusse die Häuptchen zart.
倾斜, 弯曲 优美地 为 (一个)吻 [-] 小花冠 细嫩的。
(优美地互相依偎着在接吻。)

Sie flüstern von einem Mägdlein, das dächte die Nächte und Tage lang,
它们 低语 关于 一个 少女, [少女] 认为 [-] 夜晚 和 白日 长,
(它们低声议论着一个少女，她觉得黑夜和白日太长，)

wusste, ach! selber nicht, was.
知道, 啊! 她自己 不, 什么。
(她自己却不知道在想什么。)

Sie flüstern; wer mag versteh'n so gar leise Weis'?
它们 低语; 谁 能 理解 这样非常 轻柔的 曲调?
(它们低声谈论;谁能理解这种非常温柔的曲调?)

flüstern vom Bräut'gam und nächstem Jahr.
低语 关于 新郎 和 下一个 年。
(低声谈论着新郎和明年。)

Das Mägdlein horchet，  es  rauscht  im  Baum，
　[-]      少女      倾听，    [它]  沙沙响   在…树…中，
(少女倾听着树中的沙沙声，)

sehnend，   wähnend  sinkt  es  lächend  in  Schlaf  und  Traum.
　渴望着，     幻想着    下沉 [它] 微笑着   在…  睡眠   和   梦…中。
(她渴望着、幻想着，微笑着进入梦乡。)

Schumann        **Dichterliebe**

舒曼        **诗人之恋**

## 1. I m wunderschönen Monat Mai
### 1. 在灿烂鲜艳的五月里

Im wunderschönen Monat Mai, als alle Knospen sprangen,
在… 美妙的 月份 五月里, 当 所有的 蓓蕾 迸发,
(在灿烂鲜艳的五月里,当所有的花蕾开放时,)

da ist in meinem Herzen die Liebe aufgegangen.
那里 是 在… 我的 心…中 [-] 爱情 显露。
(爱情在我心中萌生。)

Im wunderschönen Monat Mai, als alle Vögel sangen,
在… 美妙的 月份 五月里, 当 所有的 鸟 歌唱,
(在灿烂鲜艳的五月里,当所有的鸟儿歌唱时,)

da hab' ich ihr gestanden mein Sehnen und Verlangen.
那里 有 我 对她 供认 我的 想念 和 渴望。
(我将对她倾吐我的爱慕和渴望。)

## 2. Aus meinen Tränen spriessen
### 2. 盛开的花朵从我的眼泪中迸发

Aus meinen Tränen spriessen viel blühende Blumen hervor,
从… 我的 眼泪…中 迸发 许多 盛开的 花朵 [出来],
(从我的眼泪中迸发出盛开的花朵,)

und meine Seufzer werden ein Nachtigallenchor.
和 我的 叹息 形成 一群 夜莺的合唱。
(我的叹息形成一群夜莺的合唱。)

Und wenn du mich lieb hast, Kindchen, schenk' ich dir die Blumen all',
而 当… 你 对我 爱…时 [-], 小姑娘, 赠送 我 给你 [-] 花朵 所有的,
(当你爱我时,小姑娘,我将所有的花朵送给你,)

und vor deinem Fenster soll klingen das Lied der Nachtigall.
并且 在… 你的 窗户…前 将 响起 [-] 歌唱 …的 夜莺。
(在你的窗前将响起夜莺的合唱。)

## 3. Die Rose，die Lilie
## 3. 玫瑰花、百合花

Die Rose， die Lilie， die Taube， die Sonne，
[-] 玫瑰花， [-] 百合花， [-] 鸽子， [-] 太阳，
(玫瑰花、百合花、鸽子、太阳，)

die liebt ich einst alle in Liebeswonne.
对它们曾爱 我 从前 全部的在…爱情的欢乐…中。
(从前我曾全身心地爱它们。)

Ich lieb' sie nicht mehr， ich liebe alleine
我 爱 它们 不 再， 我 爱 单独地
(我不再爱它们，我只爱

die Kleine， die Feine， die Reine， die Eine;
那个 小的， 那个纤细的， 那个 纯洁的， 那个唯一的;
(那小巧的、纤细的、纯洁的和唯一的;)

sie selber， aller Liebe Wonne，
她 自己， 全部的爱的 欢乐，
(她就是全部的爱的欢乐，)

ist Rose und Lilie und Taube und Sonne;
是 玫瑰花 和 百合花 和 鸽子 和 太阳;
(她就是玫瑰花、百合花、鸽子和太阳;)

ich liebe alleine die Kleine，
我 爱 单独的 那个 小的，
(我只爱那小巧的、

die Feine， die Reine， die Eine!
那个纤细的， 那个 纯洁的， 那个 唯一的!
(纤细的、纯洁的和唯一的!)


## 4. Wenn ich in deine Augen seh'
## 4. 每当我凝视你的眼睛

Wenn ich in deine Augen seh'， so schwindet all' mein Leid und Weh;
每当 我 向… 你的 眼睛…里 看， 这样 消失 全部 我的 忧伤 和 痛苦;
(当我凝视你的眼睛，我的忧伤和痛苦就全部消失;)

doch wenn ich küsse deinen Mund, so werd ich ganz und gar gesund.
而　　每当　我　　吻　　你的　嘴唇，　这样 变得 我 全部的　和 完全的 健康的。
(而每当我吻你时，我就变得那样的生气勃勃。)

Wenn ich mich lehn' an deine Brust, kommt's über mich wie Himmelslust;
每当 我 [自己]　靠 在… 你的 胸…上，　来 它 在…我…上面 好像 天堂的喜悦;
(每当我依在你怀里，我全身充满天堂似的喜悦;)

doch wenn du sprichst: ich liebe dich! so muss ich weinen bitterlich.
然而　每当　你　　说:　我 爱 你!　然后 必须　我　哭泣　痛苦地。
(而每当你说:我爱你时!我将忍不住地要痛哭!)

# 5. Ich will meine Seele tauchen
## 5. 我愿我的心灵陶醉

Ich will meine Seele tauchen in den Kelch der Lilie hinein;
我　愿 把…我的 心灵　…浸入　在…[-] 酒杯…里 …的 百合花[进去];
(我愿我的心灵陶醉在百合花的酒杯中;)

die Lilie soll klingend hauchen ein Lied von der Liebsten mein.
[-] 百合花 将　发响地　散发 一首 歌曲 从　[-]　心上人 我的。
(百合花将奏出来自心上人那里的歌曲。)

Das Lied soll schauern und beben, wie der Kuss von ihrem Mund,
[这] 歌曲 将　使激动　和 颤抖，　好像 [-] 吻 从　她的 嘴唇，
(这歌曲将使人激动和颤抖，就像她的吻，)

den sie mir einst gegeben in wunderbar süsser Stund'!
[吻] 她 给我 从前 曾给 在… 美妙的　甜蜜的 时刻!
(在那美妙而甜蜜的时刻她曾给过我的吻!)

# 6. Im Rhein
## 6. 在莱茵河中

Im Rhein, im heiligen Strome, da spiegelt sich in den Well'n,
在…莱茵河，在… 神圣的 河…中，　那里　反射 [它自己]在… [-] 波浪…中，
(在莱茵河，神圣的河中，在它的波涛中反射出

mit seinem grossen Dome, das grosse, heilige Cöln.
以　它的　巨大的 教堂，　[-] 伟大的，　神圣的 科隆城。
(伟大而神圣的科隆城的巨大教堂。)

Im Dom, da steht ein Bildnis, auf goldenem Leder gemalt;
在…教堂…里，那里 站着 一幅 画像， 在… 金黄的 皮革…上 画;
(在教堂里有一幅画在金色皮革上的肖像;)

in meines Lebens Wildnis hat's freundlich hinein gestrahlt.
在… 我的 生活的 荒野…里 曾 它 友好地 [进入] 发光。
(它曾友好地照亮我生活的荒野。)

Es schweben Blumen und Eng'lein um unsre liebe Frau;
那里 悠荡 鲜花 和 小天使 围绕 我们的 亲爱的 圣母;
(鲜花和小天使在亲爱的圣母玛利亚周围悠荡;)

die Augen, die Lippen, die Lippen, die Wänglein,
[-] 眼睛， [-] 嘴唇， [-] 嘴唇， [-] 小面颊，
(那眼睛、嘴唇、小脸，)

die gleichen der Liebsten genau.
[-] 与… [-] 心上人 正好…相似。
(和我心上人的完全一样。)

# 7. Ich grolle nicht
## 7. 我不怨你

Ich grolle nicht, und wenn das Herz auch bricht,
我 怨恨 不， 和 即使 [-] 心 也 破碎，
(我不怨你，即使我的心都碎了，)

ewig verlor'nes Lieb, ich grolle nicht.
永远的 失去的 爱， 我 怨恨 不。
(永远失去的爱，我不怨你。)

Wie du auch strahlst in Diamantenpracht,
如同 你 [也] 发光 以 钻石似的漂亮，
(有如你的美貌像钻石似地发光，)

es fällt kein Strahl in deines Herzens Nacht,
[它] 投下 没有 光亮 在…你的 心的 黑暗…中，
(却没有在你心灵深处发光，)

das weiss ich längst.
[这] 知道 我 早就。
(这我早就知道。)

Ich grolle nicht und wenn das Herz auch bricht.
我 怨恨 不, 和 即使 [-] 心 也 破碎,
(我不怨你，即使我的心都碎了，)

Ich sah dich ja im Traume,
我 看见 你 [的确]在… 梦…中,
(我在梦中看见你，)

und sah die Nacht in deines Herzens Raume,
并 看见 [-] 黑夜 在… 你的 心灵的 空间…里,
(并看见你心灵深处的黑夜，)

und sah die Schlang', die dir am Herzen frisst,
并 看见 [-] 蛇, [-] 对你 在… 心…上 咬,
(和毒蛇在吞食你的心灵，)

ich sah, mein Lieb, wie sehr du elend bist.
我 看见, 我的 爱, 多么 非常 你 可怜的 是。
(我看见，我的爱，你是多么可怜。)

Ich grolle nicht.
我 怨恨 不。
(我不怨你。)

# 8. Und wüssten's die Blumen
## 8. 如果花儿能知道

Und wüssten's die Blumen, die kleinen, wie tief verwundet mein Herz,
而 如知道 [它] [-] 鲜花, [-] 小巧的, 多么 深的 被伤害 我的 心,
(如果花儿能知道，我的心被伤害得有多深，)

sie würden mit mir weinen, zu heilen meinen Schmerz.
它们 将会 和…我…一起 哭泣, 为 治好 我的 痛苦。
(为抚慰我的痛苦，它们将会和我一起哭泣。)

Und wüssten's die Nachtigallen, wie ich so traurig und krank,
并 如知道 [它] [-] 夜莺, 多么 我 如此 伤心的 和 忧郁的,
(如果夜莺们能知道，我是如此伤心和忧郁，)

sie liessen fröhlich erschallen erquickenden Gesang.
它们 容许 欢乐地 响起 使恢复精神的 歌唱。
(它们会欢乐地唱起振奋人心的歌曲。)

Und wüssten sie mein Wehe, die goldenen Sternelein,
并 如知道 它们 我的 忧伤， [-] 金色的 小星星，
(如果金光闪闪的小星星知道我的忧伤，)

sie kämen aus ihrer Höhe, und sprächen Trost mir ein.
它们 会来 从 它们的 高处， 并 会说 安慰 对我 [-]。
(它们会从天上下来安慰我。)

Sie alle können's nicht wissen, nur Eine kennt meinen Schmerz;
它们 全部 能 [它] 不 知道， 仅仅一个人 知道 我的 痛苦；
(它们全都不能知道，只有一个人知道我的痛苦;)

sie hat ja selbst zerrissen, zerrissen mir das Herz.
她 曾 确实[她自己] 撕碎， 撕碎 把我 [-] 心。
(是的，她已把我的心撕碎。)


# 9. Das ist ein Flöten und Geigen
## 9. 那里响起笛子和小提琴声

Das ist ein Flöten und Geigen, Trompeten schmettern darein;
那 是 一阵 笛声 和 小提琴声， 小号 高声吹奏 入内；
(那里响起笛子和小提琴声，嘹亮的小号也吹响;)

da tanzt wohl den Hochzeitreigen die Herzallerliebste mein.
那里跳舞 一定的 [-] 婚礼轮舞 [-] 最心爱的人 我的。
(那一定是我最心爱的人在跳婚礼轮舞。)

Das ist ein Klingen und Dröhnen, ein Pauken und ein Schalmei'n;
那 是 一阵 响亮声 和 隆隆声， 一阵 鼓声 和 一阵 芦笛声；
(在那阵响亮而喧闹的鼓声和芦笛声中;)

dazwischen schluchzen und stöhnen die lieblichen Engelein.
其中 抽噎 和 呻吟 [-] 可爱的 小天使们。
(伴随着小天使们的哭泣和呻吟。)


# 10. Hör' ich das Liedchen klingen
## 10. 我听见那小曲响起

Hör' ich das Liedchen klingen, das einst die Liebste sang,
听见 我 [-] 小曲 响起， [小曲] 从前 [-] 心上人 唱，
(我听见心上人过去曾唱过的那首小曲，)

so will mir die Brust zerspringen von wildem Schmerzensdrang.
因此 将 使我 [-] 胸 爆裂 从 剧烈的 痛苦的欲望。
(从而我的心由于剧烈的痛苦欲望而猛烈地跳动。)

Es treibt mich ein dunkles Sehnen hinauf zur Waldeshöh',
[它] 促使 我 一阵 神秘的 渴望 向上 去 森林高处,
(一种莫名的欲望驱使我奔向森林的山顶,)

dort löst sich auf in Tränen mein übergrosses Weh'.
在那里 融化[它自己] 成为 眼泪 我的 过大的 忧伤。
(在那里把我那巨大的忧伤化为眼泪。)

## 11. Ein Jüngling liebt ein Mädchen
### 11. 一个小伙子爱上一位姑娘

Ein Jüngling liebt ein Mädchen, die hat einen Andern erwählt;
一个 青年 爱上 一个 姑娘, [姑娘] 已 一个 另外的人 选择;
(一个小伙子爱上一个姑娘,她却看中了另一个青年;)

der And're liebt eine Andre und hat sich mit dieser vermählt.
[-] 另一个 爱上 一位 另外的人 并 已 [他自己] 与 这个 结婚。
(这另一个青年却爱另一个姑娘并已和她结婚。)

Das Mädchen nimmt aus Ärger den ersten besten Mann,
那 姑娘 接受 出于 愤怒 [-] 第一个 最好的 男人,
(那姑娘出于愤怒接受了在她行走的路上

der ihr in den Weg gelaufen; der Jüngling ist übel d'ran.
[他] 和她 在…[-] 道路…中 走路; [-] 小伙子 是 糟糕的 对此。
(遇到的第一个男人,小伙子处境很尴尬。)

Es ist eine alte Geschichte, doch bleibt sie immer neu;
它 是 一个 古老的 故事, 但是 保持 [它] 永远 新鲜;
(这是一个老故事,却永远新鲜;)

und wem sie just passieret, dem bricht das Herz entzwei.
而 有人 [它] 刚刚 发生, 对他 折断 [-] 心 破碎了的。
(而那个刚刚遇到这事的人,他的心被撕得粉碎。)

## 12.    Am leuchtenden Sommermorgen
## 12. 在晴朗的夏日早晨

Am   leuchtenden   Sommermorgen   geh   ich   im   Garten   herum.
在[-]     晴朗的          夏日早晨      走    我    在…花园…中    四周。
(在一个晴朗的夏日早晨，我漫步在花园里。)

Es   flüstern   und   sprechen   die   Blumen，   ich   aber   wandle   stumm.
[它]  低语    和    说话     [-]    鲜花，    我    只    漫步    沉默地。
(花儿窃窃私语，我只是默默地走着。)

Es   flüstern   und   sprechen   die   Blumen，   und   schau'n   mitleidig   mich   an:
[它]  低语    和    说话     [-]    鲜花，    并    瞧着    同情地    对我   向:
(花儿窃窃私语，并同情地看着我:)

Sei   unsrer   Schwester   nicht   böse，   du   trauriger，   blasser   Mann.
是    对我们    姊妹     不    恼怒，    你    不幸的，     苍白的     人。
(不要对我们姊妹们生气，你这不幸的苍白的人。)


## 13. I ch hab' im Traum geweinet
## 13. 我曾在梦中哭泣

Ich   hab'   im   Traum   geweinet，   mir   träumte，   du   lägest   im   Grab.
我    曾    在…梦…中    哭泣，    我    梦见，    你    曾躺   在…坟墓…中。
(我曾在梦中哭泣，我梦见你躺在坟墓里。)

Ich   wachte   auf，   und   die   Träne   floss   noch   von   der   Wange   herab.
我    醒    来，    而    [-]    眼泪    流淌    仍然    从    [-]    面颊    [往下]。
(我醒来后，脸上仍淌着泪水。)

Ich   hab'   im   Traum   geweinet，   mir   träumt'，   du   verliessest   mich.
我    曾    在…梦…中    哭泣，    我    梦见，    你    抛弃了    我。
(我曾在梦中哭泣，我梦见你抛弃了我。)

Ich   wachte   auf，   und   ich   weinte   noch   lange   bitterlich.
我    醒    来，    而    我    哭    仍然    很久    剧烈地。
(我醒来后，仍然长时间地痛哭。)

Ich   hab'   im   Traum   geweinet，   mir   träumte，   du   wärst   mir   noch   gut.
我    曾    在…梦…中    哭泣，    我    梦见，    你    曾是   对我    仍然    好。
(我曾在梦中哭泣，我梦见你仍然爱我。)

Ich wachte auf, und noch immer strömt meine Tränenflut.
我 醒 来, 并 仍然 总是 涌流 我的 泪泉。
(我醒来后，眼泪仍然涌流不停。)


# 14. Allnächtlich im Traume
## 14. 每夜在梦中

Allnächtlich im Traume seh' ich dich, und sehe dich freundlich grüssen,
每夜一次的 在…梦…中 看见 我 对你, 并 看见 你 友好地 招呼,
(我每夜在梦中看见你，看见你亲切地招呼我，)

und laut aufweinend stürz' ich mich zu deinen süssen Füssen.
和 大声地 哭着 奔向 我 [我自己]向 你的 可爱的 脚。
(我大声地哭着奔向你可爱的脚下。)

Du siehest mich an wehmütiglich und schüttelst das blonde Köpfchen;
你 看着 我 [-] 忧郁地 并 摇晃着 [-] 金黄的 小脑袋;
(你忧郁地看着我并摇动着你那金黄色的小脑袋;)

aus deinen Augen schleichen sich die Perlentränentröpfchen.
从 你的 眼睛 偷偷溜走 [它自己] [-] 珍珠似的 泪滴。
(你的眼睛偷偷流下泪珠。)

Du sagst mir heimlich ein leises Wort,
你 说 对我 秘密地 一个 轻柔的 字,
(你轻柔地对我说着悄悄话，)

und gibst mir den Strauss von Cypressen.
并 给 我 [-] 束 …的 柏树枝。
(并送给我一束柏树枝。)

Ich wache auf, und der Strauss ist fort, und's Wort hab' ich vergessen.
我 醒 来, 而 [-] 花束 是 不见了, 并 [-] 字 已 我 忘记。
(我醒来时，花束不见了，那话语我也忘记了。)


# 15. Aus alten Märchen winkt es
## 15. 古老传说在召唤

Aus alten Märchen winkt es hervor mit weisser Hand,
从 古老的 童话 召唤 它 出来 以 白色的 手,
(古老的传说伸出洁白的手在召唤，)

da singt es und da klingt es von einem Zauberland;
那里 唱 它 和 那里叮当作响它 关于 一个 仙境;
(它叮叮铛铛地唱着一个仙境;)

wo bunte Blumen blühen im gold'nen Abendlicht,
在那里多彩的 花朵 开放 在… 金色的 晚霞…中,
(在那里,在金色的晚霞中,多彩的花儿开放,)

und lieblich duftend glühen, mit bräutlichem Gesicht;
和 可爱的 芳香的 发红, 以 新娘的 脸;
(像新娘绯红的脸发出迷人的芳香;)

und grüne Bäume singen uralte Melodei'n,
和 绿色的 树 歌唱 很老的 曲调,
(绿树唱着很古老的曲调,)

die Lüfte heimlich klingen, und Vögel schmettern drein;
[-] 微风 神秘地 发响, 和 鸟儿 欢呼 介入;
(微风神秘地沙沙作响,鸟儿也参加欢唱;)

und Nebelbilder steigen wohl aus der Erd' hervor,
和 朦胧的幻象 升起 直接 从 [-] 大地 出来,
(大地升起朦胧的幻影,)

und tanzen luft'gen Reigen im wunderlichen Chor;
和 跳舞 快活的 轮舞 在… 奇异的 合唱…中;
(在奇妙的合唱中跳起活泼的轮舞;)

und blaue Funken brennen an jedem Blatt und Reis,
和 蓝色的 火花 燃烧 在… 每一个 树叶 和嫩枝…中,
(每个树叶和嫩枝都闪烁着蓝色的火花,)

und rote Lichter rennen im irren, wirren Kreis;
和 红色的 光 奔跑 在…错综的, 杂乱的 圆圈…中;
(红色的光在无目的地团团转;)

und laute Quellen brechen aus wildem Marmorstein,
和 喧闹的 泉水 喷出 从 怪诞的 大理石像,
(从怪诞的大理石像中喧闹地喷出泉水,)

und seltsam in den Bächen strahlt fort der Widerschein.
和 离奇地 在… [-] 小溪…中 闪烁 继续地 [-] 反光。
(小溪中的反光在不断离奇地闪烁。)

Ach! könnt' ich dorthin kommen und dort mein Herz erfreu'n,
啊! 能够 我 到那儿去 来 和 那里 我的 心 使高兴,
(啊!但愿我能到那儿去,那里会使我心欢畅,)

und aller Qual entnommen, und frei und selig sein!
和 一切 痛苦 解脱, 并 自由 和 极度幸福 是!
(在那里能解脱一切痛苦,我将是自由和无限幸福的!)

Ach, jenes Land der Wonne, das seh' ich oft im Traum,
啊, 那个 地方 …的 幸福, 那里 看见 我 时常 在…梦…中,
(啊,那幸福的地方,我常在梦中见到的地方,)

doch kommt die Morgensonne, zerfliesst's wie eitel Schaum.
但是 来到 [-] 早晨的太阳, 融化 它 好像 空虚的 泡影。
(但是早晨的太阳升起,它像泡影一样消失得无影无踪。)

## 16. Die alten，bösen Lieder
### 16. 往昔痛苦的歌曲

Die alten, bösen Lieder, die Träume bös' und arg,
[-] 往昔的 不祥的 歌曲, [-] 梦 邪恶的 和 坏的,
(往昔痛苦的歌曲,邪恶的坏梦,)

die lasst uns jetzt begraben, holt einen grossen Sarg.
那些 让 我们 现在 埋葬, 拿来 一个 大的 棺材。
(现在让我们抬一个大棺材把它们埋葬。)

Hinein leg' ich gar Manches, doch sag' ich noch nicht was;
在里面 放 我 相当 一些东西, 但 说 我 仍 不 什么;
(我要把很多东西放进去,但我不说是些什么;)

der Sarg muss sein noch grösser wie's Heidelberger Fass.
[-] 棺材 必须 是 更 大些 比 [-] 海得尔堡的 啤酒桶。
(这棺材要比海得尔堡的啤酒桶还大。)

Und holt eine Totenbahre von Brettern fest und dick;
并 拿来 一个 棺材 以 木板 结实的 和 厚的;
(还要抬一个又结实又厚的木制棺材;)

auch muss sie sein noch länger, als wie zu Mainz die Brück'.
也 必须 它 是 更 长, 比 [-] 在 美茵河的 [-] 桥。
(它还必须更长,比美茵河桥还要长。)

Und holt mir auch zwölf Riesen, die müssen noch stärker sein,
并 携来 给我 也 十二个 巨人, 他们 必须 更 强壮的 是,
(再给我找来十二个巨人，他们必须很强壮，)

als wie der starke Christoph im Dom zu Cöln am Rhein.
比 [-] 那 强壮的 克里斯托夫 在…教堂…里在 科隆市 在…莱茵河…旁。
(要比莱茵河旁科隆大教堂里强壮的克里斯托夫还强壮。)

Die sollen den Sarg forttragen, und senken in's Meer hinab;
他们 将 [-] 棺材 抬走, 并 沉 入它 海 往下;
(他们将把棺材抬走并把它沉入海底;)

denn solchem grossen Sarge gebührt ein grosses Grab.
因为 如此一个 大的 棺材 应给予 一个 大的 坟墓。
(因为这样大的棺材应该有一个大坟墓。)

Wisst ihr, warum der Sarg wohl so gross und schwer mag sein?
知道 你们, 为何 [-] 棺材 一定如此 大 和 重 必须 是?
(你们可知道，为什么这棺材必须如此大而重吗?)

Ich senkt' auch meine Liebe und meinen Schmerz hinein.
我 沉入 也 我的 爱 和 我的 忧伤 进去。
(因为我还要把我的爱和忧伤一起沉入海底。)

# Schumann
# 舒曼

# Die beiden Grenadiere
# 两个掷弹兵

Nach Frankreich zogen zwei Grenadier', die waren in Russland gefangen.
向　法兰西　　行走　zwei　掷弹兵，　他们　曾　在　俄罗斯　被俘。
(两个掷弹兵向法兰西行进，他们曾在俄罗斯被俘。)

Und als sie kamen in's deutsche Quartier, sie liessen die Köpfe hangen.
而　当　他们　来到　入[-]　德国的　宿营地，他们　让　[-]　头　垂下。
(当他们走到德国的宿营地时，他们垂下了脑袋。)

Da hörten sie beide die traurige Mär', dass Frankreich verloren gegangen,
在那里 听见 他们 两人　[-]不幸的　消息，[关于] 法兰西　失去的　面向，
(在那里，他们听到了不幸的消息，法兰西已面临失败，)

besiegt und geschlagen das tapfere Heer, und der Kaiser gefangen.
战败　和　被击溃　[-]　勇敢的　军队，　而且　[-]　皇帝　被俘。
(勇敢的军队战败并被击溃，皇帝也已被俘。)

Da weinten zusammen die Grenadier' wohl ob der kläglichen Kunde.
那里　哭泣　一起　[-]　掷弹兵　关于　[-]　可悲的　消息。
(对这可悲的消息，两个掷弹兵在一起哭泣。)

Der Eine sprach: "Wie weh' wird mir, wie brennt meine alte Wunde!"
[-]　一个　说："多么　痛苦　变得　我，　多么　刺痛　我的　旧的　伤口!"
(一个说:"我多么难受，我的旧伤口刺痛得厉害!")

Der Andre sprach: "Das Lied ist aus, auch ich möcht' mit dir sterben,
[-]　另一个　说："[-]　曲调　是　完毕，　也　我　愿　与　你　去死，
(另一个说:"一切都完了，我也愿和你一起去死，)

doch hab' ich Weib und Kind zu Haus, die ohne mich verderben."
但　有　我　妻子　和　孩子　在…家…中，[他们]没有　我　将毁灭。
(但在家里我有妻子和孩子，没有我他们就将毁灭。")

"Was schert mich Weib, was schert mich Kind,
"什么 给…我…带来忧虑妻子，　什么给…我…带来忧虑孩子，
("妻子、儿女对我算得了什么，)

ich trage weit besser Verlangen;
我　有　远远地 更好的　　渴望;
(我有更远大的愿望;)

lass sie betteln gehn, wenn sie hungrig sind —
让 他们 乞讨 去， 当 他们 饥饿 是 —
(他们饥饿时，让他们去乞讨吧 —

mein Kaiser, mein Kaiser gefangen!
我的 皇帝， 我的 皇帝 被俘！
(我的皇帝被俘了!)

Gewähr' mir, Bruder, eine Bitt': Wenn ich jetzt sterben werde,
满足 我， 兄弟， 一个 请求: 当 我 现在 死去 将,
(兄弟，请满足我一个要求:我现在将要死去，)

so nimm meine Leiche nach Frankreich mit,
那么 拿 我的 尸体 去 法兰西 与(你),
(请把我的尸体和你一起带回法兰西，)

begrab' mich in Frankreich's Erde.
埋葬 把我 入… 法兰西的 土地…下。
(把我埋在法兰西的土地上。)

Das Ehrenkreuz am roten Band sollst du auf's Herz mir legen;
[-] 十字勋章 在… 红色的带子…上 将 你 在…[-]心…上 给我 放;
(把系着红缎带的十字勋章放在我的胸口上;)

die Flinte gib mir in die Hand, und gürt' mir um den Degen.
[-] 枪 给 我 在…[-] 手…中, 并 佩带 给我 在左右[-] 剑。
(把枪放在我手中，并把剑佩带在身旁。)

So will ich liegen und horchen still, wie eine Schildwach' im Grabe,
这样 将 我 躺 和 倾听 安静地, 像 一个 岗哨 在…坟墓…里,
(这样，我将像一个坟墓里的岗哨，安静地躺着和听着,,)

bis einst ich höre Kanonengebrill und wiehernder Rosse Getrabe.
直到 一天 我 听见 炮声 和 嘶鸣 马群 疾驰。
(直到我听见炮声隆隆和战马嘶鸣的那一天。)

Dann reitet mein Kaiser wohl über mein Grab,
然后 骑 我的 皇帝 妥善地 在… 我的 坟墓…上,
(然后我的皇帝在刀光剑影中，)

viel Schwerter klirren und blitzen,
很多 剑 叮当作响 和 闪闪发光,
(安然地从我坟墓上骑过去，)

dann steig' ich gewaffnet hervor aus dem Grab —
然后 爬起 我 武装 出来 从 [-] 坟墓 —
(然后我将全副武装地爬出坟墓 —

den Kaiser, den Kaiser zu schützen!"
[-] 皇帝， [-] 皇帝 去 保卫!"
(去保卫皇帝!")

Schumann 舒曼

# Die Lotosblume
# 莲花

Die Lotosblume ängstigt sich vor der Sonne Pracht,
[-] 莲花 感到害怕 在… [-] 太阳的 光辉…前,
(莲花害怕太阳的光辉,)

und mit gesenktem Haupte erwartet sie träumend die Nacht.
并 以 下垂的 头 等待 她的 梦幻地 [-] 夜晚。
(她下垂着脑袋梦幻地等待夜晚的到来。)

Der Mond, der ist ihr Buhle, er weckt sie mit seinem Licht,
[-] 月亮, [他] 是 她的 恋人, 他 唤醒 她 以 他的 光芒,
(月亮,她的恋人,用他的光芒唤醒她,)

und ihm entschleiert sie freundlich ihr frommes Blumengesicht.
并 向他 揭开面纱 她 亲切地 她的 温顺的 花的面容。
(她亲切地向他绽开她那温顺的花瓣。)

Sie blüht und glüht und leuchtet, und starret stumm in die Höh';
她 开放 和 发红 和 闪光, 并 凝视 沉默地 向 [-] 高处;
(她开放并闪耀着红光,她沉默地凝视着天空;)

sie duftet und weinet und zittert vor Liebe und Liebesweh.
她 散发香气 和 哭泣 和 颤抖 由于 爱情 和 爱的痛苦。
(她因爱和爱的痛苦,哭着和颤抖着散发香气。)

Schumann

舒曼

# Du bist wie eine Blume
# 你好像一朵鲜花

Du bist wie eine Blume，
你 是 好像 一朵 鲜花，
(你好像一朵鲜花，)

so hold und schön und rein;
如此可爱 和 美丽 和 纯洁;
(如此可爱、美丽和纯洁;)

ich schau' dich an, und Wehmut
我 看 你 向, 而 忧伤
(我看着你，而忧伤

schleicht mir in's Herz hinein.
潜入 我进入[-] 心 [-]。
(悄悄地爬上我的心头。)

Mir ist, als ob ich die Hände
对我 是, 好像 我 [-] 双手
(好像我应该把双手

auf's Haupt dir legen sollt'，
在…[-] 头…上 你 放 应该,
(放在你的头上，)

betend， dass Gott dich erhalte
祈祷着， [祈祷] 上帝 为你 保持
(祈祷着，祈祷上帝使你保持

so rein und schön und hold.
如此纯洁 和 美丽 和 可爱。
(如此纯洁、美丽和可爱。)

Schumann
舒曼

# Frauenliebe und -leben
## 妇女的爱情与生活

## 1. Seit ich ihn gesehen
### 1. 自从我看见了他

Seit ich ihn gesehen, glaub' ich blind zu sein;
自从 我 对他 曾看见, 认为 我 瞎的 成为;
(自从看见了他，我想我成为瞎子了;)

wo ich hin nur blicke, seh' ich ihn allein;
哪里 我 向那里 无论 看, 看见 我 他 仅仅;
(无论我向哪里看，我看见的只有他;)

wie im wachen Traume schwebt sein Bild mir vor,
好像 在… 醒着的 梦…中 飘荡 他的 身影 在我前面,
(好像在白日梦中，他的身影在我面前飘荡，)

taucht aus tiefstem Dunkel heller, heller nur empor.
浮现 从… 最深的 黑暗…中 更明亮, 更明亮 一个劲儿地往上。
(从最深沉的黑暗中越来越明亮地浮现出来。)

Sonst ist licht- und farblos alles um mich her,
此外 是 浅色的 和 无色的 一切 围绕 我 [-],
(此外，围绕我的一切都是淡无光彩，)

nach der Schwestern Spiele nicht begehr' ich mehr,
对于 [-] 姐妹们的 嬉戏 不 追求 我 更多,
(我不再想与姐妹们玩耍，)

möchte lieber weinen, still im Kämmerlein;
想要 宁愿 哭泣, 安静地 在…小房间…里;
(宁愿安静地在小房间里哭泣;)

seit ich ihn gesehen, glaub' ich blind zu sein.
自从 我 对他 曾看见, 认为 我 瞎的 成为.
(自从看见了他，我想我成为瞎子了。)

## 2. Er，der Herrlichste von allen
### 2. 他，最高贵的人

Er，  der  Herrlichste  von  allen，  wie  so  milde，  wie  so  gut!
他，  [-]  最高贵的  从…  所有的，  多么如此  温柔的，  多么如此善良的!
(他，所有人中最高贵的，多么温柔，多么善良!)

Holde  Lippen，  klares  Auge，  heller  Sinn  und  fester  Mut.
可爱的  嘴唇，  明亮的  眼睛，  敏锐的  头脑  和  坚定的  胆量。
(可爱的嘴唇、明亮的眼睛、敏锐的头脑和坚定的胆量。)

So  wie  dort  in  blauer  Tiefe，  hell  und  herrlich，  jener  Stern，
好像  在那里  在…蓝色的  深处，  明亮的  和  壮丽的，  那  星星，
(就像星星在蓝色的深处那样明亮和壮丽，)

also  er  an  meinem  Himmel，  hell  und  herrlich，  hehr  und  fern.
如此是他  在…  我的  天国…中，  明亮的  和  壮丽的，  庄严的  和  遥远的。
(他在我的生命中也是这样明亮、壮丽、庄严和遥远。)

Wandle，  wandle  deine  Bahnen，  nur  betrachten  deinen  Schein，
漫游，  漫游  你的  道路，  (让我)只  注视  你的  光亮，
(走你的路，只是让我注视你的光亮，)

nur  in  Demut  ihn  betrachten，  selig  nur，  und  traurig  sein!
只是在…恭顺…中对他  注视，  极度幸福的尽管，  而  不幸的  是!
(只是恭顺地注视着他，尽管我非常幸福，却又不幸!)

Höre  nicht  mein  stilles  Beten，  deinen  Glücke  nur  geweiht;
听  不  我的  无声的  祈祷，  为你的  幸福  只  奉献;
(不要听我那默默的祈祷，它只是为了你的幸福;)

darfst  mich，  nied're  Magd，  nicht  kennen，  hoher  Stern  der  Herrlichkeit.
你应  对我，  低微的  姑娘，  不  知道，  高的  星辰  [-]  崇高。
(你不应知道我这低微的姑娘，高高在上的星星。)

Nur  die  Würdigste  von  allen  darf  beglücken  deine  Wahl，
只  [-]  最配得上的  从  所有的  能  使如愿以偿  你的  选择，
(所有人中，只有最可敬的人才能使你的选择如愿以偿，)

und  ich  will  die  Hohe  segnen  viele  tausendmal.
而  我  将  [-]最高贵的人  祝福  很多  一千次。
(而我将为那最高贵的人祝福数千次。)

Will mich freuen dann und weinen, selig, selig bin ich dann,
将 我感到高兴 那时 并 哭泣， 极度幸福，极度幸福是 我 那时，
(那时我将感到高兴并哭泣，那时我将是非常幸福的，)

sollte mir das Herz auch brechen, brich, o Herz, was liegt daran?
如果 对我 [-] 心 甚至 破碎， 破碎， 噢 心， 什么 所在 对此?
(即使我的心都碎了，那又有什么关系?)

## 3. Ich kann's nicht fassen
### 3. 我对此不能理解

Ich kann's nicht fassen, nicht glauben, es hat ein Traum mich berückt;
我 能够[对此] 不 理解， 不 相信， 那 曾 一个 梦 使我 迷惑;
(我对此不能理解，不能相信，那是一个使我迷惑的梦;)

wie hätt' er doch unter allen mich Arme erhöht und beglückt?
如何 可能 他 [却] 在…所有人…中 把我 可怜的人 提拔 并 使幸福?
(他怎么竟然在所有的姑娘中看中了我这个可怜的人并使我幸福?)

Mir war's, er habe gesprochen: "Ich bin auf ewig dein, "
对我 是[它] 他 曾 说: "我 是 [到] 永远 你的, "
(他曾这样对我说:"我永远属于你, ")

mir war's ich träume noch immer, es kann ja nimmer so sein.
对我 是[它] 我 做梦 仍然 [不断], 那 能 [甚至] 决不 如此 是。
(我好像仍然在做梦，它不可能是这样的。)

O lass im Traume mich sterben, gewieget an seiner Brust,
噢 让 在… 梦…中 让我 死去， 轻摇 在… 他的 胸…前，
(噢，让我依偎在他胸前，在梦中死去，)

den seligen Tod mich schlürfen in Tränen unendlicher Lust.
[那] 极乐的 死亡 让我 吸啜 在…眼泪…中 无尽的 喜悦。
(在无穷喜悦的眼泪中，让我吸啜那极乐的死亡。)

## 4. Du Ring an meinem Finger
### 4. 你，我手上的戒指

Du Ring an meinem Finger, mein goldenes Ringelein,
你 戒指 在… 我的 手指…上， 我的 金的 小戒指,
(你，我手上的戒指，我的小金戒指，)

ich drücke dich fromm an die Lippen, an das Herze mein.
我 按压 把你 虔诚地 在… [-] 嘴唇…上, 在… [-] 心…上 我的。
(我虔诚地把你按在嘴唇上，按在我的胸前。)

Ich hatt' ihn ausgeträumet, der Kindheit friedlich schönen Traum,
我 曾 [它] 从梦中醒来, [-] 童年 宁静的 美丽的 梦,
(我童年时那宁静而美丽的梦已经结束，)

ich fand allein mich, verloren im öden, unendlichen Raum.
我 发现 单独地 我自己, 迷失 在…荒凉的, 无尽的 空间…中。
(我发现自己独自迷失在荒凉而无尽的空间。)

Du Ring an meinem Finger, da hast du mich erst belehrt,
你 戒指 在… 我的 手指…上,那里 曾 你 对我 第一次 教,
(你，我手上的戒指，通过它你首次教我，)

hast meinem Blick erschlossen des Lebens unendlichen, tiefen Wert.
曾 我的 眼光 开放 [-] 生活的 无止境的, 深刻的 价值。
(使我看到了生活的无限而深刻的价值。)

Ich will ihm dienen, ihm leben, ihm angehören ganz,
我 愿 为他 侍候, 为他 生活, 对他 属于 完全地,
(我愿侍候他，为他而生，完全地属于他，)

hin selber mich geben und finden verklärt mich in seinem Glanz.
[向那里]自己 把我 给 并 感到 充满幸福我自己 在… 他的 光辉…中。
(把自己交给他并在他的光辉中感到自己充满幸福。)

# 5. Helft mir, ihr Schwestern
## 5. 姐妹们，来帮我

Helft mir, ihr Schwestern, freundlich mich schmücken,
帮助 我, 你们 姐妹们, 友好地 把我 装饰,
(姐妹们，来帮我，请来帮我梳妆打扮，)

dient der Glücklichen heute, mir!
效劳 [-] 幸福的人 今天, 对我!
(今天来为我这幸运儿帮忙!)

Windet geschäftig mir um die Stirne noch der blühenden Myrthe Zier.
缠绕 迅速地 对我 环绕 [-] 前额 [还要] [-] 盛开的 桃金娘 装饰品。
(快在我的前额缠上盛开着桃金娘的头饰。)

Als ich befriedigt, freudigen Herzens, sonst dem Geliebten im Arme lag,
当…我 满足地, 愉快的 心, [另外] [-] 心上人 在…胳臂…中躺…时,
(当我怀着满足而愉快的心情, 又依偎在心上人的怀中时,)

immer noch rief er, Sehnsucht im Herzen, ungeduldig den heutigen Tag.
总是 [仍然] 叫喊 他, 渴望 在… 心…中, 不耐烦的 为 今天的 日子。
(他总是叫喊着心中的渴望, 不耐烦地等待今日这一天。)

Helft mir, ihr Schwestern, helft mir verscheuchen eine törichte Bangigkeit;
帮助 我, 你们 姐妹们, 帮助 我 驱赶 [一个] 愚蠢的 不安;
(姐妹们, 来帮我, 帮我驱散这愚蠢的不安;)

dass ich mit klarem Aug' ihn empfange, ihn, die Quelle der Freudigkeit.
[从而] 我 以 明晰的 眼光 把他 迎接, 他, [-] 泉 …的 快乐。
(以便我能用明晰的目光去迎接他, 他, 欢乐的源泉。)

Bist, mein Geliebter, du mir erschienen, gibst du mir, Sonne, deinen Schein?
是你, 我的 心上人, 你对我 出现, 给 你对我, 太阳, 你的 光辉?
(我的心上人, 你能出现在我面前并把你那太阳的光辉给予我吗?)

Lass mich in Andacht, lass mich in Demut,
让 我 在…虔诚…中, 让 我 在…恭顺…中,
(让我虔诚地、恭顺地)

lass mich verneigen dem Herren mein.
让 我 鞠躬 [-] 主人 我的。
(拜倒在我的主人面前。)

Streuet ihm, Schwestern, streuet' ihm Blumen,
撒 为他, 姐妹们, 撒 为他 鲜花,
(姐妹们, 为他撒上鲜花,)

bringet ihm knospende Rosen dar.
献 给他 长出花蕾的 玫瑰花 [-]。
(把玫瑰花蕾献给他。)

Aber euch, Schwestern, grüss' ich mit Wehmut,
但 你们, 姐妹们, 致意 我 以 忧伤,
(但是姐妹们, 我忧伤地向你们致意,)

freudig scheidend aus eurer Schaar.
快乐地 离开 从 你们的 群。
(快乐地离开你们。)

# 6. Süsser Freund
## 6. 亲爱的朋友

Süsser Freund, du blickest mich verwundert an,
亲爱的 朋友, 你 看 对我 惊奇地 [-],
(亲爱的朋友,你惊奇地看着我,)

kannst es nicht begreifen, wie ich weinen kann;
你能 [它] 不 理解, 多么 我 哭泣 [能];
(你不能理解,我多么想哭;)

lass der feuchten Perlen ungewohnte Zier
让 [-] 潮湿的 珍珠 异常的 给我增添光彩的东西
(让这给我增添异常光彩的泪珠

freudig hell erzittern in dem Auge mir.
愉快的 明亮的 颤动 在… [-]眼睛…里 我的。
(愉快而明亮地在我眼睛里闪烁。)

Wie so bang mein Busen, wie so wonnevoll!
多么 如此 不安 我的 胸, 多么 如此 充满狂喜!
(我的心多么不安,多么欣喜!)

wüsst' ich nur mit Worten, wie ich's sagen soll;
知道 我 只 以 语言, 多么 我[把它]说 但愿;
(但愿我能用语言把它说出来;)

komm und birg dein Antlitz hier an meiner Brust,
来 并 藏匿 你的 脸 这里 在… 我的 胸…前,
(来,把你的脸靠在我胸前,)

will in's Ohr dir flüstern alle meine Lust.
将 在…[-]耳朵…里对你轻声低语 一切 我的 欢乐。
(我将对着你的耳朵轻声道出我的全部欢乐。)

Weisst du nun die Tränen, die ich weinen kann,
知道 你 现在 [-] 眼泪, [为此] 我 哭泣 能,
(现在你知道为什么我哭,)

sollst du nicht sie sehen, du geliebter Mann!
应该 你 不 对它们 理解, 你 心爱的 丈夫!
(难道不应该让你知道吗,你,心爱的丈夫!)

Bleib an meinem Herzen, fühle dessen Schlag,
保持不变在… 我的 心…上, 感觉 它的 敲击声,
(保持不动地靠在我胸前,感觉它的搏动,)

dass ich fest und fester nur dich drücken mag, fest und fester!
从而 我 紧的 而 更紧的 只 把你 挤 可以， 紧的 而 更紧的!
(从而我能紧而又紧地拥抱你!)

Hier an meinem Bette hat die Wiege Raum，
这里 在… 我的 床…旁 有 [-] 摇篮 空间，
(在我的床边有放摇篮的地方，)

wo sie still verberge meinen holden Traum;
在那里它 静静地 藏匿 我的 可爱的 梦;
(把我可爱的梦幻静静地掩护在那里;)

kommen wird der Morgen， wo der Traum erwacht，
来到 将 [-] 早晨， 在那里 [-] 梦 醒来，
(清晨来临，梦幻将醒来，)

und daraus dein Bildnis mir entgegen lacht.
而 从中 你的 肖像 对我 迎着 笑。
(而你的肖像从中迎面向我微笑。)

# 7. An meinem Herzen
## 7. 在我的心上

An meinem Herzen， an meiner Brust， du meine Wonne， du meine Lust!
在… 我的 心…上， 在… 我的 胸…前， 你 我的 欢乐， 你 我的 喜悦!
(在我的心上，在我的胸前，你是我的欢乐，你是我的喜悦!)

Das Glück ist die Liebe， die Lieb' ist das Glück，
[-] 幸福 是 [-] 爱， [-] 爱 是 [-] 幸福，
(幸福就是爱，爱就是幸福，)

ich hab's gesagt und nehm's nicht zurück.
我 曾把它 说 和 拿它 不 回来。
(我曾说过，不会反悔。)

Hab' überschwenglich mich geschätzt， bin überglücklich aber jetzt.
曾 感情奔放地 我自己 估量， 是 极其幸福的 真是 现在。
(我曾认为我自己充满感情，而现在才真正感到极其幸福。)

Nur die da säugt， nur die da liebt das Kind, dem sie die Nahrung gibt,
只有[那人]在那里哺乳，只有 [那人]在那里爱 [-] 婴儿， 对他 她 [-] 食粮 给，
(只有哺乳过的人、养育他的人，才爱那婴儿，)

nur eine Mutter weiss allein, was lieben heisst und glücklich sein.
仅仅 一个 母亲 知道 单独的, 什么 去爱 意味 和 幸福 是。
(只有一个母亲才能知道爱意味着什么和什么是幸福。)

O wie bedaur' ich doch den Mann, der Mutterglück nicht fühlen kann!
噢 多么 怜悯 我 确实 [-] 男人, [-] 母亲的欢乐 不 感觉 能!
(噢，我觉得男人多么可怜，他们感觉不到母亲的欢乐!)

Du lieber, lieber Engel du, du schauest mich an und lächelst dazu!
你 亲爱的, 亲爱的 天使 你, 你 看 对我 [-] 并 微笑 同时!
(你这亲爱的天使，你看着我并对我微笑!)

An meinem Herzen, an meiner Brust, du meine Wonne, du meine Lust!
在… 我的 心…上, 在… 我的 胸…前, 你 我的 欢乐, 你 我的 喜悦!
(在我的心上，在我的胸前，你是我的欢乐，你是我的喜悦!)

## 8. Nun hast du mir den ersten Schmerz getan
### 8. 现在你第一次给我带来痛苦

Nun hast du mir den ersten Schmerz getan, der aber traf.
现在 曾 你 对我 [-] 第一次 痛苦 给予, 这次 确实 伤害。
(现在你第一次给我带来痛苦，真正使我伤心。)

Du schläfst, du harter, unbarmherz'ger Mann, den Todesschlaf.
你 睡觉, 你 冷酷的, 无情的 男人, [-] 死亡的睡眠。
(你睡了，你冷酷无情的男人，长眠了。)

Es blicket die Verlass'ne vor sich hin, die Welt ist leer, ist leer.
[它] 看 [-] 被遗弃的人 在…她自己…前[-], [-] 世界 是 空的, 是 空的。
(在未亡人看来，世界是空虚的，是空虚的。)

Geliebet hab' ich und gelebt, ich bin nicht lebend mehr.
爱过 曾 我 和 生活过, 我 是 不 活着 再。
(我曾爱过和生活过，我不再活着了。)

Ich zieh' mich in mein Inn'res still zurück, der Schleier fällt,
我 延伸 进入 我的 内部 安静地[返回], [-] 面纱 落下,
(我静静地进入自己的内心世界，帷幕落下，)

da hab' ich dich und mein verlornes Glück, du meine Welt!
在那里有 我 你 和 我的 失去的 幸福, 你 我的 世界!
(在那里我有你，和我失去的幸福，你我的世界!)

Schumann　　　　　Marienwürmchen

舒曼　　　　　　　瓢虫

Marienwürmchen, setze dich auf meine Hand, ich thu' dir nichts zu Leide.
　瓢虫，　　　　坐 你自己 在… 我的 手…上， 我 给予 你 没有东西 去 伤害。
(瓢虫，落在我手上，我不会伤害你。)

Es soll dir nichts zu Leid gescheh'n,
[它] 将 对你 没有东西去 伤害 发生，
(没有任何东西会伤害你，)

will nur deine bunten Flügel seh'n, bunte Flügel meine Freude.
愿 仅仅 你的 彩色的 翅膀 看， 彩色的 翅膀 我的 乐趣。
(我只想看你的彩色翅膀，我喜欢那彩色翅膀。)

Marienwürmchen, fliege weg, dein Häuschen brennt,
　瓢虫，　　　　飞 离开， 你的 小房子 着火，
(瓢虫，飞走吧，你的小房子着火了，)

die Kinder schrei'n so sehre, wie so sehre.
[-] 孩子们 叫喊 如此 剧烈地， 多么如此 剧烈。
(孩子们在大声叫喊，多么剧烈。)

Die böse Spinne spinnt sie ein,
[-] 恶毒的 蜘蛛 结网 把它们进去，
(可恶的蜘蛛把它们结到网里去了，)

Marienwürmchen, flieg' hinein, deine Kinder schreien sehre.
　瓢虫，　　　　飞 进去， 你的 孩子们 叫喊 剧烈地。
(瓢虫，飞到房子里去，你的孩子们在剧烈地叫喊。)

Marienwürmchen, fliege hin zu Nachbars Kind, sie thun dir nichts zu Leide.
　瓢虫，　　　　飞 往 那边 去向 邻居的 孩子， 他们 给予你 没有东西去 伤害。
(瓢虫，飞往邻居的孩子那边去，他们不会伤害你。)

Es soll dir da kein Leid gescheh'n,
[它] 将 对你[那里] 没有 伤害 发生，
(那里对你不会有任何伤害，)

sie wollen deine bunten Flügel seh'n, und grüss' sie alle beide.
他们 愿 你的 彩色的 翅膀 看， 和 致意 向他们[所有] 两个。
(他们想看你的彩色翅膀，所以向他们全都问好。)

Schumann

舒曼

# Mondnacht
# 月 夜

Es war, als hätt' der Himmel die Erde still geküsst,
它 曾是, 像 曾 [-] 天空 [-] 大地 安静地 亲吻,
(好像是天空曾悄悄地亲吻大地,)

dass sie im Blütenschimmer von ihm nur träumen müsst'.
以致 [大地]在… 如花的晚霞…中 与 [天空] 只 做梦 必须。
(以致大地只能在灿烂的晚霞中与天空在梦境中相会。)

Die Luft ging durch die Felder, die Ähren wogten sacht,
[-] 微风 移动 穿过 [-] 田野, [-] 穗 摇动 轻轻地,
(微风吹过田野,麦穗轻轻摆动,)

es rauschten leis' die Wälder, so sternklar war die Nacht.
[它]发出沙沙声 轻轻地 [-] 树林, 如此星光明亮的 是 [-] 夜。
(树林发出轻微的沙沙声,夜空星光闪烁。)

Und meine Seele spannte weit ihre Flügel aus,
而 我的 灵魂 伸展 宽阔地 它的 翅膀 向外,
(我的灵魂展开它的翅膀,)

flog durch die stillen Lande, als flöge sie nach Haus.
飞 穿过 [-] 安静的 田野, 好像 飞翔 她自己 向 家。
(飞越寂静的田野,好像飞向家园。)

Schumann

## Stille Tränen
## 沉默的眼泪

舒曼

Du bist vom Schlaf erstanden und wandelst durch die Au,
你 是 从…睡梦…中 出现 并 漫游 穿过 [-]河谷草地,
(你从梦中醒来并穿越草地,)

da liegt ob allen Landen der Himmel wunderblau.
那里 躺 在上面所有的 田野 [-] 天空 奇妙的蓝色。
(在所有的田野上,天空是那样的蔚蓝。)

So lang du ohne Sorgen geschlummert schmerzenlos,
只要在… 你 没有忧虑…的情况下 打瞌睡 摆脱痛苦地,
(只要你无忧无虑地睡觉,)

der Himmel bis zum Morgen viel Tränen niedergoss.
[-] 天空 直到 清晨 许多 泪珠 往下倾注。
(直到清晨天空将倾注许多泪珠。)

In stillen Nächten weinet oft mancher aus den Schmerz,
在…安静的 夜…间 哭泣 经常 不少 从… [-] 痛苦…中出来,
(不少人在安静的夜间把痛苦哭尽,)

und morgens dann ihr meinet, stets fröhlich sei sein Herz.
而 在早晨 那时 你 想, 处于…愉快的…状态 是 他的 心。
(到了早晨你会想,他的心总是愉快的。)

Schumann
舒曼

# Volksliedchen
# 民 谣

Wenn ich früh in den Garten geh'
当… 我 早上 在…[-] 花园…中 去…时
(当我早晨戴着我的绿帽子

in meinem grünen Hut,
在… 我的 绿色的 帽子…里，。
(到花园去散步时，)

ist mein erster Gedanke,
是 我的 第一个 念头，
(我的第一个念头是，)

was nun mein Liebster thut?
什么 现在 我的 心上人 做？
(现在我的心上人在做什么?)

Am Himmel steht kein Stern，
在…天空…里 站立 没有 星星，
(天空没有星星，)

den ich dem Freund nicht gönnte.
[星星] 我 [-] 朋友 不 给予。
(我不愿把星星给我的朋友。)

Mein Herz gäb' ich ihm gern，
我的 心 已给 我 予他 乐意，
(我乐意把我的心给他，)

wenn ich's heraustun könnte.
如果 我 把…它…取出来 能够。
(如果我能把它取出来。)

Schumann

舒曼

# Wanderlied

# 漫 游 歌

Wohlauf! noch getrunken den funkelnden Wein!
祝你健康! 还是 让我们喝 [-] 闪烁的 酒!
(干杯!让我们先干了这香槟酒!)

Ade nun, ihr Lieben! geschieden muss sein.
再见 现在, 你们亲爱的人们! 离别 必须 是。
(再见啦,亲爱的人们!我们必须离别。)

Ade nun, ihr Berge, du väterlich Haus!
再见 现在, 你们 山岭, 你 父亲般的 房子!
(再见啦,山岭,父辈的房子!)

Es treibt in die Ferne mich mächtig hinaus.
[它] 驱使 进入 [-] 远方 对我 强大的 向外。
(渴望漫游的强大力量驱使我走向远方。)

Die Sonne, sie bleibet am Himmel nicht steh'n,
[-] 太阳, [她] 停留 在… 天…上 不 静止的,
(太阳在空中不是静止的,)

es treibt sie, durch Länder und Meere zu geh'n.
[它] 驱使 她, 穿过 大地 和 海洋 去 移动。
(她被驱使穿越大地和海洋。)

Die Woge nicht haftet am einsamen Strand,
[-] 波涛 不 依恋 在… 孤独的 海滩…上,
(波涛并不依恋在孤独的海滩上,)

die Stürme, sie brausen mit Macht durch das Land.
[-] 暴风雨, 它们 呼啸 以 威力 穿过 [-] 大地。
(暴风雨咆哮着穿越大地。)

Mit eilenden Wolken der Vogel dort zieht
以 迅速的 云朵 [-] 鸟儿 在那里 移动
(鸟儿随着云朵迅速飞翔

und singt in der Ferne ein heimatlich Lied.
并 歌唱 在…[-] 远方 一个 家乡的 歌曲。
(并在远方唱着家乡的小曲。)

So treibt es den Burschen durch Wälder und Feld,
如此 驱使 它 [-] 年轻人 穿过 森林 和 田野,
(年轻人就是这样被驱使穿越森林和田野,)

zu gleichen der Mutter, der wandernden Welt.
与… [-] 母亲…相似, [-] 流浪的 世界。
(像投入母亲的怀抱,那流浪的世界。)

Da grüssen ihn Vögel bekannt über'm Meer,
在那里 问候 向他 鸟儿 熟悉的 在…[-] 海…上,
(熟悉的鸟儿在海上问候他,)

sie flogen von Fluren der Heimath hieher;
它们 飞 从…田野…上 …的 家乡 到这儿来;
(它们从家乡的田野飞到这儿;)

da duften die Blumen vertraulich um ihn,
在那里发出香味[-] 鲜花 知心的 围绕 他,
(在那里知心的鲜花在他周围散发香味,)

sie trieben vom Lande die Lüfte dahin.
它们 驱赶 从 大地 [-] 微风 向那儿。
(微风把它们从陆地吹来。)

Die Vögel, die kennen sein väterlich Haus,
[-] 鸟儿, 它们 知道 他的 父亲般的 房子,
(鸟儿们认识他的父辈的房子,)

die Blumen, die pflanzt er der Liebe zum Strauss,
[-] 鲜花, 把它们 种植 他 [-] 爱情 成为 花束,
(他种鲜花为了把它们扎成爱情的花束,)

und Liebe, die folgt ihm, sie geht ihm zur Hand:
而 爱情, 它 跟随他, 它 走 与他 在… 手…中:
(而爱情总是跟着他,随他而行:)

so wird ihm zur Heimat das ferneste Land.
这样成为 对他 向 家乡 [-] 远方的 大地。
(对他就是这样,走向远方就像回到家乡。)

Wohlauf! noch getrunken den funkelnden Wein!
祝你健康! 还是 让我们喝 [-] 闪烁的 酒!
(干杯!让我们先干了这香槟酒!)

Ade nun， ihr Lieben! geschieden muss sein.
再见 现在， 你们亲爱的人们! 离别 必须 是。
(再见啦，亲爱的人们!我们必须离别。)

Ade nun， ihr Berge， du väterlich Haus!
再见 现在， 你们 山岭， 你 父亲般的 房子!
(再见啦，山岭，父辈的房子!)

Es treibt in die Ferne mich mächtig hinaus.
[它] 驱使 进入 [-] 远方 对我 强大的 向外。
(渴望漫游的强大力量驱使我走向远方。)

# Schumann
## 舒曼

# Widmung
# 献 词

Du meine Seele, du mein Herz,
你 我的 灵魂, 你 我的 心,
(你是我的灵魂,你是我的心,)

du meine Wonn', o du mein Schmerz,
你 我的 欢乐, 噢 你 我的 痛苦,
(你是我的欢乐,噢你是我的痛苦,)

du meine Welt, in der ich lebe,
你 我的 世界, 在…它…中我 生活,
(你是我的世界,我生活在其中,)

mein Himmel du, darein ich schwebe,
我的 天堂 你, 向里面 我 飘荡,
(你是我的天堂,我向它飞翔,)

o du mein Grab, in das hinab
噢 你 我的 坟墓, 在…它…中 向下
(噢你是我的坟墓,

ich ewig meinen Kummer gab!
我 永远的 我的 忧伤 给!
(我把我的忧伤永远埋葬其中!)

Du bist die Ruh', du bist der Frieden,
你 是 [-] 安宁, 你 是 [-] 平静,
(你是安宁,你是平静,)

du bist vom Himmel mir beschieden.
你 是 从 上天 对我 赐予。
(是上天把你赐给我。)

Dass du mich liebst, macht mich mir wert,
[-] 你 对我 爱, 使 我自己 对我 有价值的,
(你爱我,使我感到自己的价值,)

dein Blick hat mich vor mir verklärt,
你的 目光 曾 我自己 对 我 使容光焕发,
(你的目光使我感到自己的光辉,)

du hebst mich liebend über mich,
你　提高　　把我　愉快地超出 我　自己，
(你令人愉快地把我提升得超过我自己，)

mein guter Geist,　　mein bess'res Ich!
我的　善良的　心灵，　我的　　更好的　自我!
(我善良的心灵，我更好的自我!)

Strauss，R.
施特劳斯，理查德

# Allerseelen
# 万 灵 节

Stell' auf den Tisch die duftenden Reseden，
放置 在… [-] 桌子…上 [-] 芳香的 木犀草，
(把芳香的木犀草摆在桌子上，)

die letzten roten Astern trag' herbei，
[-] 最后的 红色的 翠菊 抬 到这儿来，
(把最后的红色翠菊抬过来，)

und lass uns wieder von der Liebe reden，
并 让 我们 再次 关于 [-] 爱情 诉说，
(并让我们再一次诉说爱情，)

wie einst im Mai.
好像从前有一次在…五月…里。
(就像过去有一次在五月里。)

Gieb mir die Hand， dass ich sie heimlich drücke，
给 我 [-] 手， [手] 我 把它 秘密地 挤压，
(把手给我，我暗暗地把它紧握，)

und wenn man's sieht， mir ist es einerlei，
而 如果 人 把它 看见， 对我 是 它 一样的，
(如果有人看见，我也不在乎，)

gieb mir nur einen deiner süssen Blicke，
给 我 只 一次 你的 迷人的 一瞥，
(只要用你那迷人的目光看我一次，)

wie einst im Mai.
好像从前有一次在…五月…里。
(就像过去有一次在五月里。)

Es blüht und duftet heut' auf jedem Grabe，
它 开放 并 散发香味 今天 在… 每一个 坟墓…上，
(今天在每一个坟墓上鲜花开放并散发香味，)

ein Tag im Jahr ist ja den Toten frei，
一 天 在…一年…中是 [确实] [-] 死者 不受约束的，
(这是一年中保留给死者的一天，)

komm an mein Herz,　dass ich dich wieder habe
　来　到… 我的 心…中，　[-]　我　把你　再次　得到
(到我心中来，让我再次得到你，)

wie　einst　　im Mai.
好像从前有一次在…五月…里。
(就像过去有一次在五月里。)

Strauss，R.                                    Befreit

施特劳斯，　理查德                    解　脱


Du wirst nicht weinen.
你　　将　　不　　哭泣。
(你不会哭。)

Leise，　leise wirst du lächeln und wie zur Reise
温柔地，温柔地 将　你　微笑　并 如同 去　旅行
(你将温柔地微笑，如同出行之前

geb ich dir Blick und Kuss zurück.
给予 我 对你的目光　和　　吻　[返回]。
(我要以目光和一个来吻回报。)

Unsere lieben vier Wände，　du hast sie bereitet，
我们的 亲切的 四面 墙，　　你 曾 把它们 准备好，
(我们那亲切的四面墙，你赋予它们生命，)

ich habe sie dir zur Welt geweitet；
我　曾 把它们为你 向 世界　扩展；
(我为你把它们扩展为一个世界;)

o Glück!
噢 幸福!
(噢幸福!)

Dann wirst du heiss meine Hände fassen
然后　将　你 热情地把我的　双手　紧握
(然后你热情地紧握我的双手

und wirst mir deine Seele lassen，
并　将　对我 你的　心灵　听任，
(并把你的心灵全部交给我，)

lässt unsern Kindern mich zurück.
离开 与我们的　孩子　把我　在后面。
(离开我和孩子们。)

Du schenktest mir dein ganzes Leben,
你　给予　我　你的　整个　生命，
(你把整个生命交给我，)

ich will es ihnen wiedergeben;
我　愿　把它　给他们　归还；
(我愿把它归还给他们；)

o Glück!
噢　幸福！
(噢幸福！)

Es wird sehr bald sein, wir wissen's Beide,
[它] 将　很　快　是，　我们　知道 [它] 俩，
(我们俩都知道，)

wir haben einander befreit vom Leide,
我们　曾　彼此　解脱　从…痛苦…中，
(我们不久就会从痛苦中解脱出来，　)

so gab' ich dich der Welt zurück!
所以交给　我　把你 [-]　世界　回还！
(因此我把你交还给世界！)

Dann wirst du mir nur noch im Traum erscheinen
然后　将　你 对我 只　还会　在…梦…中　出现
(然后你只会在我梦中出现，)

und mich segnen und mit mir weinen;
并　为我　祝福　并　与　我　哭泣；
(祝福我并与我同泣；)

o Glück!
噢　幸福！
(噢幸福！)

Strauss，R.  **Breit über mein Haupt dein schwarzes Haar**

施特劳斯，理查德  ## 你的乌发散开在我头上

Breit über mein Haupt dein schwarzes Haar,
铺开 在… 我的 头…上 你的 乌黑的 头发，
(你的乌发散开在我头上，)

neig' zu mir dein Angesicht,
垂下 向我 你的 容貌，
(把你的脸垂向我，)

da strömt in die Seele so hell und klar
在那里流动 在… [-] 心灵…中如此明亮 和 清澈
(你那眼光如此明亮而清澈地

mir deiner Augen Licht.
对我 你的 眼睛的 光辉。
(在我心中流动。)

Ich will nicht droben der Sonne Pracht,
我 要求 不 上边 [-] 太阳的 绚丽，
(我不要求天上太阳的绚丽，)

noch der Sterne leuchtenden Kranz,
也不 [-] 星星 闪耀的 环状物，
(也不要求闪耀的星环，)

ich will nur deiner Locken Nacht
我 要求 只 你的 卷发的 夜幕
(我只要求你那卷发的夜幕

und deiner Blicke Glanz.
和 你的 眼神的 光彩。
(和你眼神的光彩。)

Strauss，R.                              Cäcilie
施特劳斯，理查德                         塞 西 莉


Wenn  du  es  wüsstest，  was  träumen  heisst  von  brennenden  Küssen，
如果  你 [它]  能知道，  什么  做梦  意味着 关于  热烈的  吻，
(如果你能知道， 梦见热烈的吻，)


von  Wandern  und  Ruhen  mit  der  Geliebten，
关于  漫游  和  休息  与  [-]  心上人，
(和心上人一起漫游和休息，)


Aug' in  Auge  und  kosend  und  plaudernd，
眼睛 进入 眼睛  并  谈情说爱 和  窃窃私语，
(互相凝视、谈情说爱和窃窃私语意味什么，)


wenn  du  es  Wüsstest，  du  neigtest  dein  Herz!
如果  你 [它]  能知道，  你  将倾斜  你的  心!
(如果你能知道，你就会交出你的心!)


Wenn  du  es  wüsstest，  was  bangen  heisst
如果  你 [它]  能知道，  什么  担忧  意味
(如果你能知道，在寂寞的夜晚)


in  einsamen  Nächten，  umschauert  vom  Sturm，
在  寂寞的  夜间，  周围颤抖  以  风暴，
(外面刮着暴风雨，)


da  niemand  tröstet  milden  Mundes  die  kampfmüde  Seele，
那里  无人  安慰  温柔的  嘴  [-]  疲于斗争的  心灵，
(没有人对疲于斗争的心灵温柔地说些安慰的话时的担忧意味什么，)


wenn  du  es  wüsstest，  du  kämest  zu  mir.
如果  你 [它]  能知道，  你  将来  向  我。
(如果你能知道，你就会来到我身边。)


Wenn  du  es  wüsstest，  was  leben  heisst，
如果  你 [它]  能知道，  什么  生活  意味，
(如果你能知道，)


umhaucht  von  der  Gottheit  weltschaffendem  Atem，
呵气  以  [-]  神性的  由世界创造的  气息，
(在布满上帝创造的气息中生活，)


▶277◀

zu  schweben  empor,    lichtgetragen,    zu  seligen  Höh'n,
向    飘荡    向上,      送往光明,      向    天堂的    高处,
(向着光明，至高无上的天空飞翔意味什么，)

wenn  du  es  wüsstest,    du  lebtest  mit  mir.
如果  你 [它]  能知道,    你  将生活  与…我…一起。
(你就会和我生活在一起。)

Strauss，R.

施特劳斯，理查德

# Die Nacht

# 夜

Aus dem Walde tritt die Nacht， aus den Bäumen schleicht sie leise，
从 [-] 森林 走 [-] 夜， 从 [-] 树 悄悄地走 她 轻轻地，
(夜从森林中升起，从树丛中静悄悄地走来，)

schaut sich um in weitem Kreise， nun gib acht.
看 [她自己]周围 在…宽广的 圆周…里， 现在 给予 注意。
(她环顾四周，现在注意。)

Alle Lichter dieser Welt， alle Blumen， alle Farben
所有的 亮光 这个 世界， 所有的 鲜花， 所有的 色彩
(她使世上的所有光亮、所有鲜花、所有颜色失去光彩

löscht sie aus und stiehlt die Garben weg vom Feld.
扑灭 她 出去 并 窃取 [-] 捆 离开 从[-] 田野。
(并偷走田野里的麦捆。)

Alles nimmt sie， was nur hold， nimmt das Silber weg des Stroms，
所有的 拿走 她， 什么 只要 可爱的， 拿走 [-] 银光 离开 [-] 大河，
(她拿走一切，只要是可爱的东西，从大河拿走银光、)

nimmt vom Kupferdach des Doms weg das Gold.
拿走 从 铜屋顶 …的 大教堂 离开 [-] 金光。
(从大教堂的铜屋顶上拿走金光。)

Ausgeplündert steht der Strauch， rücke näher， Seel' an Seele；
被抢劫 站立 [-] 灌木， 移动 更靠近， 心灵 向 心灵；
(劫后的灌木站在那里，心灵与心灵靠得更近;)

o die Nacht， mir bangt， sie stehle dich mir auch.
噢 [-] 夜， 使我 担忧， 她 偷走 把你 从我 也。
(噢，我担心那黑夜也会把你从我这里偷走。)

Strauss，R.  
施特劳斯，理查德

# Freundliche Vision
# 美好的幻景

Nicht im Schlafe hab ich das geträumt，
不 在…睡眠…中 曾 我 对此 梦见，
(我不是在睡眠中梦见的，)

hell am Tage sah ich's schön vor mir:
晴朗的在 白日 看见 我对它好好地 在…我…前面:
(在晴朗的白天我看见它完好地出现在我眼前:)

Eine Wiese voller Margeriten;
一片 草坪 布满着 春白菊;
(一片长满春白菊的草坪;)

tief ein weisses Haus in grünen Büschen;
深处的一所 白色的 房子 在…绿色的 灌木林…中;
(在绿色灌木林的深处一所白色的房子;)

Götterbilder leuchten aus dem Laube.
神像 闪烁 从 [-] 凉亭。
(凉亭中闪烁着神像。)

Und ich geh' mit Einer, die mich lieb hat,
而 我 走 与 一个人，[人] 对我 爱 曾，
(我和一个爱着我的人走去，)

ruhigen Gemütes in die Kühle dieses weissen Hauses,
平静的 心情 进入 [-] 凉爽 …的 白色的 房子，
(怀着平静的心情进入这白色房子的凉爽中，)

in den Frieden, der voll Schönheit wartet,
进入[-] 宁静， [宁静]完全的 美景 等待，
(进入那等待着我们来到的

dass wir kommen.
[美景]我们 来。
(充满美景的宁静。)

Und ich geh' mit Einer, die mich lieb hat,
而 我 走 与 一个人，[人] 对我 爱 曾，
(我和一个爱着我的人走去，)

in den Frieden voll Schönheit!
进入[-]　　　宁静　完全的　美景!
(进入充满美景的宁静!)

Strauss，R.  Heimkehr

施特劳斯，理查德  回 家

Leiser schwanken die Äste， der Kahn fliegt uferwärts，
轻轻地　　摇曳　　　[-] 树枝，　　[-]　小船 急速运动　靠岸，
(树枝轻轻摇曳，小船急速驶向岸边，)

heim kehrt die Taube zum Neste， zu dir kehrt heim mein Herz.
回家　归来 [-] 鸽子　向　巢，　　向 你　归来 回家 我的　　心。
(鸽子归来回到巢里，我的心回到你那里。)

Genug am schimmernden Tage， wenn rings das Leben lärmt，
厌烦了 对[-]　　闪烁的　　日子，　当　围绕　[-]　生活　吵闹，
(被喧闹的生活围绕，厌烦了光彩的日子，)

mit irrem Flügelschlage ist es in's Weite geschwärmt.
带着混乱的　　振翅　　是 它 向[-]　远处　成群地飞。
(混乱地拍着翅膀，它向远方飞去。)

Doch nun die Sonne geschieden und Stille sich senkt auf den Hain，
然而　现在 [-]　太阳　离开　　　并 宁静它自己　下沉　在… [-]小树林…上，
(然而现在太阳落山了，小树林上一片寂静，)

fühlt es: bei dir ist der Frieden， die Ruh' bei dir allein.
感觉 它: 靠近 你 是 [-]　平静，　[-]　安宁 靠近 你 只是。
(你的心感到平静就在身旁，在你身旁只是安宁。)

Strauss，R.

施特劳斯，理查德

# Heimliche Aufforderung
## 秘密的邀请

Auf，  hebe  die  funkelnde  Schale  empor  zum  Mund,
干杯， 举起  [-]  闪烁的  杯  往上  到…嘴…上，
(干杯，把闪烁的酒杯举到嘴边，)

und  trinke  beim  Freudenmahle  dein  Herz  gesund.
并  喝  在…  盛宴…上  你的  心  健壮的。
(在盛宴上痛饮有益于你的健康。)

Und  wenn  du  sie  hebst,  so  winke  mir  heimlich  zu,
而  当…  你  把它举起…时，如此 示意  对我  秘密地  [-]，
(而当你举杯时，向我秘密地示意，)

dann  lächle  ich  und  dann  trinke  ich  still  wie  du...
然后  微笑  我  并  然后  喝  我  默默地像  你...
(然后我微笑着并像你那样默默地喝...)

und  still  gleich  mir  betrachte  das  Heer
并 默默地同样地我自己  打量  [-]  一大群
(并同样默默地打量着那群

der  trunknen  Schwätzer - verachte  sie  nicht  zu  sehr.
[-]  喝醉的  喋喋不休的人 - 鄙视  他们  不  太多。
(喝醉的喋喋不休的人们 - 不要太看不起他们。)

Nein，  hebe  die  blinkende  Schale，  gefüllt  mit  Wein,
不，  举起  [-]  闪光的  杯，  装满  以  酒，
(不，举起那闪光的装满了酒的杯子，)

und  lass  beim  lärmenden  Mahle  sie  glücklich  sein.
并  让  在…  喧闹的  宴会…上 他们  幸运的  是。
(并让他们在喧闹的宴会上欢乐。)

Doch  hast  du  das  Mahl  genossen，  den  Durst  gestillt,
但是 已经 你  [-]  餐  享用，  [-]  口渴  抑制，
(但当你享用完餐饮，)

dann  verlasse  der  lauten  Genossen  festfreudiges  Bild
然后  离开  [-]  吵闹的  伙伴们的  节日喜庆的  情景
(就离开那吵闹伙伴们的喜庆情景，)

**▶283◀**

und wandle hinaus in den Garten zum Rosenstrauch,
并 漫步 出去 到… [-] 花园…里 走向 蔷薇灌木,
(并漫步走到花园里的玫瑰花丛中,)

dort will ich dich dann erwarten nach altem Brauch,
在那里将 我 把你 [那时] 等待 按照 从前的 习惯,
(按照老习惯,我将在那里等你,)

und will an die Brust dir sinken, eh' du's gehofft,
并 将 在… [-] 胸…前 [你] 下沉, 在…你对它盼望…之前,
(并在你盼望之前就投入你的怀抱,)

und deine Küsse trinken, wie ehmals oft
并 你的 吻 充分享受, 像 从前 经常
(像过去经常那样,尽情地痛饮你的亲吻

und flechten in deine Haare der Rose Pracht -
并 编织 在…你的 头发…里 [-] 玫瑰花的 光彩 -
(并把漂亮的玫瑰花插在你的头发里 - )

o komm, du wunderbare, ersehnte Nacht!
噢 来吧, 你 奇妙的, 渴望的 夜!
(噢来吧,你这奇妙的、渴望的夜!)

Strauss，R.        Mit deinen blauen Augen

施特劳斯，理查德      **你那蓝色的眼睛**

Mit deinen blauen Augen siehst du mich lieblich an,
以 你的 蓝色的 眼睛 看 你 对我 妩媚地 [-],
(你那蓝色的眼睛迷人地看着我，)

da ward mir so träumend zu Sinne, dass ich nicht sprechen kann.
那时 是 使我 如此 想入非非 作为 感觉， 以致 我 不 说 能。
(这使我变得想入非非，以致我不知道说什么好。)

An deine blauen Augen gedenk' ich allerwärts:
对 你的 蓝色的 眼睛 想念 我 到处：
(无论到那里，我都在想着你那蓝色的眼睛:)

Ein Meer von blauen Gedanken ergiesst sich über mein Herz.
一个 海 …的 蓝色的 念头 倾注 在… 我的 心…上。
(蓝色的思潮涌上我的心头。)

Strauss，R.

施特劳斯，理查德

# Morgen
# 明 天

Und morgen wird die Sonne wieder scheinen
而　明天　将　[-]　太阳　再次　照耀
(明天太阳将再次照耀

und auf dem Wege, den ich gehen werde,
并　在… [-]　路…上，[它]　我　走　将，
(在我将走的路上，)

wird uns, die Glücklichen, sie wieder einen
将　把我们，[-]　幸福的人，它　再次　结合
(太阳将把我们，幸福的人，再次结合

inmitten dieser sonnenatmenden Erde...
在…　这　充满阳光的　大地…中间...
(在这充满阳光的大地中间...)

und zu dem Strand, dem weiten, wogenblauen,
并　向　[-]　海滩，[-]　广阔的，蓝色的波涛汹涌，
(向着蓝色波涛汹涌的广阔海滩，)

werden wir still und langsam niedersteigen,
将　我们安静地和　缓慢地　走下，
(我们将安静而缓慢地走去，)

stumm werden wir uns in die Augen schauen,
无言地　将　我们对我们在…[-]　眼睛…里　看，
(我们将默默无言地彼此凝视，)

und auf uns sinkt des Glückes stummes Schweigen.
而　在…我们…上面落下　[-]　幸福的　无言的　沉默。
(幸福的恬静降到我们身上。)

Strauss，R.

施特劳斯，理查德

# Nachtgang
# 夜 行

Wir gingen durch die stille, milde Nacht,
我们 步行 穿过 [-] 寂静的, 温柔的 夜晚,
(我们在寂静而温柔的夜晚散步，)

dein Arm in meinem, dein Auge in meinem.
你的 胳臂 在…我的…中, 你的 眼睛 在…我的…中。
(手挽着手，彼此相视。)

Der Mond goss silbernes Licht über dein Angesicht,
[-] 月亮 倾注 银色的 光 在… 你的 脸…上,
(银色的月光照在你脸上，)

wie auf Goldgrund ruhte dein schönes Haupt.
如同 在…金色背景…上 休息 你的 美丽的 头。
(如同你美丽的头靠在金色晕圈上。)

Und du erschienst mir wie eine Heilige,
并 你 显得 对我 好像 一个 圣者,
(我觉得你好像一个圣人，)

mild, mild und gross und seelenübervoll,
温柔, 温柔 和 伟大 和 充满深情,
(温柔、伟大和充满深情，)

heilig und rein, wie die liebe Sonne.
神圣 和 纯洁, 好像 [-] 可爱的 太阳。
(神圣而纯洁，好像可爱的太阳。)

Und in die Augen schwoll mir ein warmer Drang wie Tränenahnung.
和 在… [-] 眼睛…里 鼓起 使我 一个 热情的 冲动 好像 眼泪的预感。
(我的眼睛涌起一阵要哭的热情冲动。)

Fester fasst' ich dich und küsste, küsste dich ganz leise.
更紧地 抓住 我 把你 和 吻, 吻 把你 非常 温柔地。
(我更紧地拥抱你并非常温柔地吻你。)

Meine Seele weinte.
我的 心灵 哭泣。
(我的心哭泣。)

Strauss，R.                          Ruhe，meine Seele
施特劳斯，理查德                      安息吧，我的灵魂


Nicht ein Lüftchen regt sich leise，  sanft entschlummert ruht der Hain;
没有 一点 微风   活动 轻轻地，  温和地   入睡   休息 [-] 小树林;
(没有一点微风在吹拂，小树林微微入睡;)

durch der Blätter dunkle Hülle stiehlt sich lichter Sonnenschein.
由于 [-] 树叶的   深色  遮盖物    溜走  明亮的    阳光。
(树叶的深色遮盖物挡住了阳光。)

Ruhe， ruhe， meine Seele， deine Stürme gingen wild;
安息，  安息，  我的 灵魂，  你的   风暴   进行 剧烈地;
(安息吧，我的灵魂，生活的袭击对你太激烈;)

hast getobt und hast gezittert，wie die Brandung， wenn sie schwillt!
你曾 狂怒 和 曾 颤抖，  如同 [-] 汹涌的波涛，  当… 它们 膨胀…时!
(你曾狂怒和颤抖，如同涨潮的汹涌波涛!)

Diese Zeiten sind gewaltig，  bringen Herz und Hirn in Not -
这些   时候 是 强有力的，  带来  心  和 头脑 进入困境 -
(这种时候是猛烈的，使心和头脑进入困境 - )

Ruhe， ruhe meine Seele， und vergiss， was dich bedroht!
安息，  安息 我的 灵魂，  并 忘记，  什么 对你   威胁!
(安息，我的灵魂，忘怀威胁你的事吧!)

Strauss，R.

施特劳斯，理查德

# Ständchen
# 小 夜 曲

Mach' auf,  mach' auf,  doch leise,  mein Kind，
把(门) 打开，  把(门) 打开，  但 轻轻地，  我的 孩子，
(把门打开，但要轻轻地，我的孩子，)

um keinen vom Schlummer zu wecken;
为了 没有人 从… 小睡…中 成为 唤醒;
(为了没有人被惊醒;)

kaum murmelt der Bach，  kaum zittert im Wind
几乎不 潺潺流动 [-] 溪水，  几乎不 颤动 在…风…中
(溪水几乎不潺潺流动，灌木丛和荆棘丛中

ein Blatt an den Büschen und Hecken.
一片 叶子 在… [-] 小灌木丛 和 荆棘丛。
(几乎没有树叶随风颤动。)

Drum leise，  mein Mädchen，  dass nichts sich regt，
因此 轻轻地，  我的 姑娘，  [以致] 没有东西 活动，
(因此轻轻地，我的姑娘，不要让任何东西移动，)

nur leise die Hand auf die Klinke gelegt.
只是轻轻地 [-] 手 在… [-]门把手…上 放。
(只是轻轻地把手放在门把上。)

Mit Tritten wie Tritte der Elfen so sacht，
用 脚步 好像 脚步 …的仙女 如此 轻，
(用仙女那样轻的脚步

um über die Blumen zu hüpfen，
近乎 在… [-] 鲜花…上面 去 跳跃，
(在鲜花上面跳跃那样，)

flieg' leicht hinaus in die Mondscheinnacht
飞 轻盈地 向外 到…[-] 月光之夜…中去
(轻盈地溜出来到月夜中

zu mir in den Garten zu schlüpfen.
向 我 在…[-] 花园…里去 滑行。
(向在花园里等着的我快步走来。)

Rings schlummern die Blüten am rieselnden Bach
在周围 打盹儿 [-] 花朵 在… 流淌的 溪水…旁
(周围溪水旁的花朵在打盹儿

und duften im Schlaf, nur die Liebe ist wach!
并 散发香气 在…睡眠…中, 只 [-] 爱情 是 醒着!
(并在睡眠中散发香味,只有爱情醒着!)

Sitz' nieder, hier dämmert's geheimnisvoll
坐 下, 这里 暮色降临 它 神秘地
(坐下来,这里,菩提树荫

unter den Lindenbäumen,
在… [-] 菩提树…下,
(神秘地变得黑暗,)

die Nachtigall uns zu Häupten soll
[-] 夜莺 对我们 在… 头…上 将
(我们头上的夜莺

von uns'ren Küssen träumen,
由于 我们的 吻 梦想,
(将由于我们的吻而想入非非,)

und die Rose, wenn sie am Morgen erwacht,
而 [-] 玫瑰花, 当… 它们 在 早晨 醒来…时,
(而玫瑰花,当它们早晨醒来时,)

hoch glühn von den Wonneschauern der Nacht.
极其 将燃烧 由于 [-] 狂喜的颤抖 …的 夜。
(将由于夜晚的狂喜而更加热情开放。)

Strauss，R.

施特劳斯，理查德

# Traum durch die Dämmerung

# 黄 昏 梦

Weite Wiesen im Dämmergrau;
辽阔的　牧草地 在···朦胧的暮色···中;
(朦胧暮色中辽阔的草地;)

die Sonne verglomm, die Sterne ziehn,
[-]　太阳　落下,　　[-]　星星　行进,
(太阳落山，星星升起，)

nun geh' ich hin zu der schönsten Frau,
现在　走　我　到那里　向　[-]　最美丽的　妇女,
(现在我走向那最美丽的妇女，)

weit über Wiesen im Dämmergrau,
遥远地越过　牧草地　在···朦胧的暮色···中,
(遥远地越过朦胧暮色中的草地，)

tief in den Busch von Jasmin.
深的　进入[-]　树丛　···的　茉莉花。
(到深深的茉莉花丛中。)

Durch Dämmergrau in der Liebe Land;
穿越　　朦胧的暮色　到··· [-]　爱情的田野···中;
(穿过朦胧的暮色进入爱情之乡;)

ich gehe nicht schnell, ich eile nicht;
我　走　不　快,　我　匆忙　不;
(我慢慢地走，我不着急;)

mich zieht ein weiches samtenes Band
对我　吸引　一条　柔软的　天鹅绒的　带子
(一条柔软的天鹅绒带子吸引着我

durch Dämmergrau in der Liebe Land,
穿越　　朦胧的暮色　到··· [-]　爱情的田野···中;
(穿过朦胧的暮色进入爱情之乡;)

in ein blaues, mildes Licht.
进入一个蓝色的,　柔和的　光。
(进入一个蓝色柔和的光。)

# Wie sollten wir geheim sie halten
## 我们怎能保持秘密

Wie sollten wir geheim sie halten,
如何 能 我们 秘密 把它 保持，
(我们怎能保持秘密，)

die Seligkeit, die uns erfüllt?
[-] 幸福, [-] 使我们 装满？
(那充满我们心中的幸福？)

Nein, bis in seine tiefsten Falten
不， 直到 进入 它的 最深的 褶裥
(不，直到它的最深处

sei allen unser Herz enthüllt!
具有 一切 我们的 心 揭露！
(让我们的心彼此敞开!)

Wenn zwei in Liebe sich gefunden,
当… 俩人 在…爱情…中 被找到…时,
(当俩人互相找到了爱情，)

geht Jubel hin durch die Natur,
走向 欢腾 [在那里]经过 [-] 大自然,
(大自然便布满了欢腾，)

in längern, wonnevollen Stunden
在…更长的, 充满喜悦的 时刻…里
(在更长而充满喜悦的时刻里，)

legt sich der Tag auf Wald und Flur.
卧倒 [-] 白日 在… 森林 和 田野…上。
(白日降临在森林和田野上。)

Selbst aus der Eiche morschem Stamm,
甚至 从… [-] 橡树的 脆裂的 树干…上
(甚至在活了上千年的

die ein Jahrtausend überlebt,
[树干] 一 千年 活过,
(橡树的老树干上，)

steigt neu des Wipfels grüne Flamme
升起 从新 [-] 树梢 绿色的 火焰
(从新长出了茂盛的绿色树梢

und rauscht von Jugendlust durchbebt.
并 沙沙作响 以 青春的欢乐 使激动。
(并被激起了青春欢乐而沙沙作响。)

Zu höhern Glanz und Dufte brechen
向 更高的 光泽 和 香味 冒出
(绽开的叶芽冒出了更多的光泽和香味，)

die Knospen auf beim Glück der Zwei
[-] 绽开的叶芽 鉴于 幸福 …的 俩人
(鉴于俩人的幸福，)

und süsser rauscht es in den Bächen
并 更温柔地 流水潺潺 它 在…[-] 小溪…中
(小溪更温柔地潺潺流动，)

und reicher blüht und reicher glänzt der Mai.
并 更大量地 开放 和 更大量地 闪光 [-] 五月。
(五月盛开得更加光彩。)

Strauss，R.

施特劳斯，理查德

# Wiegenlied
# 摇 篮 曲

Träume, du mein süssen Leben, von dem Himmel, der die Blumen bringt.
做梦， 你 我的 可爱的 生命， 从⋯ [-] 天空⋯上，[天空] [-] 花朵 带来。
(做梦吧，我可爱的生命，从天上带鲜花回来。)

Blüten shimmern da, die beben von dem Lied, das deine Mutter singt.
开花 闪烁 在那里，[-] 颤动 从⋯ [-] 歌曲⋯中，[它] 你的 母亲 唱。
(随着你母亲歌声的颤动，花儿在那里闪烁地开放。)

Träume, Knospe meiner Sorgen, von dem Tage, da die Blume spross;
做梦， 花蕾 我的 关怀， 从 [-] 白日，在那里[-] 花朵 发芽;
(做梦吧，我所关怀的花蕾，和白日一起发芽成长;)

von dem hellen Blüten morgen, da dein Seelchen sich der welt erschloss.
和 [-] 渐渐明亮的 开放 清晨的，在那里你的 小心灵 [它自己] [-] 世界 展示。
(随着逐渐发亮的曙光，世界向你的小心灵展开。)

Träume, Blüte meiner Liebe von der stillen, von der heil'gen Nacht,
做梦， 开花 我的 爱 从 [-] 宁静的， 从 [-] 神圣的 夜，
(做梦吧，我的爱，随着宁静而神圣的夜开放，)

da die Blume Seiner Liebe dieser Welt zum Himmel mir gemacht.
在那里[-] 花朵 它的 爱 这 世界 向 天空 为我 做成。
(在那里，花儿以它的爱为我把这世界变成天堂。)

294

Strauss，R.

Zueignung

施特劳斯，理查德

奉 献

Ja, du weisst es, teure Seele, dass ich fern von dir mich quäle,
是， 你 知道 它， 亲爱的 灵魂， [-] 我 遥远的 从 你 使我 痛苦，
(是的，你知道，亲爱的人，远离开你使我痛苦，)

Liebe macht die Herzen krank, habe Dank.
爱情 使 [-] 心 有病， 感谢。
(爱情使人悲伤，感谢你。)

Einst hielt ich, der Freiheit Zecher, hoch den Amethisten Becher
过去 拿着 我， [-] 自由的 酒徒， 高的 [-] 紫水晶 酒杯
(我，为自由而狂饮的酒徒，曾高举紫水晶酒杯，

und du segnetest den Trank, habe Dank.
而 你 祝福 [-] 饮料， 感谢。
(而你为这酒祝福，感谢你。)

Und beschworst darin die Bösen, bis ich, was ich nie gewesen,
而 你驱走 在这点上 [-] 恶魔， 直到 我， 什么 我 从未 成为，
(在这点上，你驱走了恶魔，直到我，我从未这样过，

heilig, heilig an's Herz dir sank, habe Dank.
虔诚的，虔诚的 在…[-]心…上对你 下沉， 感谢。
(虔诚地倒在你的怀中，感谢你。)

Wolf

沃尔夫

# Alle gingen，Herz，zur Ruh

# 一切事物已休息，我的心

Alle  gingen，   Herz，   zur  Ruh,
一切  走向，     心，     向[-] 休息,
(一切事物都已休息，我的心，)

alle  schlafen，  nur  nicht  du.
一切  睡觉，      只   不    你。
(一切都已睡觉，唯独你没有。)

Denn  der  hoffnungslose  Kummer
因为  [-]     绝望的        苦恼
(因为绝望的苦恼

scheucht  von  deinem  Bett  den  Schlummer,
惊走       从…  你的    床…边 [-]      瞌睡,
(从你的床边把瞌睡惊走，)

und  dein  Sinnen  schweift  in  stummer
而  你的   思维      漫游     在… 无声的
(而你的思维在

Sorge  seiner  Liebe  zu.
忧虑…中 它的   爱情   [-]。
(爱情的无声忧虑中飘荡。)

Wolf                    **Anakreons Grab**

沃尔夫             **安纳克里昂*的坟墓**

Wo die Rose hier blüht, wo Reben und Lorbeer sich schlingen,
在那里[-] 玫瑰花 这里 开放, 在那里 葡萄藤 和 月桂树 自己 缠绕,
(玫瑰花在这里开放,葡萄藤和月桂树彼此缠绕,)

wo das Turtelchen lockt, wo sich das Grillchen ergötzt,
在那里[-] 小班鸠 诱叫, 在那里[它自己][-] 小蟋蟀 轻松愉快,
(小班鸠诱人的叫鸣,小蟋蟀活泼的跳跃,)

welch ein Grab ist hier,
哪一个 一个 坟墓 是 这里,
(这是谁的坟墓,)

das alle Götter mit Leben schön bepflanzt und geziert?
[坟墓]所有 诸神 附有 生命 美妙地 栽上 和 装饰?
(是所有的神把生命美妙地栽培和装饰起来的吗?)

Es ist Anakreons Ruh.
它 是 安纳克里昂的 安息。
(这是安纳克里昂的安息处。)

Frühling, Sommer und Herbst genoss der glückliche Dichter;
春天, 夏天 和 秋天 享受生活 [-] 快乐的 诗人;
(快乐的诗人享受了春天、夏天和秋天的一切;)

vor dem Winter hat ihn endlich der Hügel geschützt.
从 [-] 冬天 获得 他 终于 [-] 坟丘 受到保护。
(最终,这坟丘保护他度过严冬。)

*注:安纳克里昂,古希腊抒情诗人,歌颂爱情和酒。

Wolf

沃尔夫

# Auch kleine Dinge
# 甚至小东西

Auch kleine Dinge könen uns entzücken,
甚至　小的　东西　能够　使我们　心醉神迷，
(甚至小东西也能使我们心醉神迷，)

auch kleine Dinge können teuer sein.
甚至　小的　东西　能够　珍爱的　是。
(甚至小东西也能是珍爱的。)

Bedenkt, wie gern wir uns mit Perlen schmücken,
考虑，　多么　高兴　我们　自己　以　珍珠　装饰，
(想想，我们戴上珍珠是多么高兴，)

sie werden schwer bezahlt und sind nur klein.
它们　被　很多的　支付　并　是　仅仅　小的。
(它们值很多钱却非常小。)

Bedenkt, wie klein ist die Olivenfrucht,
考虑，　多么　小　是 [-]　橄榄果，
(想想，橄榄果是多么小，)

und wird um ihre Güte doch gesucht.
而　是　为了　它的　质量　却　寻找。
(人们却寻找它的完美滋味。)

Denkt an die Rose nur, wie klein sie ist,
考虑　关于 [-]　玫瑰花　仅仅，　多么　小　它　是，
(再想想玫瑰花，它是多么小，)

und duftet doch so lieblich, wie ihr wisst.
而　香味　却　如此　可爱，　如同　你　知道。
(而它的香味是如此可爱，就像你知道的那样。)

Wolf

沃尔夫

# Auf ein altes Bild
# 一幅老画像

In grüner Landschaft Sommerflor,
在···绿色的　风景的　繁荣的夏季···里，
(在绿色景色的茂盛夏季里，)

bei kühlem Wasser, Schilf und Rohr,
在··· 清凉的　水···边，　香蒲　和　芦苇，
(在长满香蒲和芦苇的清凉水边，)

schau, wie das knäblein sündelos
　看，　多么　[-]　小男孩　　无罪的
(看，那纯洁的小男孩

frei spielet auf der Jungfrau Schoss!
自由地 玩耍　在··· [-]　圣母的　怀···中!
(在圣母的怀中玩得多么自由自在!)

Und dort im Walde wonnesam,
还有 那里 在···森林···中 充满喜悦的
(还有在充满喜悦的森林中，)

ach, grünet schon des Kreuzes Stamm!
啊，　抽芽　已经　[-] 交叉的　树干!
(啊，交叉的树干已经抽出嫩芽!)

**Wolf**
沃尔夫

# Bedeckt mich mit Blumen
# 用鲜花覆盖我

Bedeckt mich mit Blumen, ich sterbe vor Liebe.
覆盖 为我 以 鲜花, 我 死 于 爱情。
(用鲜花覆盖我，我死于爱情。)

Dass die Luft mit leisem Wehen nicht den süssen Duft mir entführe,
愿 [-] 微风 以 柔和的 吹拂 不 [-] 香甜的 香味 从我 劫持,
(愿柔和的微风不要把香甜的气味从我身边吹走，)

bedeckt mich!
覆盖 为我!
(用鲜花覆盖我!)

Ist ja alles doch dasselbe, Liebesodem oder Düfte von Blumen.
是 的确 一切 仍然 同样的, 爱情的气息 或 香味 …的 鲜花。
(爱情的气息和鲜花的香味确实是同样的东西。)

Von Jasmin und weissen Lilien sollt ihr hier mein Grab bereiten,
关于 茉莉花 和 白色的 百合花 应该 您 在这里 我的 坟墓 准备好,
(您应该为我的坟墓准备好茉莉花和百合花，)

ich sterbe.
我 死了。
(我死了。)

Und befragt ihr mich: Woran? sag ich:
而 问 您 对我: 怎么? 说 我:
(而如果您问我:怎么回事?我说:)

Unter süsser Qualen vor Liebe, vor Liebe.
在… 甜蜜的 折磨…中 …的 爱情, …的 爱情。
(我死于爱情的甜蜜折磨。)

**Wolf**

沃尔夫

# Das verlassene Mägdlein
# 被遗弃的姑娘

Früh, wann die Hähne krähn, eh die Sternlein schwinden,
拂晓, 当… [-] 公鸡 啼鸣…时, 在…[-] 小星星 消失…之前,
(拂晓, 当公鸡啼鸣, 小星星消失之前, )

muss ich am Herde stehn, muss Feuer zünden.
必须 我 在…炉灶…旁 站立, 必须 火 燃起。
(我必须站在炉灶边, 把火点燃。)

Schön ist der Flammen Schein, es springen die Funken;
美丽的 是 [-] 火焰的 光, [它] 跳跃 [-] 火花;
(美丽的火焰, 跳跃的火花;)

ich schaue so darein, in Leid versunken.
我 观看 如此 入内, 进入痛苦 陷入。
(我这样看着炉火, 陷入了痛苦。)

Plötzlich, da kommt es mir, treuloser Knabe,
突然的, 那里 来到 [它] 对我, 不忠诚的 男孩,
(突然间, 我想到, )

dass ich die Nacht von dir geträumet habe.
[-] 我 [-] 夜晚 关于 你 做梦 曾。
(我曾整夜梦见你, 不忠诚的男孩。)

Träne auf Träne dann stürzet hernieder;
眼泪 在…眼泪…上 于是 涌出 下来;
(于是, 泪如泉涌;)

so kommt der Tag heran - o, ging er wieder!
如此 来 [-] 白日 靠近 - 噢, 离开 它 再次!
(白天就这样来到...噢, 但愿它再次离开!)

Wolf

沃尔夫

# Denk es, o Seele

# 想想看，噢灵魂

Ein Tännlein grünet wo, wer weiss, im Walde,
一棵 小冷杉 抽芽 在某处， 谁 知道， 在…森林…中，
(一棵小冷杉在森林中抽芽了，谁知道在什么地方，)

ein Rosenstrauch, wer sagt, in welchem Garten?
一片 玫瑰花丛， 谁 说， 在… 哪一个 花园…里？
(一片玫瑰花丛，谁能说清楚在哪个花园里？)

Sie sind erlesen schon, denk es, o Seele,
它们 是 选取 已经， 想 它， 噢 灵魂，
(它们已经被选中，想想看，噢灵魂，)

auf deinem Grab zu wurzeln und zu wachsen.
在… 你的 坟墓…上 成为 生根 和 成为 生长。
(在你的坟墓上生根发芽。)

Zwei schwarze Rösslein weiden auf der Wiese,
两匹 黑色的 小骏马 吃草 在… [-] 草坪…上，
(两匹黑色小骏马在草坪上吃草，)

sie kehren heim zur Stadt in muntern Sprüngen.
它们 归来 家 向[-] 城市 以 生气勃勃的 跳跃。
(它们生气勃勃地跳跃着向城市里的家回还。)

Sie werden schrittweis gehn mit deiner Leiche;
它们 将 一步一步地 走 与 你的 葬礼;
(它们将陪伴你的葬礼一步一步地走来;)

vielleicht noch eh an ihren Hufen
也许 还会 在前 在…它们的 蹄…上
(也许还会在我看见闪闪发光的

das Eisen los wird, das ich blitzen sehe!
[-] 马蹄铁 将脱落的， [马蹄铁] 我 闪闪发光 看见!
(马蹄铁脱落之前!)

Wolf

沃尔夫

# De Gärtner
# 园 丁

Auf ihrem Leibrösslein, so weiss wie der Schnee,
在… 她的 小骏马背…上， 如此 白的 好像 [-] 雪，
(在她雪白的小骏马背上，)

die schönste Prinzessin reit't durch die Allee.
[-] 最美丽的 公主 骑 走过 [-] 林荫路。
(那最美的公主骑着走过林荫路。)

Der Weg, den das Rösslein hintanzet so hold,
[-] 道路， [道路] [-] 小骏马 蹦蹦跳跳 如此优美地，
(在小骏马优美地蹦蹦跳跳的那条路上，)

der Sand, den ich streute, er blinket wie Gold!
[-] 沙子， [沙子] 我 撒开， 它 闪烁 好像 金子!
(我撒的沙子，像金子那样闪烁!)

Du rosenfarb's Hütlein wohl auf und wohl ab,
你 玫瑰色的 小帽子 也许 向上 和 也许 向下，
(你这忽上忽下的玫瑰色小帽子，)

o wirf eine Feder verstohlen herab!
噢 抛 一根 羽毛 悄悄地 下来!
(噢，悄悄地抛一根羽毛下来!)

Und willst du dagegen eine Blüte von mir,
并 想要 你 对这羽毛 一朵 鲜花 从…我…这里，
(如果你想从我这里换一朵鲜花，)

nimm tausend für eine, nimm alle dafür!
拿 一千朵 为 一朵， 拿 所有的 为此!
(为此，拿一千朵去，把所有的都拿去吧!)

Wolf
沃尔夫

# Der Mond hat eine schwere Klag erhoben
## 月亮曾发出极大的抱怨

Der Mond hat eine schwere Klag erhoben
[-] 月亮 曾 一声 极大的 抱怨 发出
(月亮曾发出极大的抱怨)

und vor dem Herrn die Sache kund gemacht:
并 在… [-] 上帝…前 [-] 事件 熟悉 提醒:
(并在上帝面前提出了这件事:)

Er wolle nicht mehr stehn am Himmel droben,
她 想 不 再 站立 在 天空 上面,
(她不再想呆在天空上面,)

du habest ihn um seinen Glanz gebracht.
你 曾 对她 关于 她的 光泽 使丧失。
(你曾使她丧失了她的光泽。)

Als er zuletzt das Sternenheer gezählt,
当… 它 上一次 [-] 星群 点数…时,
(当她上次点星群时,)

da hab es an der vollen Zahl gefehlt;
那里 曾 [它] 在… [-] 完整的 数量 缺少;
(总数已经缺了;)

zwei von den schönsten habest du entwendet:
两颗 从… [-] 最美丽的…中 曾 你 偷窃:
(有两颗最美的被你偷走了:)

die beiden Augen dort,
[-] 一双 眼睛 在那里,
(是你的那双眼睛,)

die mich verblendet.
[眼睛]使我 眼花缭乱。
(使我眼花缭乱的眼睛。)

◀304▶

Wolf

沃尔夫

# Der Musikant
# 吟游诗人

Wandern lieb ich für mein Leben, lebe eben, wie ich kann,
漫游　爱　我　为了　我的　生活，　生活　恰恰，　如　我　所能，
(我喜爱漫游的生活，恰如我能生活的那样，)

wollt ich mir auch Mühe geben, passt es mir doch garnicht an.
愿　我　对我　甚至　劳累　提供，　相配　它　对我　却　很不　[-]。
(即使我想找些辛苦事做，它对我却很不适合。)

Schöne alte Lieder weiss ich, in der Kälte ohne Schuh,
悦耳的　老　歌曲　知道　我，　在…[-] 寒冷…中　没有　鞋，
(我赤脚在寒冷中唱我那些悦耳的老歌，)

draussen in die Saiten reiss ich, weiss nicht, wo ich abends ruh!
在户外　[在] [-] 弦　拨　我，　知道　不，　哪里　我　晚上　休息!
(我在户外拨弄我的琴弦，不知道晚上在哪里休息!)

Manche Schöne macht wohl Augen, meinet, ich gefiel ihr sehr,
许多　美人　作出　肯定的　眼睛，　指的是，　我　满意　对她　非常，
(许多美人睁大了眼睛看我，意思是，我能使她喜欢，)

wenn ich nur was wollte taugen, so ein armer Lump nicht wär!
如果　我　只要　什么　打算　有用处，　如此　一个　可怜的　流浪汉　不　将是!
(只要我能做点什么有用的事情，而不是这样一个可怜的流浪汉!)

Mag dir Gott ein'n Mann bescheren, wohl mit Haus und Hof versehn!
愿　对你　上帝　一个　男人　赐予，　完善地　以　房子　和　庭院　使具备!
(愿上帝赐予你一个男人，具备完整的房子和庭院!)

Wenn wir zwei zusammen wären, möcht mein Singen mir vergehn.
如果　我们　两个　在一起　是，　可能　我的　歌唱　从我　失去。
(如果我们两人在一起，我就可能失去我的歌唱。)

Wolf

# Elfenlied
## 小精灵的歌

沃尔夫

Bei Nacht im Dorfe der Wächter rief: Elfe!*
在… 晚…上 在…村庄…里[-] 守夜人 喊: 十一!
(晚上在村庄里，守夜人喊着:十一!)

Ein ganz kleines Elfchen im Walde schlief
一个 非常 小的 小精灵 在…森林…中 睡觉
(一个非常小的精灵在森林里睡觉，)

wohl um die Elfe!
大概 在… [-] 十一…时!
(大概是十一点!)

Und meint, es rief ihm aus dem Tal
并 觉得， [它] 呼唤 向他 从… [-] 山谷…里
(他觉得，是夜莺

bei seinem Namen die Nachtigall,
用 它的 名字 [-] 夜莺，
(或是西普里特，)

oder Silpelit hätt ihm gerufen.
或者 西普里特 曾 把他 呼唤。
(曾在山谷里呼唤他的名字。)

Reibt sich der Elf die Augen aus,
揉 [它自己] [-] 小精灵 [-] 眼睛 完毕，
(小精灵揉揉他的眼睛，)

begibt sich vor sein Schneckenhaus
整顿好[它自己]在… 他的 蜗牛壳…前
(来到他的蜗牛壳前，)

und ist als wie ein trunken Mann,
并 是 像 如同 一个 喝醉的 人，
(像是一个喝醉的人，)

sein Schläflein war nicht voll getan,
他的 小睡 是 没有 完全 完成，
(还没有从他的小睡中完全醒来，)

und humpelt also, tippe, tapp,
并 蹒跚地走 所以, 踢踢, 嗒嗒,
(他踢踢嗒嗒蹒跚地走着,)

durchs Haselholz ins Tal hinab,
穿过 榛子树丛 进入 山谷 向下,
(穿过榛子树丛,走到下面的山谷里,)

schlupft an der Mauer hin so dicht,
滑行 在… [-] 墙…旁边 那里如此 紧靠,
(紧靠着墙爬行,)

da sitzt der Glühwurm Licht an Licht.
在那里坐着[-] 萤火虫 光 连 …光。
(走到了布满萤火虫光的地方。)

"Was sind das helle Fensterlein?
"什么 是 那些 明亮的 小窗户?
("那些明亮的小窗户是什么?)

Da drin wird eine Hochzeit sein:
那里 在里面 将 一个 婚礼 是:
(里面必将在举行婚礼:)

die Kleinen sitzen beim Mahle,
[-] 小家伙们 坐 在…晚宴…旁,
(小家伙们坐在晚宴桌旁,)

und treibens in dem Saale:
并 推动 在… [-] 大厅…里:
(大厅里在进行婚礼:)

Da guck ich wohl ein wenig 'nein!"
那里 瞅 我 大概 一 一点儿 进去!"
(我只往里瞅一瞅!")

Pfui, stösst den Kopf an harten Stein!
啊, 撞 [-] 头 在… 硬的 石头…上!
(啊,一头撞在坚硬的石墙上!)

Elfe, gelt, du hast genug? Gukuk!
小精灵,是不是, 你 有 足够地? 咕咕!
(小精灵,怎么样,你受够了吧? 咕咕!)

*注: 在德语中,Elf 既意为小精灵,也是数字"十一"的意思。

Wolf

沃尔夫

Er ist's

# 春到人间

Frühling lässt sein blaues Band wieder flattern durch die Lüfte;
春天　　让　　它的　蓝色的　丝带　再一次　　飘动　穿过　[-]　微风;
(春天再次让它的蓝色丝带在微风中飘荡;)

süsse,　　wohlbekannte Düfte streifen ahnungsvoll das Land.
香甜的,　　众所周知的　芳香　掠过　充满想象的　[-]　大地。
(众所周知的香甜的芬芳掠过充满想象的大地。)

Veilchen träumen schon,　wollen balde kommen.
紫罗兰　做梦　　已经,　　打算　不久　　长出。
(紫罗兰已经梦醒,打算不久便开放。)

Horch,　von fern ein leiser Harfenton!
听,　　从　远处　一阵 轻柔的　竖琴声!
(听,从远处传来一阵竖琴声!)

Frühling,　ja du bist's!
春天,　是的 你　是 它!
(春天,那就是你!)

Dich hab ich vernommen,　ja du bist's!
对你 曾 我　辨认,　是的 你　是 它!
(我已经认出了你,是的,那就是你!)

Wolf

沃尔夫

# Fussreise

## 漫 步

Am frisch geschnittnen Wanderstab,   wenn ich in der Frühe
在… 新的     雕刻的    旅杖…上,    当   我  在 [-]  清晨
(清晨，拿着新刻好的拐杖，)

so durch Wälder ziehe,   Hügel auf und ab:
[如此]穿越 森林    走,    丘陵 向上 和 向下:
(我穿过森林，顺着丘陵上上下下:)

dann,   wie's Vöglein im Laube singet und sich rührt,
然后,    像 [-] 小鸟 在…树叶…中 歌唱   和   活动,
(然后，像在树林中歌唱和飞翔的小鸟那样，)

oder wie die goldne Traube Wonnegeister spürt in der ersten Morgensonne:
或者 像 [-] 金色的 葡萄   幸福的心灵  感觉到 在…[-]  最早的  早上的太阳:
(或者像金色葡萄的幸福心灵那样感受着黎明的曙光:)

so fühlt auch mein alter,   lieber Adam Herbst - und Frühlingsfieber,
如此感觉 也是 我的 古代的,  亲爱的 亚当  秋季 - 和   春季的激情,
(我那古代的亲爱的亚当也是这样感觉春秋的激情，)

gottbeherzte,   nie verscherzte Erstlings - Paradieseswonne.
上帝赐予的,   从不   丧失    创世的 - 伊甸园的幸福。
(上帝赐予的，从未丧失过创世的伊甸园的幸福。)

Also bist du nicht so schlimm, o alter Adam, wie die strengen Lehrer sagen;
所以 是 你 不  太 糟糕,  噢 古代的 亚当, 正如 [-] 严厉的   导师  说;
(所以，古代的亚当，你还不太糟糕，正如严厉的导师所说;)

liebst und lobst du immer doch,   singst und preisest immer noch,
爱 和 赞扬 你 总是 仍然,   歌唱 和 颂扬   总是 仍然,
(你总是不断爱和赞扬，你总是歌唱和颂扬，)

wie an ewig neuen Schöpfungstagen,   deinen lieben Schöpfer und Erhalter.
正如 在…永恒的 新的   创世的日子…里,   你的 亲爱的 造物主  和 保护者。
(正如你亲爱的造物主和保护者的永恒的新的世界。)

Möcht es dieser geben,   und mein ganzes Leben
但愿 [它] 这些  给予,   并 我的 整个的  生命
(但愿上帝赐予我整个生命

wär im leichten Wanderschweisse eine solche Morgenreise!
将是 在… 轻的 漫步的汗水 一个 这样的 早晨的漫步!
(就是这样一个早晨的微汗浸湿的漫步!)

Wolf

沃尔夫

# Gebet

# 祈 祷

Herr! schicke was du willt, ein Liebes oder Leides;
主啊! 派遣 什么 你 愿意, [一个] 热爱 或者 痛苦;
(主啊!你想派遣什么都可以,热爱或痛苦;)

ich bin vergnügt, dass beides aus deinen Händen quillt.
我 是 高兴的, [高兴] 两者 从… 你的 手…中 流出。
(从你手中流出的两者,我都会乐意接受。)

Wollest mit Freuden und wollest mit Leiden mich nicht überschütten!
请 以 愉快 和 请 以 痛苦 对我 不 大量地给予!
(但不管愉快还是痛苦,请都不要给我太多!)

Doch in der Mitten liegt holdes Bescheiden.
因为 在 [-] 中间 处在 可爱的 满足。
(因为可爱的满足处于中间。)

**Wolf**
沃尔夫

# Gesegnet sei
# 愿主赐福

Gesegnet sei, durch den die Welt entstund;
赐福 是, 通过 [他] [-] 世界 形成;
(愿主赐福，他创造了世界;)

wie trefflich schuf er sie nach allen Seiten!
多么 卓越地 创造 他 [它] 到 所有 方面!
(他卓越地创造了一切!)

Er schuf das Meer mit endlos tiefem Grund,
他 创造 [-] 大海 以 无止境的 深的 底,
(他创造了深渊无底的大海，)

er schuf die Schiffe, die hinübergleiten,
他 创造 [-] 船, [船] 在上面滑行,
(他创造了在海上滑行的船只，)

er schuf das Paradies, mit ew'gem Licht,
他 创造 [-] 天国, 以 永恒的 光,
(他创造了永远光明的天国，)

er schuf die Schönheit und dein Angesicht.
他 创造 [-] 美 和 你的 容貌。
(他创造了美和你的容貌。)

Wolf

沃尔夫

# Herr，was trägt der Boden hier
# 主啊，这土壤将结什么果

Herr，  was  trägt  der  Boden  hier，  den  du  tränkst  so  bitterlich?
主啊，  什么  结果  [-]  土壤  这里，  [土壤] 你  沐浴  如此有点苦的?
(主啊，你用泪水浇灌的这土壤将结什么果?)

"Dornen，  liebes  Herz，  für  mich，  und  für  dich  der  Blumen  Zier."
"荆棘丛，  可爱的  心灵，  为  我，  和  为  你  [-]  鲜花的  装饰。"
("可爱的心灵，荆棘丛是为我，而花饰是为你。")

Ach，  wo  solche  Bäche  rinnen，  wird  ein  Garten  da  gedeihn?
啊，  该处 这样的  溪水  流淌，  将  一个  花园  在那里  繁茂?
(啊，这样的泪水流淌的地方，花儿会在那里盛开吗?)

"Ja，  und  wisse! Kränzelein，  gar  verschiedene，  flicht  man  drinnen."
"是的，  并  知道!  小花环，  许多  不同的，  编织 每一个 在里面。"
("是的，而且你要知道，小花环，里面有许多不同的花朵编织在一起。")

O  mein  Herr，  zu  wessen  Zier  windet  man  die  Kränze? sprich!
噢 我的  主，  为  谁的  装饰  编织  每一个 [-]  花环?  说!
(噢我的主，这些花环是装饰谁的?请说!)

"Die  von  Dornen  sind  für  mich，  die· von  Blumen  reich  ich  dir."
"那些 以  荆棘丛  是  为  我，  那些 以  鲜花  端上 我  给你。"
("那些荆棘做的是为我，那些鲜花做的是我给你的。")

Wolf
沃尔夫

# In dem Schatten meiner Locken
# 在我卷发的阴影里

In dem Schatten meiner Locken schlief mir mein Geliebter ein.
在…[-]　阴影　我的　卷发　睡觉　[和我] 我的　心上人　[-]。
(我的心上人在我卷发的阴影里入睡。)

Weck ich ihn nun auf? Ach nein!
唤醒　我　把他　现在　起来?　啊　不!
(我现在把他唤醒吗!啊，不!)

Sorglich strählt ich meine krausen Locken täglich in der Frühe,
经心地　梳　我　我的　卷曲的　卷发　每天的　在… [-]　清晨…里，
(每天清晨我经心地梳理我的卷发，)

doch umsonst ist meine Mühe, weil die Winde sie zerzausen.
但是　徒劳地　是　我的　辛劳，　因为　[-]　风　把它们　弄乱。
(但是白费力气，因为风儿把它们吹乱。)

Lockenschatten, Windessausen schläferten den Liebsten ein.
　卷发的阴影，　　风的嗖嗖声　　使困倦　[-]　亲爱的　进去。
(卷发和嗖嗖的风催亲爱的入睡。)

Weck ich ihn nun auf? Ach nein!
唤醒　我　把他　现在 起来?　啊　不!
(我现在把他唤醒吗!啊，不!)

Hören muss ich, wie ihn gräme, dass er schmachtet schon so lange,
倾听　必须　我，多么　使他　难过，　[-]　他　渴望　已经　如此　长久，
(我必须听他说，他是多么难过，他已渴望很久，)

dass ihm Leben geb und nehme diese meine braune Wange.
[-]　给他　生命　给予　和　夺取　这　我的　棕色的　脸。
(我这晒黑的脸能给他生命和夺取他的生命。)

Und er nennt mich seine Schlange, und doch schlief er bei mir ein.
而　他　把…我…叫做　他的　蛇，　而　仍然　入睡　他　在…我…身旁[-]。
(他说我是折磨他的人，却仍然在我身旁入睡。)

Weck ich ihn nun auf? Ach nein!
唤醒　我　把他　现在 起来?　啊　不!
(我现在把他唤醒吗!啊，不!)

Wolf

沃尔夫

# In der Frühe

# 清 晨

Kein Schlaf noch kühlt das Auge mir,
没有 睡眠 也不 使冷却 [-] 眼睛 我的，
(睡眠也不来冷却我的眼睛，)

dort gehet schon der Tag herfür
那里 来到 已经 [-] 白天 [上来]
(而曙光已经爬上

an meinem Kammerfenster.
到… 我的 房间的窗户…上。
(我房间的窗户。)

Es wühlet mein verstörter Sinn
它 绞尽脑汁 我的 心烦意乱的 思想
(我心烦意乱的思想

noch zwischen Zweifeln her und hin
仍然 在… 疑虑…之间 来 和 去
(在疑虑之间翻来覆去

und schaffet Nachtgespenster.
并 使产生 晚间幽灵。
(并给我带来恶梦。)

Ängst'ge, quäle
忧虑， 痛苦
(不要再忧虑和痛苦了，)

dich nicht länger, meine Seele!
你自己 不 好久， 我的 心灵!
(我的心灵!)

Freu dich! Schon sind da und dorten
感到愉快! 已经 是 这儿 和 那儿
(愉快起来吧!在这里和那里)

Morgenglocken wach geworden.
黎明的钟声 清醒的 形成。
(已响起黎明的钟声。)

Wolf
沃尔夫

# Lebe wohl
# 再会

Lebe wohl! Du fühlest nicht,
　　再会!　　你　感觉　　不,
(再会!你感觉不到，)

was es heisst, dies Wort der Schmerzen;
什么 它 意味着, 这 词 …的 痛苦;
(这痛苦的词意味什么;)

mit getrostem Angesicht
以 安心的 神情
(你神情安稳地

sagtest du's und leichtem Herzen.
　说　你它 并 无忧无虑的　心情。
(用无忧无虑的心情说它。)

Lebe wohl!
　　再会!
(再会!)

Ach tausendmal
啊 一千次
(啊，我曾多次

hab ich mir es vorgesprochen,
　曾　我 对我 把它　　　说,
(对我说这词，)

und in nimmersatter Qual
而 在… 无休止的 折磨…中
(而在无休止的折磨中

mir das Herz damit gebrochen!
使我 [-] 心 对此 压碎!
(我的心由于说它而被撕裂!)

Wolf
沃尔夫

# Nimmersatte Liebe
## 永不满足的爱情

So ist die Lieb! Mit Küssen nicht zu stillen:
如此 是 [-] 爱情! 以 吻 不 去 使满足:
(爱情就是这样!吻都不能使它满足:)

wer ist der Tor und will ein Sieb mit eitel Wasser füllen?
谁 是 [-] 傻瓜 并 想要 一个 筛子 以 全然的 水 装满?
(谁会是那种想只用水来装满筛子的傻瓜?)

Und schöpfst du an die tausend Jahr,
而 盛 你 直到 [-] 一千 年,
(你往里盛一千年水也盛不满,)

und küssest ewig, ewig gar, du tust ihr nie zu Willen.
并 你将吻 永远地, 永远地 甚至, 你 完成 对她 永不 到 愿望。
(你甚至永远地吻,都不能满足她的愿望。)

Die Lieb, die Lieb hat alle Stund neu wunderlich Gelüsten;
[-] 爱情, [-] 爱情 有 每个 时刻 新的 奇特的 欲望;
(爱情时时刻刻都有新奇的欲望;)

wir bissen uns die Lippen wund, da wir uns heute küssten.
我们 啃 [我们] [-] 嘴唇 伤的, 由于我们[我们] 今天 吻。
(今天我们把嘴唇都吻酸了。)

Das Mädchen hielt in guter Ruh, wie's Lämmlein unterm Messer;
[-] 姑娘 保持 在…端正的静止…下,如同[-] 小羊羔 在… 刀…下;
(那姑娘却一动不动,如同被架在刀下的小羊羔;)

ihr Auge bat: nur immer zu, je weher, desto besser!
她的 眼睛 恳求: 尽管 不断地, 越 痛的, 那就 更好!
(她的眼睛恳求着:继续下去,越痛越好!)

So ist die Lieb, und war auch so, wie lang es Liebe gibt,
如此 是 [-] 爱情, 而 是 一样 如此, 长达… [它] 爱情 进展…之久,
(爱情就是这样,只要爱情存在,总是如此,)

und anders war Herr Salomo, der Weise, nicht verliebt.
而 另外的 是 大人 所罗门, [-] 贤人, 不 热恋。
(就算圣人所罗门在热恋中也不会是别样的。)

**Wolf**
沃尔夫

## Und willst du deinen Liebsten sterben sehen
# 如果你想看你的心上人死去

Und willst du deinen Liebsten sterben sehen,
而　　愿意　你　你的　　心上人　　死去　　看见，
(如果你想看你的心上人死去，)

so trage nicht dein Haar gelockt, du Holde.
如此 携带　不　你的 头发 卷起来，　你 可爱的人。
(那就不要把你的头发卷起来，可爱的人。)

Lass von den Schultern frei sie niederwehen;
让　从… [-] 肩膀…上 随便的它们　　飘下来;
(让它们自由自在地从肩膀上飘下来;)

wie Fäden sehn sie aus von purem Golde.
好像　丝　　看 它们 [-] 以　纯净的　金子。
(看上去好像纯金的丝。)

Wie goldne Fäden, die der Wind bewegt,
好像 金色的　　丝，[它们] [-] 风　　吹动，
(好像风儿吹动的金丝，)

schön sind die Haare, schön ist, die sie trägt!
美丽的 是 [-]　头发，　美丽的　是,[那个人]它们 具有!
(头发是美丽的，那个具有这头发的人是美丽的!)

Goldfäden, Seidenfäden, ungezählt,
　金线，　　　丝线，　　　数不清的,
(数不清的金线、丝线，)

schön sind die Haare, schön ist, die sie strählt!
美丽的 是 [-]　头发，　美丽的　是,[那个人]它们　梳!
(头发是美丽的，那个梳这头发的人是美丽的!)

Wolf

沃尔夫

# Verborgenheit
# 隐衷

Lass, o Welt, o lass mich sein!
让，  噢世界，  噢让  我  是!
(噢世界，让我就这样吧!)

locket nicht mit Liebesgaben,
引诱  不  以  爱的施舍物，
(不要用爱情的馈赠引诱我，)

Lasst dies Herz alleine haben
让  这颗  心  独自  具有
(让我这颗心独自享有

seine Wonne, seine Pein!
它的  欢乐，  它的  痛苦!
(它的欢乐，它的痛苦!)

Was ich traure, weiss ich nicht,
什么 我  悲伤，  知道 我  不，
(我不知道为什么悲伤，)

es ist unbekanntes Wehe;
它 是  不知道的  痛苦;
(它是一种莫名的痛苦;)

immerdar durch Tränen sehe
永远  透过  眼泪  看
(我总是透过眼泪看

ich der Sonne liebes Licht.
我  [-] 太阳的  可爱的  光。
(太阳的可爱光芒。)

Oft bin ich mir kaum bewusst
时常 是 我 对我 几乎不 有意识的
(我时常简直意识不到

und die helle Freude zücket
而 [-] 明亮的  愉快  颤动
(那欢快的心的搏动

▲319◢

durch die Schwere, so mich drücket,

穿过 [-] 沉重, 如此 对我 挤压,

(穿过压在我身上的悲痛,

wonniglich in meiner Brust.

令人喜悦地 在… 我的 胸…中。

(令人喜悦地进入我的胸中。)